KB265542

세계명단편선 2

세계명단편선 2

김성진 외 옮김

신라출판사

CONTENT 《

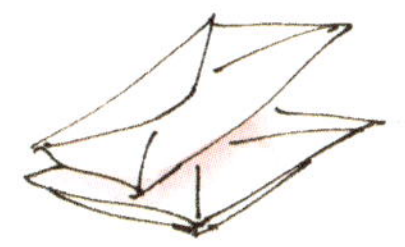

고골리 | Gogoli' , Nikolai Vasilievich : 1809~1852

우크라이나의 소로친치 출생. 귀족의 아들로 태어나 어릴 때부터 문학을 좋아하였으며, 1828년 고등학교를 마치고 하급관리가 되어 신문·잡지에 투고하였는데, 1830년에 단편 「이반 쿠팔라의 전야(前夜)」로 각광을 받았으며, 계속하여 우크라이나의 농촌을 무대로 한 같은 종류의 단편들을 수록한 「디칸키 근교 농촌 야화」(2권, 1831~1832)로 문단에 기반을 다졌다.

1835년에는 역사소설 「타라스 불바」를 포함한, 우크라이나를 소재로 삼은 작품집 「미르고로트」를 발표하였으며 1835년부터는 상트 페테르스부르크를 소재로 한 중편 소설을 발표하기 시작, 추악한 현실세계에 대한 증오와 삶에 패배한 '서민'에 대한 리얼리스틱한 작품을 많이 썼다. 이에 속하는 작품으로는 「네프스키 거리」(1835), 「광인일기(狂人日記)」(1835), 「코」(1836) 등이 있다.

1836년에 발표한 희곡 「검찰관」은 관료사회를 폭로했기 때문에, 찬반의 회오리바람이 일어났으며, 그것이 원인이 되어 서유럽으로 여행을 떠났다. 그로부터 10여 년 동안을 거의 로마에서 보냈으며, 그 동안에 대작 「죽은 넋」의 제1부(1841)를 계속 집필하는 한편, 「검찰관」의 비판에 대한 반론(反論)인 희곡 「연극의 종연(終演)」(1842), 중편 「로마」(1842), 그의 최고의 걸작 「외투」(1842)를 완성하였다.

말년에는 정신 착란 상태에서 단식하다가 숨을 거두고 말았다. 그는 러시아 사실주의 문학의 창시자로 인정되며, 비상한 사실주의를 느끼게 하는 그의 수법은 달리 유례를 찾아볼 수 없는 독특한 것이다.

세·계·명·단·편·선

코

Gogoli' , Nikolai Vasilievich

3월 25일의 일이다.

페테르스부르크에서는 정말로 이상야릇한 사건이 일어났다. 보즈네센스키 거리에 살고 있는 이발사인 이반 야코블레비치의 성이 로지아임을 아는 사람은 드물었다. 간판에 그려진 얼굴에 하얗게 비누를 칠한 신사의 뺨과 흑사마귀도 뺀다는 글이 쓰여져 있을 뿐 그 밖에는 아무것도 찾아볼 수가 없었다. 이발사 이반이 아침 일찍이 눈을 뜨자, 따끈한 빵을 굽는 냄새가 풍겼다. 침대에서 비스듬히 몸을 일으킨 이반은 커피를 몹시 좋아하는 덩치 큰 아내가 방금 막 구워진 빵을 꺼내고 있는 것을 보고 말했다.

"프라스코비야 오시포브나! 오늘 아침에는 커피를 마시지 않겠소. 그 대신 따끈한 빵과 양파를 조금 먹고 싶구만."

솔직하게 말하면 이반은 커피와 빵을 모두 먹고 싶었으나, 아내가 그러한 욕심을 무엇보다도 싫어했기 때문에 한꺼번에 빵과 커피를 요구할 수는 없다는 것을 그는 잘 알고 있었다.

'바보 같으니, 빵이나 먹으라지. 오히려 나한테는 잘된 일이야. 커피 한 잔이 남을 테니까.'

아내는 이렇게 생각하고, 식탁 위에다 한 덩어리의 빵을 아무렇게 내던졌다.

이반은 와이셔츠 위에다 모닝코트를 단정하게 걸치고 식탁 앞에 앉아 소금을 빵에 조금 뿌리고, 양파 두 개를 가져왔다. 그 다음에 나이프를 손에 들고 약간 진지한 표정으로 빵을 정확히 두 조각이 되도록 자르고 그 속을 들여다보았더니, 뜻밖에도 희끄무레한 것이 눈에 띄었다. 이반은 가만히 나이프 끝으로 조금 헤치고 손가락 끝으로 가만히 눌러 보고는,

"조금 단단한데……."

하고 중얼거렸다. 이반이 손가락을 넣어 그것을 꺼내 보았더니 뜻밖에도 사람의 코였다.

이반은 너무 놀라서 저도 모르게 두 손을 멈칫했다. 눈을 비비고 손가락으로 다시 만져 보았으나 틀림없이 사람의 코였다. 더욱이 어디서 한 번 본 것 같은 코였으므로, 이반의 얼굴에는 두려움의 빛이 떠올랐다. 하지만 그러한 놀라움은 마누라가 터뜨린 분노에 비하면 아무것도 아니었다.

"아니, 여보! 어디서 남의 코를 잘라 왔어요?"

마누라는 악을 쓰듯 소리쳤다.

"악당에 주정꾼 같으니라고. 경찰서에 신고해야지. 강도라도 이만저만한 강도가 아니군. 당신이 면도할 때 남의 코를 죽어라 하고 잡아 뜯는다는 것은 나도 이미 세 사람한테서 들었지만……."

그러나 이반은 정신이 나간 사람처럼 의자에 멍하니 앉아 있었다. 그는 이 코가 바로 매주 수요일과 일요일에 면도하러 오는 8등 문관인 코발레프의 것임을 알았다.

"여보, 가만히 있어요. 내가 이것을 싸서 한구석에 두었다가 나중에 갖다 버릴 테니……."

"그 따위 소리는 듣기 싫어요. 그래 내가 방 안에다 남의 얼굴에서 베어 낸 코를 두게 할 것 같아요? 당신 같은 게으름뱅이는 아마 이 세상에 또 없을 거야. 하는 일이라고는 하루 종일 혁대에다 면도날이나 문지르는 재주밖에 없는 주제에 뭐가 어째요? 자기 일은 하나도 제대로 처리할 줄 모르니 기가 막힐 수밖에! 정말 주착 좀 그만 부려요. 당신 대신 내가 경찰서에 가서 적당히 대답해 줄 것이라고 생각하죠? 천만의 말씀. 정말로 당신 같은 바보는 생전 처음이야. 자, 어서 갖다 버려요. 내 앞에 이 따위 것의 냄새를 풍겼다가는 모든 것이 뒤집힐 줄 알아요.”

이반은 마치 무엇에 힘껏 얻어맞기라도 한 듯이 멍한 표정으로 서 있었다. 속으로 아무리 생각해 보았으나 무엇을 어떻게 해야 할지 방법을 찾을 수가 없었다.

“도대체 이런 일이 어떻게 생겼을까?”

이반은 뒤통수를 긁적이며 말했다.

“내가 어젯밤에 술이 취해서 돌아왔는지 어떤지는 기억이 나지 않지만, 아무리 생각해도 이것은 도저히 있을 수 없는 일이야. 왜냐하면 빵은 잘 구워졌는데 그 속에 든 코는 그렇지 않거든. 어찌 된 까닭인지 통 알 수 없는 일이야.”

이반은 그만 입을 다물어 버렸다. 조금 있으면 이 코가 경찰의 손에 들어가 그 죄를 받을 생각을 하자 기절할 지경이었다. 은실로 보기 좋게 수놓은 경찰 제복의 붉은 옷깃과 반짝이는 큰 칼이 벌써부터 눈앞에 어른거려 온 몸이 후들후들 떨렸다. 이윽고 이반은 꾀죄죄한 옷차림을 하고 마누라의 시끄러운 잔소리를 귓등으로 흘리며, 헝겊에 코를 싸서 들고 큰길로 나섰다.

이반은 그 코를 어느 집 대문의 주춧돌 밑에 틀어넣든가, 아니면 땅바닥에 떨어뜨리고 얼른 골목길로 도망쳐 버리려고 생각했다. 그런데 공교롭게도 잘 아는 친구를 만나게 되었다.

"어디를 가는가? 이렇게 일찍이 누구 집에 면도해 주러 가나?"

친구가 붙들고 묻는 바람에 이반은 도저히 적당한 기회를 얻을 수가 없었다. 친구와 헤어진 이반은 길을 가다가 아무도 없는 곳에 이르러 감쪽같이 그것을 떨어뜨리기는 했으나, 마침 멀리서 이를 보고 서 있던 순경이 다가와,

"당신이 저기에 뭘 떨어뜨렸소. 주워 가지고 가시오."
하고 주의를 주는 바람에 이반은 할 수 없이 코를 싼 헝겊을 주워 호주머니 속에 다시 넣었다. 그러다 보니 어느 틈에 거리의 상점들이 문을 열기 시작했고, 따라서 사람들의 왕래도 많아졌으므로 이반은 절망의 늪에 빠지기 시작했다.

이반은 이사키예프 다리 쪽으로 가야겠다고 마음먹었는데, 그것은 잘하면 네바 강물에 살짝 던져 버릴 수 있을 것 같다는 생각에서였다. 그건 그렇고 여러 가지로 보아 존경할 만한 인간, 이반에 대하여 지금까지 한 마디도 소

개를 안했다는 것은 조금 죄송스러운 일이 아닐 수 없다.

이반은 러시아의 기술이 좋은 이발사들이 다 그렇듯이 대단한 술꾼이었다. 그래서 날마다 손님들의 수염을 깎아 주면서도 자기는 면도를 하지 않았다. 이반의 모닝코트는 얼룩얼룩하게 보였는데, 그것은 본디 검은 색이었으나 바래서 지금은 온통 누렇게 바랜 얼룩과 잿빛 무늬가 생겼기 때문이었다. 옷깃은 반질반질하게 때에 절어 있었고, 단추는 세 개나 떨어져서 그 자리에 실밥만 남아 있었다. 그러나 이반에게는 상당히 뱃심 좋은 데가 있었는데, 8등 문관인 코발레프가 면도를 할 때면 언제나,

"이반, 자네 손에서는 썩은 냄새가 나는군."

하고 놀리면,

"글쎄요, 어디서 그런 냄새가 날까요?"

하고 되물었다. 그러면 코발레프는,

"그거야 모르지. 어쨌거나 썩은 냄새가 남아 있는 것은 사실이야."

라고 대답한다. 그러면 이반은 코담배를 한 번 맡고 나서, 이번에는 대답 대신 코발레프의 볼과 코, 뒤통수, 턱 밑 등 닥치는 대로 마구 비누칠을 했다.

이 존경할 만한 시민이 지금 막 이사키예프 다리에 모습을 나타낸 것이다.

이반은 먼저 주위를 한 번 살핀 후 다리 밑에 물고기가

많은지 어떤지를 보려는 것처럼 난간에 몸을 의지하고 상반신을 굽힌 다음 헝겊에 싼 코를 슬그머니 떨어뜨렸다. 이반은 그제야 천근이나 되는 무거운 짐을 단번에 벗어 버린 것 같은 홀가분한 기분이 들어 입가에 엷은 미소까지 띠면서 관리들의 면도를 해 주러 갈 생각은 하지 않고, 펀치를 한 잔 하고 싶은 생각에 발걸음을 옮겼다. 하지만 그 때 뜻밖에도 숱이 많은 구레나룻을 기르고 삼각모자에 큰 칼을 찬 위엄 있게 보이는 순경이 다릿목에 서 있는 것이 눈에 띄었다. 순경이 이반에게 손짓으로 오라는 시늉을 하자, 이반은 그만 정신이 아찔해졌다.

"당신, 이리 좀 와!"

이반은 예의라는 것을 알고 있었으므로 차양 없는 모자를 벗어서 들고 종종걸음으로 달려가서,

"나리님, 안녕하십니까?"

하고 고개를 숙여 인사했다.

"나리님이고 뭐고 필요없어. 당신, 조금 전 다리 위에서 무슨 짓을 했지? 솔직하게 불어."

"사실은 말입니다, 나리님! 면도를 하러 가는 길에 강물의 흐르는 속도를 알아보려고 했습니다요. 그저 그것뿐 아무 짓도 안했습니다."

"거짓말 하지 말아. 그런 수작에 넘어 갈 줄 알아? 어서 솔직히 말해 봐!"

　"그보다도 나리님, 일 주일에 두 번, 아니 세 번씩이라도 괜찮으니, 나리님의 얼굴에 면도를 해 드리죠. 물론 보수 같은 것은 필요없습니다."

　"무슨 쓸데없는 소리를 하고 있나? 본관에게는 지금 이발사가 3명이나 있다고. 그들은 모두가 그것을 영광으로 생각하고 있지. 자, 그보다도 다리 위에서 무슨 짓을 했는지 빨리 말해 봐."

　이반은 완전히 겁을 먹고 있었다. 그러나 여기서 사건은 완전히 안개 속으로 사라져 버리고, 그 다음에는 어떻게 되었는지 알 길이 전혀 없다.

　코발레프는 아침 일찍 눈을 뜨자, 크게 숨을 내쉬면서 입술로 '푸르르' 하고 소리를 냈다. 자신도 무엇 때문에 그러는지 설명할 수 없으나, 어찌 되었건 아침에 눈을 뜨면 늘 하는 버릇이었다. 코발레프는 기지개를 켜고 책상 위에 놓아 둔 손거울을 집어 들었다. 어제 저녁에 콧등에 난 여드름을 보기 위해서였다.

　그런데 거울을 들여다본 순간, 코발레프는 기절할 듯이 놀라고 말았다. 그도 그럴 것이 뜻밖에도 코가 붙어 있어야 할 곳이 아주 판판하게 되어 있었기 때문이었다. 기겁을 한 그는 물을 가져오라고 하여 젖은 수건으로 눈곱을 닦았다. 코발레프는 꿈을 꾸고 있는 것 같아서 그 곳을 만져 보기도 하고, 자기의 몸을 꼬집어 보기도 했으나 아무래도 꿈이라고 여겨지지 않았다. 코발레프는 침대에서 벌떡 일어나 온 몸을 이리저리 움직여 보았는데도 역시 코는 보이지 않았다. 그는 하인에게 옷을 가져오게 하여 입은 다음, 곧바로 경찰국장을 찾아갔다.

그런데 여기서 8등 문관 코발레프가 어떤 인물인지 독자에게 알리기 위해 간단히 소개할 필요가 있을 것 같다. 한 마디로 8등 문관이라고 하지만 모두가 같지 않다. 그들 중에는 학력에 의해 이 칭호를 받은 자와, 카프카즈(코카시아) 같은 곳에서 하는 일 없이 빈둥거리다가 임관된 자가 있는데, 이 두 종류는 결코 똑같이 취급할 수 없다는 것이다.

이 별개의 8등 문관은 전혀 이질적인 것으로, 학력을 지닌 8등 문관이라면 대개, 아니 그것보다도 러시아는 실로 묘한 나라여서 어떤 8등 문관에 대하여 한 마디 언급하면, 리가에서 캄차카트에 이르는 전국의 8등 문관들이 모두 자기 일인 것처럼 생각해 버리는 것이다. 그 밖에 어떤 관등이나 칭호를 가진 인간들도 이 점에서는 역시 똑같다고 할 수 있다. 어쨌든 코발레프로 말하자면 카프카즈 출신의 8등 문관이었다. 그는 이 지위를 얻은 지가 고작 2년밖에 안 되었으므로 잠깐이나마 그 칭호가 머리 속에서 떠나지 않았다. 그뿐만 아니라 더한층 위신과 품위를 높이기 위해 8등 문관이라 부르지 않고 소령이라 부르고 있었다.

"이봐, 알고 있겠지?"

코발레프는 와이셔츠를 팔고 있는 여점원을 길에서 만나면 언제나 이렇게 말했다.

"우리 집으로 갖다 줘. 사도바야 거리에 가서 코발레프 소령이 어디에 살고 있느냐고 물으면 누구든지 가르쳐 줄 거야!"

여점원의 얼굴이 조금 반반하게 생겼을 때는,

"코발레프 소령 댁이라고 꼭 물어 봐야 해, 알겠지?" 하고 덧붙이는 것을 잊지 않았다. 바로 이런 이유로 우리도 지금부터는 코발레프를 8등 문관 대신에 소령이라고 부르기로 하자.

코발레프 소령은 날마다 네프스키 거리를 거닐었다. 그의 와이셔츠 깃은 언제나 깨끗하고 뻣뻣했다. 그리고 구레나룻으로 말하면 요즈음도 시청이나 군청의 측량 기사나 토목 기사, 연대의 군의관, 여러 가지 공무를 수행하는 관리로, 대체로 살이 찌고 불그레한 뺨을 가지고 트럼프 놀이를 잘하는 친구들에게서 흔히 볼 수 있는 그런 종류의 수염이었다. 다시 말해서 그 구레나룻은 뺨의 한가운데를 내려오다가 곧장 코앞까지 뻗어 있었고, 코발레프 소령은 언제나 문장이 박힌 호박 도장과 수요일, 목요일, 월요일 등과 같은 글자를 새긴 나무 도장을 많이 가

지고 다녔다.

코발레프 소령이 페테르스부르크에 온 것은 그 나름대로 이유, 즉 자기 신분에 알맞은 지위를 얻기 위해서였다. 만일 가능하다면 부지사 자리를 원했고, 그것이 불가능하면 이름 있는 지방 관청의 감찰관 자리를 원하고 있었다. 코발레프 소령은 결혼을 생각하지 않는 것은 아니었으나, 다만 그것은 상대방 여자에게 20만 루블리의 지참금을 가지고 있는 경우에 한하는 것으로 되어 있었다.

이 정도 소개하면 그래도 제법 쓸 만하게 잘 생긴 코가 자취 없이 사라져 버리고 그 자리에 편편한 평지가 생긴 것을 발견한 순간, 코발레프 소령의 심정이 어쨌을까 하는 것을 독자들은 스스로 판단할 수 있을 줄 안다.

공교롭게도 거리에는 역마차가 한 대도 없어서 그는 몸을 외투로 감싸고 코피가 나오기라도 한 것처럼 손수건으로 얼굴을 가리고 걸어가는 수밖에 없었다. 코발레프 소령은 걸어가는 도중에,

'아니, 내가 혹시 잘못 생각했는지도 몰라. 사람의 코가 그렇게 쉽게 떨어져 나갈 까닭이 있나?'

하는 생각이 들어 거울을 보려고 일부러 제과점에 들어갔다. 다행히 손님은 아무도 없었으며 심부름하는 점원 아이들이 가게를 청소하고, 의자를 정돈하고 있을 뿐이었다. 잠이 덜 깬 모습으로 방금 구워 낸 과자를 나르는

어린 점원도 있었다. 탁자와 의자 위에는 커피가 쏟아져 얼룩진 신문이 놓여 있었다.

"마침 다행히 아무도 없군."

코발레프 소령은 혼자 중얼거렸다.

"어디 다시 한 번 살펴봐야지."

그는 슬금슬금 거울 앞으로 가서 살펴보고,

"이런 빌어먹을! 이게 무슨 꼴이야."

하고 내뱉듯이 말했다.

"코가 없으면 그 대신 무엇이라도 붙어 있어야 할 것이 아닌가. 그런데 아무것도 없다니……."

코발레프 소령은 화가 치솟아 지그시 입술을 깨물며 제과점을 나왔다. 앞으로는 누구를 만나더라도 못 본 체하고, 또 아무한테도 웃음을 보이지 말아야겠다고 마음 속으로 다짐했는데, 이것은 평소의 그의 습관과 반대되는 일이었다.

코발레프 소령은 어느 집 대문 앞에서 갑자기 못이 박힌 듯 우뚝 서 버렸다. 도저히 이해할 수 없는 일이 그의 눈앞에서 벌어진 것이다. 마차 한 대가 그 집 현관 앞에 와서 멎더니, 예복을 입은 신사가 마차에서 내려 계단을 뛰어올라갔다. 그런데 그 신사가 바로 자기의 코라는 것을 알았을 때 코발레프 소령의 놀람과 두려움은 말할 수 없이 컸다.

이런 기괴한 광경을 보는 순간, 코발레프 소령은 눈앞의 모든 것이 완전히 뒤집혀 버린 것 같아 자기가 이렇게 서 있을 수 없다고 느꼈으나, 열병 환자처럼 온 몸을 부들부들 떨면서도 어쨌든 그 신사가 마차로 돌아올 때까지 기다려야겠다고 마음먹었다. 그 후 2분 가량 지나자 그 코는 과연 다시 나왔다. 코는 커다란 깃이 달린 금실로 수를 놓은 예복에 양가죽 바지를 입고, 허리에 큰 칼을 차고 있었다. 깃털이 달린 모자로 보아 5등 문관임을 알 수 있었다. 그리고 그 밖의 모든 것으로 보아 그는 누구를 방문하러 온 것이 틀림없었다. 코는 좌우를 한 번 살펴보고,

"마차를 이리 가져와!"

하고 마부에게 명령했다. 그리고는 마차를 타더니 어디론가 쏜살같이 떠나 버렸다.

불쌍한 코발레프 소령은 미칠 것만 같았다.

그는 이같이 기괴한 일을 어떻게 처리해야 좋을지 전혀 생각이 나지 않았다. 어제까지만 해도 자기 얼굴에 얌전히 붙어 있던 코가, 한 자리에 붙어서 움직일 수 없었던 그 코가, 예복을 입고 마차를 타고 돌아다니다니, 이것은 아무리 생각해 보아도 있을 수 없고, 있어서도 안 될 일이었다. 코

발레프 소령은 급히 마차를 쫓아갔다. 마차는 다행히 얼마 가지 않고 카잔스키 교회 앞에 멎었다.

코발레프 소령은 교회를 향해 급히 달려갔다. 교회 앞에는 붕대로 얼굴을 감싸고 조그맣게 뚫린 두 개의 구멍으로 눈만 내놓고 있는 비렁뱅이 노파들이 줄지어 서 있었다. 코발레프 소령은 늘어선 비렁뱅이 노파들을 헤치고 교회 안으로 들어갔다. 교회 안에는 예배 보는 교인이 그리 많지 않았는데, 그들은 모두 문 옆에 몰려 서 있었다. 코발레프 소령은 자기가 도저히 기도를 올릴 수 없을 정도로 정신이 혼란 상태에 빠져 있음을 깨달았다. 그는 사방으로 눈을 굴리며 조금 전의 신사를 찾아보았다. 한참 만에 신사가 저 쪽에 있는 것을 발견했는데, 신사는 커다란 옷깃 속에 얼굴을 깊숙이 파묻고 매우 경건한 표정으로 기도를 올리고 있었다. 코발레프 소령은,

‘어떻게 하면 저 옆으로 다가갈 수 있을까?’

하고 생각했다. 그러다가,

“아무튼 저 예복으로 보나 모든 차림새로 보아 5등 문관임이 틀림없어. 젠장할, 일이 이렇게 될 게 뭐야!”

하고 중얼거렸다. 그 코 신사는 머리를 숙인 채 여전히 기도를 드리고 있었다.

“여보십시오.”

코발레프 소령은 마음을 굳게 먹고 입을 열었다.

"여보십시오."

"왜 그러십니까?"

코 신사는 얼굴을 들며 대답했다.

"조금 이상한 일이 있어서 말씀을 드립니다만, 당신은 자기가 있어야 할 위치를 잊지 않고 계실 텐데요? 그런데 갑자기 이런 교회 안에서 만나게 되니 정말로 이상합니다. 그렇지 않은가요?"

"실례지만, 무슨 말씀을 하시는 것인지 알아들을 수가 없군요. 좀더 분명하게 말씀해 주시죠."

코발레프 소령은 용기를 내어 말했다.

"물론 나는, 이렇게 말하는 저는 소령입니다. 소령인 제가 코를 떼놓고 다닌다는 것은 있을 수 없는 일이지 않습니까? 보즈네센스키 다리 위에서 껍질 벗긴 귤을 팔고 있는 여자라면 코가 없는 얼굴로 앉아 있어도 괜찮겠지요. 그러나 멀지 않아 현지사 자리에 틀림없이 앉게 될 인물이 이래서야 되겠습니까? 더욱이 신부를 맞아야 하는, 아니 그뿐만 아니라 지금도 저는 유명한 부인들을 많이 알고 있습니다. 예컨대 5등 문관 부인인 체흐타레바나, 그 밖에 대령 부인 하는 식으로, 생각해 보시면 아실 것입니다. 저는 도대체 당신이, 아니 말이 좀 빗나간 것 같습니다만 만일 이 사건을 의무와 명예에 관한 법률에 비추어 생각해 본다면 제가 말하지 않아도 당신이 더 잘 알고 계시리라 믿습니다."

"도대체 무슨 말씀을 하시는지 하나도 이해하지 못하겠는데요."

코 신사가 대답했다.

"제가 충분히 이해할 수 있도록 자세히 설명해 주시오."

"그러시다면 자세히 말씀 드리겠습니다만……."

코발레프 소령은 위엄을 나타내려고 애쓰며 말을 계속했다.

"오히려 저야말로 당신의 말을 어떻게 이해해야 할지 모르겠군요. 문제는 지극히 명백한 것 같은데, 꼭 원하신다면 말씀 드리겠습니다. 당신은 제 코가 아닙니까?"

이 말을 들은 코 신사는 얼굴을 약간 찌푸리며 코발레프 소령을 이상하다는 듯이 바라보았다.

"당신은 무엇인가 잘못 생각하고 계신 것 같습니다. 나는 어디까지나 내 자신입니다. 또 나와 당신 사이에 어떤 관계도 있을 수 없습니다. 당신의 제복에 달린 단추만 보더라도 나와는 전혀 다른 관청에 근무하고 있다는 것을 잘 아실 텐데요."

코 신사는 말을 끝내더니 다시 기도문을 외우기 시작했다.

코발레프 소령은 어리둥절하여 어떻게 해야 할지, 또 무엇을 생각해야 좋을지 갈피를 잡을 수가 없었다. 이 때였다. 옷자락을 가볍게 스치는 소리가 들리더니 위아래를 모두 꽃 레이스로 장식한 중년 부인과 함께 날씬한 허리에 예쁜 꽃무늬가 그려진 하얀 옷을 입고 만두 모양의 모자를 쓴 부인이 들어왔다. 부인 뒤로는 구레나룻에 한 다스나 되는 여러 가지 깃을 목에 두른 키가 헌칠하게 큰 하인이 뒤따라 들어와서 담뱃갑을 열었다.

코발레프 소령은 부인 옆으로 다가가서 셔츠의 깃을 보기 좋게 약간 위로 세우고 금줄에 매달려 있는 도장들을 바로잡은 후 미소 띤 얼굴로 좌우를 살펴보고는 날씬한 부인 쪽으로 눈길을 보냈다. 부인은 솜털처럼 가볍게 고개를 한 번 숙여 보이고, 거의 투명하게 보이는 양초 같은 손을 이마로 가져갔다.

코발레프 소령의 얼굴에 피어난 미소는 부인의 흰 눈같이 둥그스름한 턱과 이른 봄에 피어나는 장미의 꽃잎 같은 뺨이 모자 밑으로 조금 드러나 보였을 때, 더욱 환하게 퍼져 나갔다. 그러나 그 순간 그는 불에 데기라도 한 것처럼 펄쩍 뛰었다. 코가 붙어 있어야 할 자리에 아무것도 없다는 것을 생각했기 때문이었다. 코발레프 소령의 눈에서는 눈물이 흘렀다. 그는 코 신사에게 '당신은 가짜 5등 문관이다, 사기꾼이다, 악한이다, 당신은 내가 가지고 있어야 할 코가 아니냐'고 담판을 지을 생각으로 옆을 돌아보았으나 코 신사는 이미 그 자리를 떠나고 없었다. 아마도 누군가를 또 방문하기 위해 마차를 타고 떠난 것 같았다.

코발레프 소령은 완전히 절망 속에 빠지고 말았다. 그는 발길을 돌려 둥근 돌기둥이 늘어선 바깥 복도로 나와 잠깐 걸음을 멈추고 혹시 코 신사가 보이지 않나 하고 열심히 사방을 둘러보았다. 코발레프 소령은 코 신사의 모자에 깃털이 꽂혀 있었던 것과 금실로 수놓은 예복을 입었다는 것은 기억에 남아 있었지만, 그가 타고 있던 마차의 말이 무슨 빛깔이었는지, 어떤 외투를 걸치고 있었는지도, 그리고 하인을 거느리고 있었는지, 만일 있었다면 어떤 제복을 입고 있었는지 한 가지도 똑똑히 보지 못했던 것이다.

더욱이 거리에는 무수한 마차가 오가고 있었는데 모두가 너무나 빨리 달리고 있었기 때문에 그것들을 일일이 눈여겨 살펴볼 수가 없었다. 예컨대 그 마차들 중에서 비슷한 마차를 발견했다 하더라도 그 마차를 멈추게 할 수 있는 그 어떤 수단이나 방법이 코발레프 소령에게는 없었다. 화창한 날이었기 때문에 네프스키 거리는 그야말로 많은 사람들로 인산 인해를 이루고 있었다.

플리체이스키에서 아니차킨 다리에 이르는 인도에는 어느 곳이나 꽃으로 몸을 장식한 부인들이 떼를 이루어

걷고 있었다. 한 곳을 보니 그가 잘 아는 7등 문관이 걸어
가고 있었는데, 코발레프 소령은 그를 때로는 중령이라
고 불렀다. 특히 모르는 사람들 앞에서는 그렇게 부르기
로 하고 있었다. 또한 코발레프 소령과는 아주 친한 친
구인 귀족원 과장으로 있는 야르즈킨도 보였다.

그는 8명이 하는 트럼프 놀이에서 언제나 정해 놓은 듯
이 잃기만 하는 사내였다. 그런가 하면 맞은편에서는 킨
프카스에게 8등 문관 칭호를 받은 소령의 다른 친구가 손
을 흔들며 이리로 오겠다는 신호를 하고 있었다. 코발레
프 소령은,

"젠장맞을! 이게 무슨 꼬락서니람."
하고 불만스럽게 중얼거렸다.

"이봐, 빨리 경찰국장 댁으로 가자."
코발레프 소령은 마차에 올라타기가 무섭게 재촉했다.
그는 마부가 숨을 쉴 수 없을 만큼 소리쳤다.

"전속력으로, 전속력으로 달려!"
목적지에 도착한 코발레프 소령은 현관에 들어서자마
자 큰 소리로 물었다.

"국장님 계신가요?"
"안 계시는데요."
수위가 대답했다.

"방금 전에 나가셨습니다."

"이것 참, 일이 안 되려니까."

"1분만 빨리 오셨더라도 만나 보셨을 텐데……."

수위가 안되었다는 듯이 말했다.

코발레프 소령은 손수건으로 얼굴을 가리고 다시 마차에 올랐다. 그리고 절망적인 말투로 외쳤다.

"자, 돌아가자."

"어디로 갈까요?"

"곧장 가."

"곧장 가라뇨? 여기는 삼거리인데 오른쪽으로 갈까요, 왼쪽으로 갈까요?"

마부의 묻는 말에 코발레프 소령은 흥분된 마음을 가라앉히고, 다시 깊이 생각하게 만들었다. 이러한 그의 처지로서는 먼저 경찰서에 사건을 신고하는 것이었다.

그것은 이 사건이 경찰과 직접적인 관계가 있어서라기보다는 경찰의 수배가 다른 기관의 도움을 받는 것보다 훨씬 빠르기 때문이었다. 코 신사가 근무하고 있다는 기관의 상사에게 호소하여 목적을 달성하려는 방법은 무모하기 짝이 없는 것이었다. 왜냐하면 코 신사 자신의 입에서 나온 여러 가지 대답을 들어서 명백한 것과 같이, 그와 같은 인간에게는 털끝만한 양심도 없으며, 따라서 코발레프 소령과는 전혀 모르는 관계라고 딱 잡아 뗄 것이 분명한 일이기 때문이었다. 그런 이유로 코발레프 소령은 마부에게 경찰서로 가자고 말하다가 갑자기 이런 생각이 떠올랐다.

'조금 전에 처음 만났을 때에도 그처럼 염치가 없는 거짓말을 늘어 놓은 악당 같은 사기꾼이니까 적당한 기회에 페테르스부르크를 벗어나 어디로 도망쳐 버릴지도 모른다. 만일 그렇게 된다면 아무리 수사망을 펼쳐 보았자 헛수고가 될 것이고, 헛수고가 아니라고 해도 꼬바기 한 달은 걸려야 해결을 할 것이다. 그러면 이 일을 어쩌면 좋을까.'

그러나 마침내 코발레프 소령은 하늘에서 어떤 영감을 받은 것처럼 한 가지 묘안을 생각해 냈다. 그는 곧바로 신문사로 달려가서 한시바삐 이 사건을 자세하게 적어서 광고를 내기로 작정했다. 그렇게 되면 누구나 코 신사를 발견한 즉시 붙잡아서 코발레프 소령에게 데려올 것이고, 그렇지 않으면 그가 있는 곳을 틀림없이 알려 줄 것이다. 이렇게 생각한 코발레프 소령은 마부에게 신문사에 가라고 명령했다. 그는 주먹으로 계속해서 마부의 등을 치면서,

"이놈아! 좀더 빨리 달리지 못해, 이 악당 같은 놈아!"
하고 고래고래 소리질렀다.

"허 참, 나리님도!"
마부는 머리를 좌우로 흔들면서 채찍으로 말 등을 쉬지

않고 후려갈겼다. 마침내 마차가 신문사 앞에 멎자 코발레프 소령은 숨을 헐떡이면서 조그마한 접수실로 뛰어들었다. 접수실 안에는 낡은 모닝코트에 안경을 쓴 늙은 사무원이 책상 앞에 앉아서 펜대를 입에 문 채 광고료로 받은 동전을 계산하고 있었다. 코발레프 소령은 커다란 목소리로 물었다.

"광고 접수는 누가 하는 거요?"

"어서 오십시오."

늙은 사무원은 이렇게 대답하며 눈을 들어 흘낏 쳐다보고는 다시 동전 위로 시선을 옮겼다.

"광고를 내려고 왔어요?"

"잠깐 기다려 주시겠습니까?"

사무원은 오른쪽 손가락으로 종이 위에 적힌 숫자를 짚어 가며 왼쪽 손가락으로 주판알을 두 개 튕겼다. 여러 가지 금실로 장식한 옷을 말쑥하게 입은 것으로 보아 어느 귀족의 하인인 것처럼 보이는 사내가 두 손으로 광고문을 적은 종이를 들고 책상머리에 서서 상냥한 목소리로 아양을 떨며 지껄이고 있었다.

"정말입니다, 나리님. 80카페이카도 안 되는 강아지를, 나 같으면 그냥 가져가라고 해도 필요없지만, 백작 부인께서는 그놈을 여간 귀여워하시는 게 아니에요. 그 강아지를 찾아 주는 사람한테는 1백 루블리를 사례금으로 주

겠다는 거죠. 나리님과 저를 놓고 보아도 역시 그렇겠지
만, 사람의 취미는 참으로 가지각색이더군요. 개에게 일
단 미치기만 하면, 포인터다 무어다 해서 5백 루블리거나
1천 루블리거나 조금도 아깝게 생각하지 않고, 무슨 수를
써서라도 좋은 개를 손에 넣으려고 눈알이 뒤집혀서 덤
비거든요."

사무원은 정색하고 썩 깊은 표정으로 이야기를 듣고 있
었으나 한편으로는 그가 접수시킨 광고문의 글자수를 바
쁘게 계산하고 있었다. 주위에는 노파의 상점에서 일하
는 점원과 대리인 등이 광고문을 손에 들고 옹기종기 서
있었다. 어느 광고에는 품행이 바른 마부를 구한다고 쓰
여 있었고, 또 다른 광고에는 1814년에 프랑스 파리에서
산, 아직 새것이나 다름없는 마차를 팔겠다고 쓰여 있기
도 했다.

세탁부 경험이 있고 다른 일도 할 수 있는 19세 처녀가
가정부 자리를 구하고, 스프링 한 개가 없을 뿐인 아주
튼튼한 마차, 생후 17년이 되고 잿빛 반점이 있는 날쌘
승마용 말, 영국 런던에서 새로 들어온 무와 배추의 씨
앗, 모든 시설이 갖추어진 별장, 훌륭한 자작나무 숲이나
전나무 묘목 밭을 만들기에 충분한 빈 터가 딸린 마구간
두 채, 헌 구두 밑창을 구함, 매일 오전 8시부터 오후 3시
까지 흥정하러 가겠음, 이런 것들도 있었다. 비좁은 접수

실에 사람들이 많이 들어와 있었으므로 실내의 공기는 말할 수 없을 정도로 탁했다. 그러나 코발레프 소령은 그런 냄새를 맡을 겨를이 없었다. 손수건으로 얼굴을 가린 탓도 있겠지만, 코가 사라지고 없기 때문이었다.

"여보시오. 부탁 좀 합시다. 급한 광고라서 그럽니다."

코발레프 소령은 끝내 참을 수가 없어서 입을 열었다.

"예, 예, 곧 끝납니다. 잠깐만 기다리세요. 2루블리 43카페이카! 1루블리 64카페이카!"

늙은 사무원은 노파와 다른 광고 대리인 앞에 글자수를 계산한 광고문을 내밀며 말한 다음에야 코발레프 소령을 향해,

"무슨 용건으로 오셨습니까?"

하고 물었다. 이 물음에 코발레프 소령은,

"다름이 아니라 나는 사기라고 할까, 횡령이라고 할까, 그런 사건에 걸려들었는데, 지금까지도 그것을 전혀 알 수가 없어요. 그래서 그 사기꾼을 잡아 오는 사람에게는 충분히 사례하겠다는 광고를 실어 주었으면 하고 찾아왔습니다."

"그렇습니까? 선생의 성함은?"

"꼭 이름을 알아야 할 필요는 없지 않습니까? 성명은 밝힐 수 없습니다. 저는 이름 있는 부인들을 많이 알고 있습니다. 5등 문관 부인 체흐타레바, 대령 부인 팔라게

야그리고예브나 포드토치나, 만일 이런 부인네들이 알게
된다면 그야말로 큰일입니다. 그저 8등 문관이라는 것만,
아니 그보다도 소령급이라는 것만 밝혀 두면 되지 않을
까요?"

"그럼 도망친 놈은 댁의 하인인가요?"

"천만에, 하인은 그렇게 대단한 사기를 칠 수 없지요.
도망친 놈은 바로 내 코랍니다."

"그것 참, 이상한 이름도 있군요! 그래 그 코씨라는 작
자가 거액을 가로챘다, 그런 말씀이군요."

"그렇게 제멋대로 생각하시면 안 됩니다. 그 코는 내
얼굴에 붙은 코인데, 이놈이 행방 불명이란 말입니다. 살
다 보니 참 별꼴을 다 당하게 되는군요."

"어떻게 행방을 모른다는 말입니까? 무슨 말씀인지 도
무지 이해할 수가 없는데요."

"어째서 그런 일이 벌어졌는지 내 자신도
설명할 수가 없습니다. 그렇지만 그 코가
지금 시내를 돌아다니며 5등 문관 행세를
하고 있는 것만은 틀림없는 사실입니다.
그래서 나는 한시바삐 그놈을 붙들어서 나
한테 끌고 오라는 광고를 신문에 내고 싶다
는 것입니다. 코는 사람의 얼굴에서 제일
먼저 눈에 띄는 곳이 아닙니까? 그런데 그

놈을 잃어버린 내 심정이 어떤지 한 번 상상해 보십시오.
이것은 새끼발가락이 한 개 없어졌다는 것과는 전혀 비
교되지 않는 문제입니다. 그런 것이라면 비록 새끼발가
락이 없다고 해도 구두 속으로 밀어 넣으면 그만이지요.
나는 매주 목요일마다 5등 문관의 부인인 체흐타레바에
게 가기로 되어 있고, 대령 부인인 팔라게 야그리고리예
브나 포드토치나와 아주 예쁘게 생긴 그의 딸, 그 밖에도
가깝게 지내는 부인들이 많습니다. 한번 처지를 바꾸어
생각해 보세요. 지금 내 심정이 어떻겠는가. 나는 이제는
부인들 앞에 얼굴도 내밀지 못하게 되어 버리고 말았습
니다.”

사무원은 굳게 입을 다물고 무엇인가 골똘히 생각하는
눈치였다.

“아무래도 그런 광고는 신문에 실을 수가 없습니다.”

코발레프 소령은 한참 동안 침묵한 끝에 입을 열었다.

“아니, 도대체 어째서 신문에 낼 수 없다는 거요?”

“그 까닭은 신문이 신용을 잃어버리고 말기 때문입니
다. 코가 도망쳤다는 글을 신문에 실어 보십시오. 세상 사
람들은 당장에 그 신문에는 이치에 닿지도 않는 엉터리
거짓 기사가 많다느니 뭐니 하고 말썽을 부릴 것입니다.”

“어째서 이 사건이 엉터리 거짓이란 말이오? 그런 것은
조금도 없을 것 같은데요.”

"그것이 엉터리가 아니라고 하는 것은 선생의 생각이죠. 아 참, 지난 주에도 이런 일이 있었습니다. 어떤 관리한 사람이 선생처럼 여기를 찾아와서 광고문이 적힌 종이를 내밀더군요. 요금을 계산해 보니 2루블리 75카페이카였는데 그 광고라는 것이 검은 발바리가 도망쳤다는 내용이었습니다. 아무래도 이것은 무엇인가 수상하다고 생각했더니 정말로 이 사람은 대단한 험구가로 누구를 빈정거리는 뜻이었다고 합니다. 발바리란 어느 학교인가 기관인가 하는 경리계를 가리키는 말이었더군요."

"그러나 나는 발바리 광고를 내 달라는 것이 아닙니다. 내 코에 대한 것이므로 내 자신을 광고하는 것이나 다름이 없을 같을 것 같은데요."

"하지만 그런 광고는 아무래도 실을 수 없습니다."

"그렇기는 하지만 코가 없어졌으니 어쩌면 좋습니까?"

"정말로 코가 떨어져 나갔다면, 그것은 병원의 의사가 할 일이죠. 요즘은 손님이라고 할까요, 환자라고 할까요, 아무튼 그들 요구에 따라 얼마든지 보기 좋은 코를 만들어 달아 주는 의사가 있다더군요. 그러나 내가 보기에는 선생은 매우 낙천적이어서 세상 사람들을 놀려 주고 싶어서 그러는 것 같군요."

"농담이 아니오. 나는 진정으로 말하는 것인데 이야기가 이렇게까지 된 이상 어쩔 수가 없군요. 당신한테 내 모습을 직접 보여 드리지요."

"뭐 그렇게 하실 것까지는 없습니다."

사무원은 코담배를 한 번 들이마시고 난 후 말을 계속했다.

"그러나 별다른 지장이 없으시다면……."

코발레프 소령은 얼굴을 가린 손수건을 떼었다.

"음, 과연 이상한데! 코가 있어야 할 자리가 지금 막 구워 낸 빵처럼 매끄럽군요. 원, 저렇게 납작하다니!"

"어떻습니까? 이제는 당신도 할 말이 없을 것입니다. 그렇기 때문에 광고는 꼭 실어 주어야 합니다. 이것을 기회로 당신을 알게 된 것을 매우 기쁘게 생각합니다. 아니, 감사하게 생각한다는 말이 더 적당할 것 같군요."

코발레프 소령은 이제 약간 아첨하는 태도를 취하는 것이 이로울 것이라고 생각한 모양이었다. 그러자 사무원이 대답했다.

"신문에 싣는 것은 물론 어려운 일이 아니지만 내 생각에는 이 광고가 선생에게 하나도 도움이 될 것 같지 않습니다. 꼭 신문에 싣고 싶으시다면 예술적인 문장력이 있는 사람한테 가서, 이런 이상한 사건을 주제로 하여 글을 써 달라고 부탁하십시오. 그것이 '북방의 꿀벌' 같은 잡지에라도 실린다면 젊은 청년들에게도 교훈이 될 것이고, 일반 독자들에게도 흥미를 안겨 줄 수 있을 것 같은

데요."

코발레프 소령은 완전히 실망했다. 그는 문득 극장 광고가 실린 신문의 하단에 눈길을 주었다. 그리고 예쁘게 생긴 여배우의 이름을 보고는 그의 얼굴에 순간적으로 엷은 미소가 떠오르려고 했다. 그는 손으로 호주머니 속을 뒤지고 있었다. 푸른 지폐가 들어 있는지를 확인하기 위해서였는데, 코발레프 소령의 의견에 따르면, 적어도 소령급은 극장의 특별석에 자리를 잡아야 하기 때문이었다. 그러나 코가 없다는 생각이 들자 기가 꺾이고 말았다.

그런데 사무원 역시 코발레프 소령의 난처한 처지에 몹시 동정이 가는 모양이어서, 조금이나마 그의 마음을 위로해 주는 뜻에서 몇 마디 말로나마 동정심을 보이는 것이 예의일 것 같다고 생각했다.

"그처럼 뜻밖의 재난을 당한 선생에게 나로서는 무엇이라고 위안의 말씀을 드려야 할지 모르겠군요. 어떻습니까, 코담배라도 한 대 피우시면? 두통이 있을 때나 우울할 때 효과가 있지요. 더욱이 치질에도 좋은 것 같더군요."

사무원은 이렇게 말하며 코발레프 소령에게 담뱃갑을 내밀며 모자를 쓴 여자의 그림이 그려져 있는 뚜껑을 익숙한 솜씨로 열었다.

그러나 아무 생각 없이 내뱉은 이 말이 그만 코발레프 소령의 분통을 터뜨리게 하고 말았다. 그는 버럭 화를 내며 말했다.

"농담도 정도가 있어야지! 나는 냄새를 맡는 물건이 없어져 버렸단 말이야. 당신 눈에는 그것이 안 보여? 코담배 따위는 이제 보기만 해도 넌더리가 날 정도야. 그런 싸구려 베레진 담배는 고사하고 프랑스제 라페를 권한다고 해도 마찬가지란 말이오!"

이렇게 내뱉은 코발레프 소령은 화가 머리끝까지 나서 신문사를 뛰쳐나와 곧바로 경찰서장을 찾아갔다. 그가 찾아갔을 때 경찰서장은 기지개를 켜고 헛기침을 하면서,

"한 두 시간 잠이나 실컷 자 버릴까!"

하고 잠을 청하려던 참이었다. 그러니까 코발레프 소령이 찾아갔을 때는 아주 불리한 순간이었음이 틀림없다. 경찰서장은 모든 종류의 예술품과 공예품의 애호가였다. 그렇지만 가장 소중한 것은 역시 지폐였다.

"이게 나한테는 아주 그만이거든!"

경찰서장은 언제나 이렇게 말하곤 했다.

"이것보다 더 좋은 것이 이 세상에는 없지. 먹을 것을 주라고 하나, 넓은 장소가 필요하나. 주머니 속에 항상 들어 있어서 어쩌다 떨어뜨려도 깨어지거나 망가지는 일

이 없으니⋯⋯."

경찰서장은 매우 냉정하게 코발레프 소령을 맞았다. 그리고는 점심을 먹은 후에는 사건을 심리하기에 적당한 시간이 아니라는 둥 인간은 태어날 때부터 식후에는 잠깐 동안 쉬게 되어 있는 동물이라는 둥 똑똑한 사람이라면 코를 잃어버리는 일은 결코 없으리라는 둥 쓸데없는 소리만 지껄였다.

경찰서장의 이런 지껄임은 눈 가장자리가 아닌 눈에다 주먹을 휘두르는 것과 다름이 없었다. 그런데 여기서 주의해야 할 것은 코발레프 소령은 대단히 성을 잘 내는 사람이라는 것이다. 그는 단순히 자기 자신에 대한 말이라면 얼마든지 참을 수 있으나, 일단 계급에 관계되는 경우에는 절대로 참지 않았다. 예를 들어 어떤 연극을 보다가도 소위 같은 위관급에 관한 장면은 무엇이든 너그럽게 생각하나, 소령 같은 영관급에 속하는 사람을 놀리는 따위의 장면은 절대로 용서할 수 없다는 식이었다. 그러므로 경찰서장의 이 같은 말에는 몹시 당황해서 머리를 흔들고 두 손을 조금 벌려 보이며 위엄 있게 말했다.

"솔직히 말해서 당신이 그런 모욕적인 언행을 보이는 이상 나는 아무것도 말할 수 없소."

코발레프 소령은 이렇게 내뱉고 그냥 나와 버렸다. 그가 자신의 발자국 소리조차 듣는 둥 마는 둥 집으로 돌아왔을 때는 이미 저녁 무렵이었다. 이렇게 그의 모든 노력이 물거품으로 돌아가자 자기 집이 어쩐지 을씨년스럽고 초라하게 느껴졌다. 현관을 들어서자 가죽을 씌운 낡은 소파 위에 이반이라는 심부름꾼 아이가 팔자가 늘어진 채 드러누워 천장에다 침을 뱉고 있었는데, 그것이 멋지게 똑같은 자리에 명중하는 것이었다. 정말 팔자가 늘어진 놈이라고 생각하니 별안간 화가 치밀어 코발레프 소령은 모자로 그 아이의 이마를 때리며 호통을 쳤다.

"이 돼지만도 못 한 놈아, 무슨 쓸데없는 짓을 하고 있는 거야?"

이반은 부리나케 소파에서 일어나더니 코발레프 소령의 등뒤로 돌아가 외투를 벗겼다. 이윽고 코발레프 소령은 자기 방에 들어가자 온 몸이 나른하고 마음까지 우울해져서 안락의자에 앉아 땅이 꺼지게 두세 번 한숨을 쉬고 나서 입을 열었다.

"아! 이것이 무슨 일인가? 손이나 발이 없어지는 것이 이보다 낫고, 두 귀가 없어져도 흉하기는 하겠지만 참을 수는 있겠지. 그런데 코가 없어지다니, 부엉이로 보면 부엉이도 아니고, 사람으로 보면 사람도 아니니, 도대체 무엇이 된다는 말인가? 그것도 전쟁이나 결투에서 없어졌거나 내가 실수를 해서 그렇다면 또 모르겠으나, 이것은 무엇 때문인지 영문도 모르게 없어져 버렸으니 정말로 어처구니가 없는 노릇이야. 아니야, 아무리 생각해 보아도 이런 일은 결코 있을 수 없어."

그는 잠깐 동안 생각하더니 계속해서 중얼거렸다.

"아무리 생각해도 이것은 믿을 수 없어. 정말로 코가 없어지다니, 틀림없이 내가 꿈을 꾸고 있는 것이 아니면 환상일 거야. 어쩌면 면도한 다음에 발라 주는 워드카를 물로 잘못 알고 마셔 버렸는지도 몰라. 그 바보 같은 이반 놈이 술인 줄 모르고 준 것을 내가 마셨는지도 몰라."

코발레프 소령은 자기가 취했는지 알아보려고 자기 몸을 힘껏 꼬집어 보고는 '아얏' 하고 소리를 질렀다. 아픈 것으로 보아서는 꿈이 아닌 현실임이 분명했다. 그는 조심조심 거울 앞으로 다가가서 혹시 코가 제자리로 돌아왔는지 모른다는 생각이 들어 눈을 가늘게 뜨고 거울을 바라보는 순간 흠칫 놀라 뒷걸음질을 치며,

"정말로 못 보겠군!"

하고 중얼거렸다. 이것은 도저히 이해할 수 없는 사건이었다. 단추나 은수저나 시계 따위를 잃어버리면 반드시 잃어버린 까닭이 있을 것이다.

게다가 이것은 자기 집에서 벌어진 사건이 아닌가! 코발레프 소령은 여러 가지 사정을 종합해서 판단한 끝에, 이 사건이 일어나게 된 원인은 다름이 아니라 대령의 부인인 포드토치나에게 있다는 것이 사실에 가장 가까울

것이라는 생각에 다다랐다. 대령 부인은 코발레프 소령
이 자기의 딸과 결혼하기를 바라고 있었고, 코발레프 소
령 또한 대령의 딸을 좋아했으나 결정적인 대답을 피하
고 있었다.

그러던 중 대령 부인이 자기 딸과 결혼해 달라고 노골
적으로 말하자, 코발레프 소령은,

"나는 아직 젊기 때문에 앞으로 5년쯤 관리 생활을 더
하고 난 후에도 늦지 않을 것 같군요. 그 때는 나도 42세
가 될 테니까요."
하고 좋은 말로 적당히 넘어갔기 때문에, 대령 부인이 어
느 마술쟁이 할멈을 시켜 자기 얼굴의 코를 떼어 버린 것
이 분명하다. 그렇지 않고서야 아무렇지도 않은 코가 잘
려 나간다는 것은 생각조차 할 수 없는 일이 아니잖은가.

그 날 저녁에는 아무도 자기 방에 들어오지 않았다. 이
발사 이반이 와서 면도를 해 준 날은 수요일인데, 수요일
은 물론 다음날인 목요일에도 코는 계속 제자리에 붙어
있었다. 코발레프 소령은 그것을 똑똑하게 기억하고 있
었다. 그런데 코를 자를 때는 아팠어야 하는 것이 아닌
가? 또 코를 잘라 낸 자리가 이렇게 빨리 아물어 잘 구워
진 빵처럼 매끈할 리가 전혀 없는 것이다.

코발레프 소령은 여러 가지 방법을 궁리해 보았다. 대
령 부인을 어떤 법적인 절차를 거쳐 법정에 세울 것인가,

아니면 그 집을 직접 찾아가서 담판을 지을 것인가를 여러 모로 생각해 보았다. 이 때 갑자기 방문 틈으로 들어오는 불빛 때문에 그의 생각은 여기서 그치고 말았는데, 이반이 방문 앞에서 촛불을 켠 모양이었다. 잠시 후 이반이 촛불을 들고 방 안을 환하게 비추면서 들어왔다. 그러자 코발레프 소령은 재빠르게 손수건을 꺼내 코가 없어진 곳을 가렸다. 미련한 사환 아이가 주인의 괴상한 얼굴을 보고 넋을 잃을 것만 같아서였다.

이반이 개집 같은 구석방으로 들어가자 이번에는 낯선 사람의 목소리가 현관 쪽에서 들렸다.

"여기가 8등 문관이신 코발레프 씨 댁입니까?"

"그렇소. 그 사람은 지금 여기에 있소."

코발레프 소령은 방문을 열었다. 방에 들어온 사람은 적당히 살찐 두 볼에 구레나룻을 보기 좋게 기른 풍채가 좋은, 이 소설 첫머리에서 이사키예프 다릿목에서 만났던 바로 그 순경이었다.

"당신은 혹시 코를 잃어버리지 않았습니까?"

"아, 예, 코를 잃어버리고 말았습니다."

"그 코를 찾았습니다."

"뭐라고요? 그것이 정말입니까?"

코발레프 소령은 자기도 모르게 큰 소리를 질렀다. 어떻게나 반가웠던지 혀가 굳어 말을 듣지 않을 정도였다.

그는 두 눈을 크게 뜨고 촛불의 빛을 받아 번쩍이는 순경의 두툼한 입술과 얼굴을 바라보았다.

"아, 참, 어떻게 찾으셨습니까?"

"참으로 우연하게 도망가려는 놈을 붙잡았는데, 역마차를 타고 자트비야의 리가 쪽으로 도망가기 직전이었습니다. 그의 여행 증명서를 보았더니 어느 관리 이름으로 꽤 오래 전에 받았더군요. 처음에는 점잖은 신사로 알았는데, 다행히도 안경을 쓰고 있었으므로 그놈이 코라는 것을 금방 알았습니다. 본디 나는 시력이 나빠서 당신이 내 눈앞에 서 있어도 얼굴 윤곽만 희미하게 보일 뿐 코나 수염 같은 것은 구별하지 못합니다. 나의 장모, 즉 마누라의 어머니도 역시 제대로 알아보지 못하니까요."

코발레프 소령은 이제 제 정신이 아니었다.

"그래, 그놈은 지금 어디에 있습니까? 곧 가 보아야겠습니다."

"서두르실 것 없습니다. 당신에게 꼭 필요한 물건 같기에 내가 가지고 있습니다. 그런데 일이 참으로 이상스럽게 되었더군요. 사건의 범인은 보즈네센스키 거리의 이발사 놈인데 지금 유치장에 가두어 놓았지요. 나는 평소부터 그놈이 술꾼이므로 남의 물건을 쉽게 훔칠 것이라고 주목하고 있었습니다. 그제는 어느 상점에서 단추 한 다스를 슬쩍하더란 말입니다. 어쨌거나 당신의 코는 아

무런 이상이 없습니다.”

　이렇게 말하며 순경은 호주머니 속에서 종이에 싸인 코를 꺼냈다.

“바로 이것입니다!”

코발레프 소령은 코를 보자 소리쳤다.

“내 코가 틀림없소. 자, 차라도 한 잔 드시지요.”

“고맙습니다만 그럴 시간이 없습니다. 지금부터 교도소에 들려야 할 일이 있어서요. 그런데 요즘 생활 필수품 값이 몹시 오르더군요. 우리 집에는 장모, 즉 마누라의 어머니가 와서 얹혀 살고 어린아이도 여러 명입니다. 하기는 큰놈은 무척 영리하기 때문에 장래가 촉망됩니다만, 생활비가 많이 들어서 힘들어요.”

　순경을 보낸 다음 코발레프 소령은 형용할 수 없는 기분에 휩싸여서 얼마 동안 꼼짝도 하지 않고 소파에 앉아 있었다. 몇 분이 흐른 다음에야 사물을 제대로 볼 수 있고 느낄 수도 있게 되었는데, 그가 무의식 상태에 빠져 있었던 것은 그의 기쁨이 너무나 뜻밖에 찾아든 것이기 때문이었다. 그는 두 손을 한데 모아 그 위에 다시 찾은 코를 올려놓고 다시 한 번 조심스럽게 들여다 보았다.

“음, 맞았어. 내 코가 틀림없어.”

코발레프 소령은 소리쳤다.

“그래 맞아! 코 왼쪽에 어제 났었던 여드름이 그대로

있군!"

코발레프 소령은 어찌나 반갑고 기뻤던지 눈물이라도 나올 지경이었다. 그러나 이 세상에서 영원히 계속되는 것은 없는 법으로 기쁨 역시 마찬가지였다.

다음 순간에는 그리 대수롭지 않게 되고, 그 다음에는 더욱 시들해져서 마침내는 예사로운 것으로 되어 버렸다. 그것은 마치 조그만 돌이 호수에 떨어졌을 때 생긴 물결이 얼마 후에는 다시 잔잔한 수면으로 되돌아가는 것과 같았다. 코발레프 소령은 거듭해서 생각하다가 아직도 사건이 끝나지 않았음을 깨달았다. 이번에는 코를 제자리에 다시 붙여야 하는 문제가 남아 있었던 것이다.

"만일 다시 붙지 않으면 어떻게 하지?"

코발레프 소령은 이렇게 자신에게 물어 보고 그만 얼굴이 창백해지고 말았다. 그는 어떤 말 못할 두려움을 느끼며 책상으로 달려가서 어떻게 해서라도 코를 비뚤어지지 않게 붙여야 된다고 거울을 꺼냈다. 코발레프 소령은 두 손이 떨리는 것을 꾹 참고 조심해서 코를 제자리에 붙여 보았다. 그러나 이 일을 어쩌랴. 코는 제자리에 붙지 않았다. 그래서 코를 입김으로 따뜻하게 해 가지고 다시 제자리에 붙여 보았지만 아무리 애써도 코는 붙지 않았다.

"이놈의 코야! 그대로 좀 붙어 있어라!"

코발레프 소령은 코를 타일러 보았으나 코는 듣는 둥

마는 둥 병마개 같은 야릇한 소리를 내며 책상 위로 떨어져 버렸다. 코발레프 소령의 얼굴은 경련이 일어나듯이 일그러졌다. 아무리 해도 붙지 않겠다는 것인가? 그는 어이없어서 소리를 질렀다. 그리고 되풀이하여 다시 몇 번을 제자리에 붙여 보았으나 역시 헛수고였다.

코발레프 소령은 이반을 불러 의사를 데려오라고 했다. 의사는 같은 건물의 2층에 훌륭한 방을 가지고 있었으며, 풍채가 좋고 윤기 있는 멋진 수염과 건강하고 젊은 아내가 있었다. 의사는 매일 아침이면 싱싱한 사과를 먹고 거의 45분 동안이나 양치질을 하는데, 다섯 개의 칫솔로 양치질을 하여 언제나 입 안을 깨끗이 하고 있었다. 의사는 곧 와서 이런 불행이 일어난 것이 얼마나 되었느냐고 물어 본 다음, 코발레프 소령의 턱에 손을 대고 얼굴을 받치더니 코가 붙었던 자리를 한 번 퉁겨 보았다. 그 바람에 코발레프 소령은 머리를 뒤로 홱 젖혀 뒤통수가 그만 벽에 부딪치고 말았다.

의사는 이런 정도라면 걱정하지 않아도 된다면서 벽에서 조금 떨어져 앉게 한 후, 이번에는 오른쪽으로 얼굴을 돌리라고 했다. 그런 다음 코가 붙었던 자리를 만져 보며 '흐흠' 하고 나서 다음에는 왼쪽으로 돌리게 하고 역시 '흠' 했다. 끝으로 또 다시 코가 붙었던 자리를 손가락으로 퉁겼으므로 코발레프 소령은 마치 치아 검사를 받는 사람처럼 목을 움츠려 버렸다.
이렇게 진찰을 다 끝낸 다
음 의사는 고개를 가로
저으며 말했다.

　"이것 안 되겠는데요. 이대로 그냥 놓아 두는 것이 좋을 것 같습니다. 자칫 잘못 건드렸다가는 좋지 않을 것 같군요. 그야 물론 코는 당장에라도 붙일 수는 있지만 그렇게 하면 도리어 해롭습니다."

　"아무래도 괜찮습니다. 코가 없이는 잠시도 지낼 수가 없습니다."

　코발레프 소령은 애원하다시피 말했다.

　"이보다 더 볼품없이 될 수는 없을 것 같습니다. 정말로 이런 꼴불견의 낯을 들고 어디를 갈 수 있겠습니까? 내가 알고 있는 사람들은 모두 훌륭한 부인들입니다. 오늘 저녁에도 두 곳을 방문해야 됩니다. 5등 문관 체흐타레바라와 대령 부인 포드토치나인데, 대령 부인한테서 이런 변을 당했기 때문에 그녀를 경찰서에서나 만날 수밖에 없습니다. 정말 그 밖에는 아무도 만날 필요가 없습니다만 제발 좀 생각해 주십시오."

　코발레프 소령은 의사에게 매달려 간청했다.

　"무슨 좋은 방법이 없을까요? 어떻게 해서든지 붙여만 주시면 잘 되거나 흉하게 되어도 괜찮습니다. 떨어지지 않으면 됩니다. 조금 위험하다 싶으면 미리 한 손으로 가볍게 누르고 있으면 되겠지요. 그리고 혹시 잘못하다가 코를 떨어뜨릴지도 모르니까 댄스 같은 것은 그만두겠습니다. 치료비는 최대한도로 생각해 드릴 테니 그 점은 조금도 염려하지 마십시오.”

“이것만은 꼭 믿어 주셔야 되겠습니다.”

의사는 높지도 않고 낮지도 않은 매력 있는 목소리로 말했다.

“나는 결코 돈 때문에 의사 노릇을 하는 것이 아닙니다. 그것은 나의 신념과 인술을 위반하는 일이니까요. 내가 왕진료를 받는 것은 사실이나, 그것을 거절함으로써 도리어 환자의 기분을 언짢게 만들지 않을까 염려하기 때문입니다. 나는 물론 당신의 코를 당장에라도 붙여 드릴 수 있습니다만, 그 결과는 도리어 붙이지 않는 것만도 못할 것입니다. 이렇게 진심으로 말해도 당신은 내 말을 못 믿으시겠습니까? 처음부터 손 대지 않고 그대로 두는 것이 현명합니다. 사실 코가 없더라도 있을 때나 마찬가지로 건강에는 조금도 지장이 없을 것이니, 그 자리를 찬물로 자주 씻어야 됩니다. 그리고 알코올 병에 코를 넣어 두시면 좋을 것입니다. 아니, 그보다 병 속에 코를 넣고 독한 술과 따뜻하게 데운 식초를 한두 숟갈 정도 넣는 것이 좋겠군요. 그렇게 상하지 않게 해 두면 상당한 금액을 받을 수 있을 것입니다. 값이 너무 비싸지만 않으면 내가 팔아 드릴 수도 있습니다.”

“천만의 말씀. 내 코를 팔다니 있을 수 없는 일이오.”

절망에 빠진 코발레프 소령은 의사의 말에 큰 소리로 외쳤다.

“차라리 코를 찾지 않았더라면 좋았을 텐데⋯⋯.”

“실례가 많았습니다.”

의사는 허리를 굽히며 말했다.

“나는 선생을 위해 정성을 들여 도와 드릴 생각이었으나 선생께서 그러시다면 할 수 없군요. 그렇지만 내가 노력했다는 것만은 인정하실 것입니다.”

의사는 말을 끝내고 방에서 나갔는데, 코발레프 소령은 의사의 얼굴을 제대로 보지 않았다. 깊은 무의식 상태에 빠져 있다가 겨우 본 것은 의사의 검정 모닝코트 소매 끝으로 나온 눈빛처럼 하얀 루바쉬카의 커프스뿐이었다. 코발레프 소령은 다음날 고소장을 제출하기 전에 먼저 대령 부인에게 편지를 전달해 그녀가 자기에게 돌려 주어야 할 것을 순순히 돌려 줄 것인지 알아보기로 했다.

「친애하는 알렉산드라야 그리고리예브나!

당신의 괴상한 행위를 나는 아무리 해도 이해할 수가 없습니다. 그 같은 당신의 행위는 조금도 이로움이 못 되

고, 나를 따님과 억지로 결혼시킬 수도 없다는 것을 헤아
려 주시기 바랍니다. 내 코와 관계 있는 사건의 모든 것
은 너무나 명백한 일로, 그 장본인이 바로 당신이란 사실
도 명백합니다. 코가 자기의 위치를 갑자기 떠나 관리로
변하는가 하면, 본디의 자기 모습으로 되돌아온 것은 당
신 아니면 당신과 닮은 행동을 하는 사람들이 마술을 부
린 것이 아니고 무엇이겠습니까? 만일에 내 코가 오늘 안
으로 자기의 자리에 돌아오지 않을 때에는 어쩔 수 없이
법에 호소하는 수밖에 없다는 것을 미리 알려 드립니다.
  그러나 아직도 당신에게 최대의 경의를 표함을 영광으
로 아는 플라톤 코발레프 드림.」

「친애하는 플라톤 쿠치미치에게
  보내 주신 편지를 읽고 놀라운 마음을 금할 수가 없습
니다. 솔직히 말씀 드려서, 나에게 마치 무슨 잘못이라도
있는 것처럼 이런 질책을 받으리라고는 꿈에도 생각하지
못했습니다. 첫째로, 나는 당신이 말씀하시는 그런 관리
는 변장을 했거나 하지 않았거나 한 번도 집 안에 들인
적이 없습니다. 이것만은 분명히 말해 두지요. 빌리프 이
바노치 포탄치코프라는 분이 오셨는데, 그 분은 품행이
바르고 학식도 많은 신사로서, 내 딸한테 청혼하려는 눈
치를 보였으나 나는 승낙한다는 언질을 주지 않았습니

다. 그리고 코에 대한 것을 쓰신 것 같은데 혹시 그것은 내가 당신의 코를 납작하게 만들겠다는, 다시 말해서 정식으로 당신의 청혼을 거절하려고 한다는 의미가 아닐까요? 그렇다면 생각을 잘못하신 것입니다. 그렇게 말씀하신 것은 도리어 당신 쪽이었고, 그는 그 때 알다시피 정반대 의견이었으니까요. 그러니까 당신이 지금이라도 정식으로 청혼만 하신다면 나는 언제든지 기꺼이 승낙할 마음이 있습니다. 그것은 내가 언제나 마음 속으로 바라고 있었던 것이니까요. 그럼 좋은 소식이 있기를 기다리며 이만 쓰기로 하겠습니다. 알렉산드라 포드토치나.」

"이런 것이 아니야."
코발레프 소령은 편지를 읽은 후 생각했다.
'그 부인에게는 아무 죄도 없는 것이 확실해. 그렇지! 죄가 있다면 이런 편지를 절대로 쓸 수가 없지!'
코발레프 소령이 이런 방면에 훤한 것은 전에 카프카즈 지방에 있을 때 사건의 심리를 몇 번인가 맡은 적이 있었기 때문이었다.
"그렇다면 도대체 어떻게 해서, 또 무슨 운명의 장난으로 이런 사건이 벌어졌을까? 갈수록 점점 어려워지는구만."

코발레프 소령은 두 팔을 힘없이 늘어뜨렸다. 어느 틈에 알 수 없는 이 사건의 소문은 시내에 모두 퍼지고 말았다. 그리고 소문은 언제나처럼 허무맹랑한 꼬리가 붙어 다녔다.

이 무렵, 사람들의 관심은 모두 이상한 방향으로 쏠리고 있었는데, 바로 얼마 전부터 자기학 실험이 대유행이었고 코뉴센나야 거리에서 의자가 춤을 춘다는 새로운 소문이 나돌기 시작한 지 얼마 되지 않았을 무렵이었다. 그렇기 때문에 8등 문관인 코발레프의 코가 오후 3시만 되면 네프스키 거리를 돌아다닌다는 소문이 퍼진 것도 그리 이상한 일이 아니었다.

날마다 호기심으로 가득 찬 사람들이 수없이 모여들었다. 코발레프 소령의 코가 지금 윤케르 상점에 있다는 소문이 퍼지면 그 상점 앞은 잠깐 사이에 사람들이 빽빽이 모여 경찰이 출동하지 않으면 안 될 지경에 이르렀다. 구레나룻을 기른 사기꾼이 극장 입구에서 여러 가지 과자를 팔고 있었는데, 좋은 것을 발견한 듯이 이번에는 사방을 포장으로 두른 다음 튼튼한 나무 의자를 많이 만들어 놓고 호기심이 강한 구경꾼들 한 명당 80카페이카씩 받고 포장 안으로 들여보내고 있었다. 어느 대령은 그것을 구경하기 위해 일부러 집에서 일찍 나와 구경꾼들을 비집고 겨우 안으로 들어갔다. 그런데 어이없게도 진열장 속에 보이는 것은 코가 아니라, 어디서나 볼 수 있는 털실로 만든 재킷과 약간 수염이 나고 두 겹 조끼를 입은 놈팽이가, 스토킹을 고쳐 신고 있는 처녀를 나무 그늘에 몰래 숨어서 훔쳐 보고 있는 그림이었는데, 이 그림은 이미 10년 이상이나 바로 그 자리에 걸려 있었던 것이었다. 대령은 되돌아 나오면서 입맛이 쓰다는 것처럼 중얼거렸다.

"세상 사람들은 어째서 터무니없는 소문을 가지고 이렇게 떠들어대는 것일까?"

그런데 이번에는 네프스키 거리가 아니라 타브리체스키 공원에 코발레프 소령의 코가 나타났다는 소문이 나돌았다. 오래 전에 그 코가 나타났다느니, 페르시아의 왕자 호스로프 미르자가 살고 있을 때에도 역시 똑같은 해괴한 사건이 일어나서 왕자를 기절할 만큼 놀라게 했다는 둥 소문은 날이 갈수록 퍼졌다. 의과 대학생 몇 명은 코를 보기 위해 공원을 찾았고, 유명한 어느 상류층 부인은 공원 관리인에게 편지를 보내, 자기 자녀들에게 그 해괴한 현상을 구경시켜 줄 수 없겠느냐는 문의와 함께, 될 수 있으면 아이들에게 교훈이 되도록 설명해 주도록 부탁하는 말을 적기도 했다.

그런데 파티라면 빠지지 않고 찾아다니는 사교계의 제비족들은 이 사건을 손뼉이라도 칠 듯이 좋아했다. 그들은 여자들 웃기기를 무엇보다도 좋아하였는데 마침 재미

있는 화제가 없어서 심심해하고 있던 참이었다. 그렇지만 점잖고 생각이 깊은 극소수의 사람들은 그것을 몹시 불만스럽게 여기고 있었다. 어느 신사는 분노에 찬 음성으로, '오늘날과 같은 문명 시대에 그런 엉터리 같은 거짓말이 왜 그렇게 퍼질 수 있는지 모르겠다, 그리고 관계 당국에서 이에 대하여 주의조차 기울이지 않는 것은 참으로 놀라운 일이다' 라고 했다. 이 신사는 분명히 정부가 모든 일을, 심지어는 자기 부부의 싸움까지 간섭하기를 바라는 사람 중에 한 사람인 것이 틀림없다.

이런 일들이 일어난 후, 이 사건은 다시 또 미궁 속에 파묻히게 되어, 그 다음에는 코가 어떻게 되었는지를 전혀 알 수가 없었다.

이 세상에는 정말로 희한한 일도 많은 것이, 한때는 5등 문관 복장으로 마차를 타고 다니면서 시내를 떠들썩하게 만들었던 그 코가 아무런 일도 없었던 것처럼 코발레프 소령의 얼굴에 갑자기 돌아와 붙은 것이다. 달력은 4월 7일을 가리키고 있었다. 코발레프 소령이 잠자리에서 일어나 무심코 거울을 보았더니 틀림없는 자기의 코가 제자리에 붙어 있었다.

코발레프 소령은 어찌 반가운지 '만세!' 하고 크게 외치며 온 방 안을 마치 미친 사람처럼 뛰어다니다가 이반

이 들어오는 바람에 그만두고 말았다. 그는 곧바로 세수를 하고 다시 한 번 바라보았더니 코가 있었다. 역시 없어졌던 자기의 코였다.

"이봐, 이반. 내 콧잔등에 여드름이 난 것 같은데 좀 살펴봐."

이렇게 말했으나 속으로는,

'쓸데없는 질문을 했군. 만약에 이반이 '주인님, 여드름은 물론이고 코가 보이지 않습니다.' 하면 어떻게 하나!' 하고 후회하기 시작했다. 그런데 이반은,

"아무것도 없는데요. 주인님 코가 아주 근사하네요." 라고 대답했다.

"좋았어, 이제는 되었다!"

코발레프 소령은 이렇게 중얼거리면서 손가락을 튕겨 보았다. 이 때, 이발사 야코블레비치가 방금 버터를 훔치려다 들킨 고양이같이 겁먹은 표정을 하고 방문으로 얼굴을 디밀었다.

"손은 깨끗이 씻었나?"

"예."

"거짓말 아니지?"

"나리님, 정말로 깨끗이 씻었습니다."

"됐어, 그럼 조심해서 잘하라고."

코발레프 소령은 의자에 앉았다. 이발사는 그를 하얀

천으로 두르고 순식간에 비눗솔로 그의 볼과 수염에다 크림처럼 온통 비누칠을 했다.

"정말, 틀림없군!"

이발사는 코발레프 소령의 코를 내려다보며 중얼거린 다음에 이번에는 고개를 돌리게 하고 옆에서 바라보았다.

'역시 내가 생각했던 그대로야!'

이발사는 한참 동안 코를 바라보다가 이윽고 조심스럽게 코를 받쳤는데, 이것은 이발사가 면도할 때 거치는 순서였다.

"이봐, 조심해!"

코발레프 소령이 외쳤다. 이발사는 지금까지 한 번도 겪어 본 일이 없는 당황함을 느끼며 깜짝 놀라 코에서 손을 떼었다. 한참이 지나서야 이발사는 코발레프 소령의 턱밑에 조심해서 면도칼을 댔다. 코에 손을 대지 않고 면도를 하려니 정말로 불편하고 힘이 들었으나, 아랫입술을 지그시 깨물고 오랜 시간이 걸린 끝에 면도를 모두 끝냈다.

면도를 끝내자 코발레프 소령은 곧바로 옷을 갈아 입고 마차를 불러 타고 제과점으로 가서 상점에 들어서자마자 점원에게,

"이봐, 코코아 한 잔."

하고 큰 목소리로 주문했다. 그런 다음 재빨리 거울 앞으

로 가서 들여다보니 역시 코는 제자리에 붙어 있었다. 코발레프 소령은 얼굴 가득히 미소를 띠고 비웃음에 가까운 모습으로 뒤에 있는 두 군인에게 시선을 보냈는데, 그 중의 한 명에게 붙어 있는 코는 아무리 보아도 조끼 단추보다 크다고 할 수 없는 것이었다.

코발레프 소령은 제과점을 나와 평소부터 부지사 자리나 그것이 안 되면 감찰관 자리라도 하나 얻으려고 신경을 쓰며 부지런히 찾아다니던 관청으로 발걸음을 옮겼다. 관청 수위실 옆을 지나치며 힐끗 거울을 보았는데 코는 여전히 제자리에 있었다. 다음에는 역시 8등 문관, 곧 소령인 친구를 찾아갔는데 이 친구는 남의 약점을 건드려 약올리기를 좋아하는 입이 험한 사람이었다. 그럴 적마다 코발레프 소령은,

"계속 떠들어 봐야 자네 험담은 바늘 끝으로 찌르는 것보다 아프지 않아."

하고 응수했다. 이 친구를 만나러 가는 도중에도 코발레프 소령은 만일 친구가 자기 얼굴을 보고 배꼽이 빠지게 웃지만 않는다면 그것이야말로 자기 얼굴에 있어야 할 코가 제자리에 잘 있다는 증거라고 생각했는데, 과연 친구는 아무 말이 없었다.

'됐어! 어디 두고 보라지.'

코발레프 소령은 돌아오는 길에 대령 부인과 그녀의 딸을 만나 인사를 하자 몹시 반가워했다. 그것으로 그의 신체에 아무런 결함도 없다는 사실이 증명되었으므로 오랫동안 길가에 서서 여자들과 대화를 주고받았다. 그리고 보라는 듯이 일부러 코담배를 꺼내어 한참 동안이나 콧구멍에 대고 있었다. 그러면서도 속으로는,

'이 어리석은 부인이여. 나는 절대로 당신 딸과는 결혼하지 않을 것이오. 뭐 별다른 이유가 있는 것은 아니지만, 아무튼 죄송하게 되었습니다. 흥…….'
하고 생각했다.

코발레프 소령은 그 날 이후부터 아무 일도 없었던 것처럼 네프스키 거리를 거닐었고, 극장이나 그 밖의 어떤 곳에서라도 아무 불편을 느끼지 않고 다니게 되었다. 코 역시 아무 일이 없었던 것처럼 제자리에 붙은 채 어디로 도망할 것 같은 낌새를 전혀 나타내지 않았다. 그런 일이 있은 후부터 코발레프 소령은 언제나 기분이 좋아서 싱글벙글 웃으며, 아름다운 여자를 보면 누구에게나 은근한 시선을 보내곤 했다. 언제인가는 시장 입구에서 훈장에 다는 꽃수술을 사고 있었는데, 도대체 꽃수술을 어디에 쓰려는지 알 수 없었다. 왜냐하면 그는 아직 훈장을 받지 않았기 때문이었다.

넓디넓은 러시아의 북쪽 수도에서 일어난 이 사건의 내

용은 대략 이상과 같다. 지금은 누가 생각해 보아도 정말로 믿기에 곤란한 점이 한두 가지가 아니다. 코가 도망해서 5등 문관의 옷을 입고 거리에 나타난다는 초자연적인 해괴한 사실은 그런대로 수긍을 한다고 하지만, 왜 코발레프 소령과 같은 인물이 신문에 광고를 낼 수 없다는 것을 생각하지 못했을까? 내가 여기서 밝히려는 것은 광고료가 비싸서 그랬을 것이라는 말이 아니다. 사실 그런 것은 문제가 되지 않는다.

나는 돈만 아는 그런 타산적인 인간은 아니나 이 일은 창피하고 불유쾌한 일임에 틀림없다. 그리고 어떻게 구운 빵 속에 코가 들어 있었을까? 이발사는 또 어떻게 되었을까? 그것은 아무리 해도 이해가 안 되는 일이며, 나 자신도 전혀 수긍이 안 되는 것이다.

그러나 무엇보다도 이해하기 어렵고 이상한 것은 글을 쓰는 작가들이 어떻게 이와 똑같은 사건을 소재로 삼을 수가 있겠느냐는 점이다. 솔직히 말한다면 이것은 인간의 두뇌로는 풀 수가 없는 심오하고 미묘한 세계의 문제가 된다. 이런 사건을 주제로 삼아 보아야 국가적으로 도움이 될 것은 전혀 없고 아무 이익도 되지 않을 것이다.

아무튼 어떻게 된 셈인지 나는 도무지 알 수 없는 노릇이다.

그렇지만 모든 것을 헤아려 본다면 이 사건을 해결할

수는 있을 것이다. 물론 이것이 비현실적인 이야기인 것
만은 사실이지만, 곰곰 생각해 보면 무엇인가 들어 있는
것이 분명하다. 누가 무엇이라고 해도 이와 비슷한 사건
들은 이 세상에서 일어날 수도 있으며, 드물기는 하나 실
제로 존재하고 있기도 할 것이다.

세·계·명·단·편·선

외투

Gogoli̇́ , Nikolai Vasilievich

어느 관청에서는, 아니 어느 관청인가는 구태여 밝힐 필요가 없을 것 같다. 어느 성, 어느 연대, 어느 관청이건 간단히 한 마디로 말한다면 관리처럼 쉽게 흥분하고 노여움을 잘 타는 인간들도 없을 것이다. 요즈음 세상에서는 누구나 자기에 대한 모욕을 마치 사회 전체에 대한 모욕인 것같이 생각하는 버릇이 있다. 어느 도시인가는 잊었지만 바로 얼마 전에도 어느 도시의 경찰서장이 위에다 진정서를 냈는데, 그는 진정서에다 국가의 법령은 땅바닥에 떨어지고 있으며 자기의 성스러운 직분은 번번이 악용되고 있음을 명쾌하게 기술했다고 한다.

경찰서장은 자기 주장을 입증하기 위해 장편 소설인가 무언가 하는 것을 진정서에 첨부하여 제출했는데, 거기에는 거의 10페이지마다 경찰서장이라는 인물이 등장할 뿐만 아니라 곤드레만드레 취한 모습으로 그려진 대목이 몇 군데나 된다는 것이었다. 그래서 될 수 있으면 좋지 않은 일이 발생하는 것을 피하기 위해, 여기에서 화제가 되는 관청도 그저 어떤 관청이라고 애매하게 부르는 것이 무난할 것 같다. 아무튼 어떤 관청에 어떤 관리 하나가 근무하고 있었는데, 다른 관리보다 나은 점이라고는 하나도 없었다.

자그마한 키에 얼굴은 조금 얽었으며 붉은 빛이 섞인 머리카락과 근시안처럼 보이는 눈에 약간 벗어진 이마, 거기에다 두 볼은 주름투성이이며, 안색은 치질 환자의 그것과 같았다. 하지만 페테르스부르크의 날씨를 탓할 수밖에 어쩔 수 없는 일이다. 그의 관등으로 말하면 언제나 만년 9관등이었다. 반격할 능력이 없는 친구들을 깔아 뭉개기 좋아하는 별난 취미를 지닌 여러 종류의 문관들이 마음껏 비웃고 놀리는 것이 바로 만년 9관등이라는 것은 누구나 다 아는 사실이었다.

이 관리의 성은 바쉬 마치킨이라고 했다. 본디 이 성이 단화라는 뜻의 바쉬마크라는 말에서 생겼다는 것은 분명하나, 언제 어느 시대에 어떻게 해서 하필이면 바쉬마크에서 사람의 성이 생겨났는지는 전혀 알 방법이 없다. 할아버지와 아버지, 심지어는 처남까지도, 바쉬마크네 집안 사람들은 모두 장화를 신고 다녔으며, 신창을 바꾸는 것도 1년에 고작 두세 번 정도였다.

바쉬마크의 이름은 아카키예비치였다. 독자들에게는 이 이름이 일부러 찾아내서 지은 것 같은 약간 이상한 이름이라고 생각될는지도 모른다. 그렇지만 이 이름은 일부러 찾아내어 지은 것이 결코 아니며 다만 그 밖의 다른 이름을 지어 줄 수 없는 특별한 사정이 그야말로 자연스럽게 발생했다는 것뿐이다. 그 사정이란 다음과 같다.

기억이 틀리지만 않았다면 아카키 아카키예비치는 3월 23일 밤에 태어났다. 이미 이 세상 사람이 아닌 그의 어머니는 관리의 아내로, 더할 수 없이 마음씨가 고운 여자였다. 갓난아이에게 정해진 순서를 밟아 세례식을 행하여 주기도 했는데, 산모는 그 때 방문 맞은편 침대에 누워 있었다. 그 오른쪽에는 교부가 될 이반 이바노비치 예로쉬킨이라는 전에 원로원 과장까지 지낸 무척 훌륭한 사람이 섰고, 왼쪽에는 교모가 될 지구 경찰서장 부인이 아니라 세묘노부나 벨로브류쉬코바라는, 세상에서 보기 드문 정숙한 여인이 자리를 잡고 있었다.

그들은 산모에게 갓난아이의 이름으로 '목키' 나 '솟시', 순교자인 '호즈다자트' 중에서 마음에 드는 이름을 택하라고 했다. 산모는 생각했다.

'틀렸어! 무슨 이름이 모두 그 모양들이람.'

이번에는 그녀의 마음을 기쁘게 해주려고 일력의 다른 곳을 들추어 보았다. 그랬더니 이번에도 '트리필리' 와 '둘라' 와 '바라하시' 라는 세 가지 이름이 나왔다.

"세상에, 하느님!"

이미 중년 고개를 넘은 아이의 어머니는 자기도 모르게 불평을 했다.

"어쩌면 그렇게 괴상한 이름만 나올까. 생전 들어 본 적도 없는 이름뿐이에요. '바르다트' 나 '바루흐' 라면 또 모를까 '트리필리' 니 '바라하시' 니 하는 이름을 어떻게 쓰지요?"

그래서 일력 한 장을 다시 넘겼더니 '말시시카히' 와 '바흐치' 가 나왔다. 이렇게 되자 그녀가 말했다.

"이제는 알겠어요. 이것도 아마 이 아이의 팔자인 것 같군요. 그런 이름보다는 차라리 남편 이름을 따서 지어 주는 편이 좋겠어요. 남편 이름이 아카키니까 이 아이도 아카키라고 부르겠어요."

이리하여 아카키 아카키예비치라는 이름이 생겨나게 되었다. 아이는 세례를 받을 때 얼굴을 잔뜩 찌푸리고 몹시 울었다. 뒷날 자라서 성인이 된 후에 만년 9관등이 되리라는 것을 예감이라도 한 것 같았다. 이름의 유래는 이상과 같다. 내가 어째서 이렇게 이야기를 길게 하는가 하면, 앞에서 말한 것처럼 어쩔 수 없는 사정 때문에 다른 이름을 붙인다는 것이 어려웠음을 독자 스스로 이해하여 주기를 바라는 뜻에서이다.

아카키가 언제 어느 때 그 관청에 들어가게 되었으며, 누가 그를 그 자리에 앉혔는지 그것을 기억하고 있는 사람은 하나도 없다. 다만 국장이나 과장들은 수없이 바뀌었으나 아카키는 언제나 같은 자리에서 변함없이 서기라는 직책을 맡고 있었다. 그래서 나중에는 모두가 아카키는 어머니 뱃속에서부터 관리 제복을 입고 이마가 벗겨진 기성품 같은 인간이 되어 세상에 태어나기라도 한 것 같은 생각을 갖게 되었다. 관청 안에서는 어느 누구도 아카키에게 존경을 나타내지 않았다.

심지어는 수위들까지도 아카키가 앞을 지나가도 자리에서 일어나지 않을뿐더러 마치 파리 한 마리가 날아가기라도 한 것처럼 거들떠보려고도 하지 않았다. 상관들은 그에게 냉정하고 전제적인 태도를 취했다. 부과장이라는 사람은 '이것을 좀 정서해 주겠소?' 라고 하거나 '이것은 제법 재미있는 일감인 것 같은데요' 라고 하거나, 그밖에 예의라는 것을 존중하는 직장에서 흔히 사용하는 상냥한 말을 한 마디도 던지지 않았고, 서류를 아무 말도 없이 그의 코앞에 불쑥 내밀곤 했다.

아카키는 또 일감을 맡기는 사람이 누구이거나, 그 사람에게 그런 권리가 있거나 없거나 그런 것은 생각하지도 않고, 코앞에 불쑥 내민 서류를 흘끔 보고는 그냥 받아서 곧바로 그것을 정서하는 것이었다. 젊은 관리들은 관청의 익살을 최대한 발휘하여 아카키를 놀리면서, 근거 없는 이야기를 만들어 그의 앞에서 떠들곤 했다. 이를테면, 아카키의 하숙집 여주인이 70세의 노파인 것을 이용하여, 그가 하숙집 여주인에게 날마다 매를 맞고 지낸다고 놀리는가 하면, 결혼은 언제 할 것이냐고 짓궂게 물어 보기도 했으며, 눈이 내린다면서 잘게 찢은 종이 조각을 그의 머리에 뿌리기도 하였다.

그러나 아카키는 마치 자기 눈에는 아무것도 보이지 않는다는 듯이 한 마디도 대꾸하지 않았으며, 일을 처리하는 데도 아무런 지장을 받지 않았다. 그처럼 짓궂은 놀림 속에서도 아카키는 서류에 글자 한 자 틀리게 쓰지 않았다. 다만 너무 지나칠 정도로 팔꿈치로 쿡쿡 찌르며 일을 방해할 때만은 더 이상 견디지 못하고 중얼거리듯이 말했다.

"나를 좀 건들지 마시오. 왜 이렇게 귀찮게 구는 거요."

이렇게 말할 때 아카키의 목소리와 어조에는 이상한 것, 일종의 동정심을 일으키게 하는 그 무엇이 느껴졌다. 그래서 새로 들어온 젊은 관리는 다른 관리들을 따라 아카키를 놀리다가 별안간 무엇에 찔린 것처럼 마음을 바꾸어 중단한 일이 있었다. 그리고 그 때부터 젊은 관리의 눈에는 모든 것이 변한 것처럼 그 어떤 초자연적인 힘이 예의가 바르고 사교적이라고 생각하고 사귀어 온 동료들에게서 그를 완전히 격리시켜 버리고 말았다.

그 후에도 오랫동안 유쾌한 시간을 즐기고 있을 때에도, 아카키의 모습과 함께,

"나를 좀 건들지 마시오. 왜 이렇게 귀찮게 구는 거요." 하는, 가슴을 비수로 찌르는 듯한 애처로운 목소리가 문득 그의 뇌리에 떠오르곤 하였다. 이 애처로운 목소리 속에는 '나도 당신과 같은 사람이 아니오?' 라는 별개의 말이 들어 있는 것 같았다.

그럴 때면 이 젊은 관리는 손으로 얼굴을 가려 버렸는데, 그 후 일생 동안 그는 인간의 내부에 비인간적인 요소가 얼마나 많이 숨어 있는가를, 교양 있고 세련된 상류 사회의 인간들, 심지어는 세상에서 깨끗하고 성실한 사람이라는 평판이 있는 인간들의 내부까지도 잔인하기가 말로 표현할 수 없는 야수 같은 성질이 얼마나 많이 숨겨져 있는가를 눈으로 보고 몇 번이나 두려움을 느끼곤 하였다.

과연 아카키만큼 자기 직무에 충실한 관리가 있을까. 업무에 충실했다는 것만으로는 표현이 부족하다. 아카키

는 자기 직무에 애정을 가지고 있었으므로 공문서를 정
서하는 하찮은 일 속에서도 그 나름대로 다채롭고 즐거
운 세계를 발견할 수 있었다. 아카키는 언제나 즐거운 표
정을 하고 있었는데, 글자 중에서도 몇몇 글자를 특히 좋
아하여 그 글자가 나오기만 하면 곧 기쁜 표정으로 변하
여 눈을 찡긋거리며 입술까지 움직였기 때문에, 그의 얼
굴만 보면 아카키가 잡고 있는 펜이 지금 무슨 글자를 쓰
고 있는지 쉽게 알 수 있을 정도였다.

만약에 그의 열성에 알맞은 상을 준다면 아마도 깜짝
놀라겠지만 당연히 5관등쯤은 되었을 것이다. 그러나 여
러 해 동안 열성적으로 근무한 결과로 그가 얻은 것이라
고는 익살스러운 동료들의 말대로 제복의 단추와 치질밖
에 없었다. 그렇지만 아카키에게 관심을 가진 사람이 하
나도 없었다고 잘라서 말할 수 없는 것이, 마음이 착한
어느 국장이 오랫동안 근무한 그를 포상하려는 뜻으로
평범한 공문서 정서보다 좀더 중요한 일을 맡기도록 명
령했다.

그래서 아카키가 맡은 일은 이미 작성되어 있는 서류를
기초로 하여 다른 관청에 보낼 보고서 같은 것을 작성하
는 것이었다. 일이라고 해 보아야 표제를 바꾸고 몇 개의
동사를 1인칭에서 3인칭으로 고치기만 하면 되는 것이었
다. 그러나 아카키에게는 이것 또한 몹시 어려운 일이었

기 때문에 땀을 뻘뻘 흘리면서 손 수건으로 계속해서 땀을 닦고 있다 가 끝내는 두 손을 들고 말았다.

"도저히 못 하겠습니다. 저는 역시 정서를 하는 쪽이 편할 것 같습니다."

아카키는 그 때부터 관청을 떠날 때까지 계속해서 정서하는 일만 맡게 되었는데, 그에게는 마치 정서하는 일이 아니면 이 세상에 아무것도 존재하지 않는 것처럼 생각되었다. 아카키는 옷차림 같은 것에는 전혀 신경을 쓰지 않아서 녹색이어야 할 제복은 누런빛으로 변해 있었다. 또한 옷깃은 좁고 낮아서 그리 길지도 않은 목이지만 옷깃 위로 올라와 마치 러시아에 있는 외국인들이 가지고 다니며 파는 석고로 만든 고양이처럼 유난히 길게 보였다. 그런 데다가 제복에는 풀잎이나 실오라기 같은 것이 항상 달라붙어 있었다.

더욱이 아카키는 창문에서 쓰레기를 버리는 바로 그 순간에 그 창문 아래를 지나는 이상한 기능을 가지고 있었으므로 언제나 모자 뒤에 과실 껍질 등을 얹고 다녔다. 날마다 거리에서 벌어지는 일에 대해서는 한 번도 관심을 가지는 일이 없었다. 이와는 반대로 젊은 관리들은 그런 것에 언제나 관심을 가지고 있어서, 건너편 인도 위를 걸어가고 있는 사람의 허리띠가 헐거워 바지가 아래로 처져 있는 것까지 재빨리 발견하고 웃기까지 하였다. 그렇지만 아카키는 무엇을 보고 있더라도 단정하게 쓰여져 있는 자기의 글씨를 거기에서 발견할 뿐이었다. 그러나 느닷없이 자기의 어깨 너머로 말대가리가 나타나서 얼굴에다 콧김을 불거나 하면 그 때서야 비로소 자기가 서류 속에 파묻혀 있는 것이 아니라 길 한가운데 있다는 것을 깨닫는 것이었다.

아카키는 집에 돌아오면 곧바로 식탁에 앉아 굶주린 것처럼 수프 그릇을 비우고, 맛은 상관하지 않고 고기와 양파를 먹으며 그 위에 파리나 무슨 벌레가 앉아 있다면 이것마저도 함께 목구멍에 쑤셔 넣는다. 그리고 배가 부르다고 느끼면 식탁에서 일어나 책상 앞으로 가서 잉크병을 꺼내 놓고 사무실에서 가지고 온 서류를 정서하기 시작한다. 정서할 서류가 없으면 취미삼아 자기가 보관해 둘 문서의 사본을 작성했다. 그 문서는 아름다운 문체보다 어떤 새로운 인물이나 고위층의 인물 앞으로 가는 문서라는 점에서 특히 주목할 만한 가치가 있으면 반드시 베껴 놓기로 하고 있었다.

페테르스부르크의 잿빛 하늘이 완전히 어두워지고, 모든 공무원들은 자기가 받는 봉급 액수와 개인적인 취미에 따라 신분에 알맞은 저녁 식사를 배부르게 하고 나면, 관청에서의 펜촉 소리와 자신과 타인의 용무, 필요 이상으로 나서서 떠맡는 온갖 용건 등 이러한 모든 것에서 물러나 다리를 뻗고 모두가 쉴 때에 자기의 여가를 마음껏 즐기려고 한다.

그래서 정력이 좋은 사람은 극장으로 가고, 어떤 사람은 하잘것없는 관리 사회의 스타인 예쁜 처녀에게 아첨하려고 밤의 모임을 찾아갈 때, 그렇지만 대부분의 사람들은 만찬이나 소풍 같은 것을 포기하면서 많은 것을 희생하여 사들인 램프나 그 밖의 물건으로 어느 정도 유행에 맞추어 꾸며 놓은 아파트 3층이나 4층에 있는, 대개는 조그만 두 개의 방에 부엌과 현관이 딸린 친구의 집으로 놀러간다. 다시 말해서 모든 관리들이 제각기 비좁은 친구의 방에 모여서 트럼프 놀이를 하며, 싸구려 과자에 홍차를 마시거나 파이프 담배를 피우면서 러시아인이라면 어떤 환경에 처해서도 인연을 끊지 못하는 상류 사회의 소문들을 서로 주고받는다.

그리고 만일 새로운 이야기가 없을 때에는 어떤 경비 사령관에게 팔코네가 만든 말 동상의 꼬리가 떨어졌다는 보고가 들어왔다는 등 케케묵은 사건들을 되풀이하면서 시간을 보낼 때, 한 마디로 말해서 모든 사람이 열심히 향락을 찾고 있는 그런 시간에도, 아카키는 아무 오락에도 손을 대려고 하지 않았다. 어쩌다 그의 모습을 야회 자리에서 한 번 보았다고 말할 수 있는 사람은 아무도 없었다. 아카키는 마음이 흡족하도록 정서를 끝내고 내일도 하나님께서 무슨 일거리를 또 주실 것이라고 믿고 미리부터 다음날 있을 일을 생각하고 미소를 지으며 잠자리에 들어가는 것이었다.

아카키는 4백 루블리의 연봉으로 자기 운명에 대해 만족을 느낄 줄 아는 평화로운 생활을 보냈다. 그리고 만일 인생 행로에 여기저기 뿌려져 있는 여러 가지 불행만 생기지 않았더라면 만년에 이르도록 이런 생활이 계속되었을지도 모른다. 그렇지만 불행이란 9관등뿐만 아니라 모든 관등의 인간들, 심지어는 누구에게도 조건을 주지 않는 대신에 누구에게서도 도움을 구하지 않는 인간들에게까지 분별 없이 찾아드는 것이다.

페테르스부르크에는 4백 루블리 정도의 연봉밖에 받지 못하는 인간에게 하나의 강적이 있는데, 그 강적은 바로 혹한이다. 하기는 혹한이 건강에 아주 좋다는 주장도 있기는 하지만, 아침 8시가 지나서 출근하는 관리들이 거리를 메울 무렵이면 혹독한 추위가 사람을 가리지 않고 코끝을 따갑게 찌르므로 관리님들은 코를 어디에다 감추어야 할지 몰라 쩔쩔매곤 한다.

높은 지위에 있는 상관들까지 추위에 머리가 띵해지고 눈에는 눈물이 글썽해지는 때여서 가련한 9관등에게는 어떻게 할 수 없는 경우도 가끔 있다. 이럴 때의 구제책이란 초라한 외투로 몸을 감싸고 여러 곳의 길목을 재빨리 지나 수위실에 들어가 도중에 얼어붙었던 사무 능력이나 자질을 녹여 제자리에 오도록 하는 수밖에 없다.

아카키도 짧은 거리를 될 수 있는 대로 빨리 뛰어가려고 노력은 하고 있었지만, 언제부터인가 잔등과 어깨가 이상하게 따가운 것 같은 느낌을 받게 되었다. 아카키는 외투의 어디가 잘못되었는지 모른다고 생각하고 집에 돌아와 자세히 살펴보니 잔등과 어깨의 두세 군데가 마치 모기장처럼 되어 있음을 발견했다. 천이 닳아질 대로 닳아서 환히 트여 보였고 안감도 모조리 해어져 있었다. 여기서, 아카키의 외투 역시 동료들의 놀림감이 되어 왔다는 것을 말해 둘 필요가 있을 것 같다. 그것은 외투라는 고상한 이름을 빼앗기고 겉저고리라는 이름으로 불리고 있었는데, 사실 모양이 이상하게 생긴 외투였다. 외투 깃은 해가 갈수록 작아졌는데, 그것은 깃을 잘라 다른 곳을 기워 입었기 때문이다. 외투를 다루는 재봉사의 솜씨 또한 능숙하지 못해서 마치 보릿자루처럼 되어 보기에 민망할 정도였다.

아카키는 형세가 그쯤 되었다는 것을 깨닫고 외투를 페트로비치에게 가져가야겠다고 결심했다. 페트로비치는 뒷계단을 통하여 올라가는 4층 한구석에 살고 있는 재봉사로 애꾸눈에 곰보인데도 불구하고, 관리나 그 밖의 사

람들의 웃옷과 바지 등을 능숙한 솜씨로 수선해 주고 있
었다. 물론 이것은 그가 술이 취하지 않았을 경우와 다른
돈벌이에 정신을 팔지 않았을 경우에만 통하는 이야기이
다. 하기는 이런 재봉사의 이야기를 길게 늘어놓을 필요
가 없을 것도 같지만 소설에서는 어떤 인물이거나 성격
을 완전히 묘사해야 한다는 것이 통례로 되어 있기 때문
에 어쩔 수 없이 페트로비치를 여기에 등장시키기로 하
겠다.

페트로비치는 처음에 그리고리라는 이름으로만 불리는
신분이었다. 즉 어느 지주 귀족의 농노였던 것이다. 그가
페트로비치라는 이름으로 불리게 된 것은 농노 해방증을
받고 자유의 몸이 되어 경사를 축하하는 날이면 술을 진
탕 마시기 시작한 후부터의 일이다. 그래도 처음에는 경
사를 축하하는 날에만 마시더니 얼마 후부터는 달력에
십자가 표시가 있는 날이면 빠지지 않고 술을 마셨다. 이
점에 있어서는 자기 조상들의 습관에 충실한 셈이나, 마
누라와 다툴 때도 '속된 계집'이라느니 '독일년'이라느
니 하는 욕설을 퍼부었다.

마누라 이야기가 나왔으니 이 여자에 대해서도 조금은
설명을 해야 할 것 같지만 유감스럽게도 그의 마누라에
대해서는 알려진 이야기가 별로 없다. 그저 페트로비치
에게는 고작 마누라가 있다는 것과 그 마누라는 머릿수

건 대신에 모자를 쓰고 다닌다는 것 정도였다. 하지만 용도는 별로 자랑할 정도가 아닌 모양이어서, 그녀의 곁을 지나칠 때 콧수염을 쫑긋거리고 괴상한 소리를 내면서 모자 밑을 힐끗거리는 것은 기껏해야 근위병 정도였다.

페트로비치의 숙소로 통하는 뒷계단은 온통 구정물로 걸레질이 되어 있고, 게다가 누구나 다 알고 있듯이 페트로비치의 아파트 뒷계단은 모두 다 코를 자극하는 지독한 알코올 냄새로 흠뻑 젖어 있었다. 아카키는 이 계단을 올라가면서 페트로비치가 수선료를 얼마나 요구할 것인가에 대해 긴장하고 있었다. 아카키는 2루블리 이상은 낼 수 없다고 마음 속으로 작정했다.

문은 열려 있었는데 그럴 수밖에 없는 것이 페트로비치의 마누라가 생선을 굽고 있었으므로 그야말로 바퀴 새끼도 볼 수 없을 정도로 연기가 가득 차 있었기 때문이었다. 아카키는 페트로비치의 마누라가 미처 보지 못한 틈을 타서 재빨리 부엌을 지나 페트로비치의 방으로 들어갔다.

페트로비치는 마치 터키의 총독처럼 책상다리를 하고 나무로 만든 넓은 작업대 위에 앉아 있었는데, 일할 때의 재봉사들 습관대로 맨발이었다.

아카키의 눈에 제일 먼저 띈 것은 페트로비치의 비뚤어진 발톱이 거북등처럼 두껍고 단단하게 보이는, 눈에 익

은 엄지발가락이었다. 그는 명주실과 무명실 타래를 목
에 걸고 헌 옷을 무릎 위에 펴놓고 있었는데, 벌써 3분가
량이나 바늘에 실을 꿰려고 애를 쓰다가 방이 어둡고 실
마저 자기 말을 듣지 않는다고 화가 잔뜩 나서 혼자 중얼
대고 있었다.

"빌어먹을, 성질이 막된 계집년처럼 무던히도 속을 썩
이는구만."

아카키는 하필이면 페트로비치가 화를 내고 있을 때 찾
아간 것이 마음에 걸렸다. 아카키는 그가 이미 거나하게
취했거나 또는 그의 마누라 표현대로 '싸구려 보드카에
애꾸눈이 빠져 있을 때'에 일감 맡기기를 좋아했다. 그런
상태에 있을 때면 페트로비치는 언제나 기꺼이 요금을
깎아 줄 뿐만 아니라 고맙다는 인사까지 했다. 그러나 나
중에는 그의 마누라가 찾아와서 자기 남편이 취해서 그
렇게 헐값으로 일을 맡았다고 우는 소리를 하는데, 이 때
에 10카페이카짜리 은전 한 닢만 건네면 해결이 되었다.

그러나 오늘은 페트로비치의 정신이 온전한 것 같아 값
을 흥정하기가 무척 까다로울 뿐만 아니라 얼마나 비싼
값을 요구할지 모르는 일이었다. 아카키는 그것을 알고
그냥 돌아가려고 했으나 때는 이미 늦어서, 페트로비치
가 애꾸눈을 가늘게 뜨고 바라보았으므로 아카키는 자기
도 모르게 입을 열었다.

“페트로비치, 잘 있었나?”

“나리님, 어서 오십시오.”

인사를 끝낸 페트로비치는 상대방이 어떤 종류의 물건을 가져왔는가 살피려고 아카키의 손을 훔쳐보았다.

“오늘 온 것은 다름이 아니라, 페트로비치, 실은, 그 뭐랄까……”

참고가 될 것 같아 말해 두지만 아카키는 무엇을 설명하려고 할 때면 전치사 내지는 부사, 아무 뜻도 없는 조사 등을 무질서하게 늘어놓는 버릇을 가지고 있었다. 용건이 몹시 까다로운 때에는 말끝을 완전히 맺지 못하는 일이 많아서 ‘그건 분명히, 전혀, 그 뭐랄까……’ 라는 말로 시작해 놓고 그 다음에는 아무런 말도 않은 채, 그래도 제딴은 할 말을 다 한 것처럼 생각하는지 입을 다물어 버리는 일이 가끔씩 있었다.

“무슨 일로 오셨습니까?”

페트로비치는 이렇게 말하는 한편, 애꾸눈으로 아카키의 제복을 옷깃에서부터 소맷부리와 어깨와 옷자락과 단춧구멍까지 훑어보았다. 페트로비치는 자기가 만든 옷이었으므로 그에게는 너무나 눈에 익었다. 그러나 손님을 보면 먼저 그렇게 하는 것이 재봉사들의 몸에 밴 습관이었다.

“다름이 아니라, 페트로비치…… 외투가 좀…… 아니,

겉의 천은…… 이렇게, 다른 곳은 다 괜찮은데…… 먼지
가 묻어서 고물처럼 보이기는 하지만 아직 새 옷이나 같
아. 그저 한 곳이 좀…… 아니, 잔등과 어깨가 얇아지고
이쪽 어깨가 좀…… 알겠지? 그것뿐이야. 손을 볼 데도
별로 없을 테고……."

페트로비치는 겉저고리라는 별명을 가진 아카키의 외
투를 받아서 먼저 작업대 위에 펼쳐 놓고 한참 동안 여기
저기 살핀 후에, 고개를 설레설레 흔들며 손을 뻗어 창틀
에서 둥근 담배통을 집어 들었다. 그 담배통에는 어떤 장
군의 초상이 그려져 있었는데, 얼굴이 있어야 할 곳에 구
멍이 뚫려져 네모난 종이 조각이 붙어 있었기 때문에 누
가 초상화의 주인공인지 알 수가 없었다.

페트로비치는 담배통의 뚜껑을 열어 코담배의 냄새를
한 번 들이마신 다음 두 손으로 외투를 펼쳐 들고 밝은 곳
에다 찬찬히 비추어 보더니 다시 또 고개를 저었다. 그리
고는 담배통의 뚜껑을 다시 열고 담배를 콧구멍에 쑤셔
놓은 후에 뚜껑을 덮어 치워 놓더니 드디어 입을 열었다.

"안 되겠는데요. 외투가 워낙 낡아서 수선할 수가 없습
니다."

아카키는 이 말을 듣고 가슴이 덜컥 내려앉음을 느꼈다.

"이봐! 어째서 안 된다는 것인가, 응?"

아카키는 마치 어린아이가 무엇을 애원하는 것 같은 목

소리로 말했다.

"어깨가 조금 해어진 것뿐이야. 자네한테 알맞은 헝겊이 있을 것 아닌가?"

"헝겊이야 찾으면 나오겠지요. 그러나 헝겊을 대고 꿰맬 수가 있어야죠. 천이 워낙 낡아서 바늘로 건드리기만 해도 다른 곳이 찢어지고 말 거예요."

"찢어져도 할 수 없지. 다른 천을 붙이면 될 테니까."

"다른 천을 무슨 수로 붙입니까? 바닥이 심하게 낡아서 바늘을 꽂을 만한 곳이 없는데요. 나사라고 하면 듣기에는 좋으나 바람이 불기만 해도 갈가리 찢어져 날아가 버릴 겁니다."

"어찌 되었거나 수선을 좀 해주게나. 외투는 분명히……그 뭐랄까……."

"안 되겠습니다. 바닥 천이 몹시 낡아서 손을 댈 수가 없어요. 그보다는 지금부터 추운 겨울철이 될 테니까 이것을 잘라서 행전이라도 만드시는 편이 좋을 것입니다. 아무래도 양말만으로는 발이 시릴 테니까요. 하기는 행전 역시 독일놈들이 좀더 돈을 많이 긁어모으기 위해서 생각해 낸 물건이지만요. 그 대신에 외투는 새로 마련하셔야 됩니다."

아카키는 외투를 새로 마련하라는 말을 듣자 눈앞이 캄캄해지면서 방 안에 있는 것이 한데 뒤범벅이 되어 보였고, 분명히 보이는 것은 담배통에 그려져 있는, 얼굴에 종이 조각이 붙은 장군의 모습뿐이었다.

"어떻게 내가 외투를 새로 마련하나."

아카키는 꿈 속을 헤매고 있는 것 같은 심정으로 말했다.

"나에게 그만한 돈이 있어야지."

"아무튼 새로 마련하셔야 됩니다."

페트로비치는 잔인할 정도로 태연히 말했다.

"하지만 가령 새로 마련한다고 하면, 대체 그 뭐랄까……."

"값 말씀인가요?"

"그래."

"글쎄, 150루블리에 우수리를 조금 붙여 주셔야 될 거예요."

페트로비치는 말을 끝내고 의미 심장하게 입을 다물었다. 페트로비치는 극적인 것을 좋아하여 무슨 말로든 상대방을 느닷없이 당황하게 만든 다음에 자기의 말을 듣고 어떤 표정을 짓는지 곁눈질로 살피는 것을 좋아했다.

"아니, 외투 하나에 150루블리라고?"

가엾은 아카키는 소리쳤다. 이렇게 크게 소리친 것은 지금까지 지나온 생애 중에서 아마 처음이었을 것이다. 왜냐하면 그는 언제나 낮은 목소리로 말하는 것이 특징이었기 때문이다.

"그렇습니다."
하고 대답한 페트로비치는
말을 덧붙였다.

"더 비싼 외투도 얼마든지
있죠. 깃에다 담비 가죽을 대고 머리씌우게 안을 비단으
로 대면 2백 루블리는 주어야 살 수가 있을 것입니다."

"페트로비치, 제발 좀 봐 주게나."

아카키는 페트로비치가 한 말이나 그 효과 같은 것은
귀에 들어오지도 않고 굳이 들을 필요도 없다는 듯이 사
정하였다.

"그럼 이 외투를 얼마 동안만이라도 입고 다닐 수 있도
록 수선 좀 해주게."

그러자 페트로비치가 말했다.

"공연히 헛수고를 하고 돈만 없앨 뿐 소용이 없습니다."

아카키는 이 말을 듣자 완전히 기가 죽어 밖으로 나왔
다. 그러나 페트로비치는 아카키가 돌아간 다음에도 의
미 심장한 표정으로 입을 다문 채 일하는 것을 잊어버리
기라도 한 것처럼 언제까지나 그 자리에 서 있었다. 자기
의 권위도 다치지 않았고 재봉사의 기술도 싼 값으로 팔
아 넘기지 않은 것이 흐뭇하게 느껴졌던 것이다.

아카키는 한길에 나와서도 어떤 악몽이라도 꾸고 있는
것 같은 기분이 들었다.

"큰일났군."

그는 혼자서 중얼거렸다.

"일이 이렇게 되리라고는 꿈에도 생각하지 못했어. 정말이야."

그리고는 잠깐 동안 말을 끊었다가 덧붙였다.

"결국 이렇게 되어 버리고 말았으나 이것은 전혀 예상하지 못했던 일이야!"

다시 어느 정도 시간이 지난 다음 아카키는 또 중얼거렸다.

"음, 그렇다는 말이지! 그러나 누가 이것을 생각인들 했겠어? 정말이야, 이런 일을 당할 줄이야."

아카키는 집으로 가지 않고 거의 무의식적으로 정반대가 되는 방향으로 발걸음을 옮기기 시작했다.

굴뚝 청소원이 지나가면서 더러운 옆구리로 아카키를 들이받아 그의 어깨를 온통 시커멓게 만들어 놓았다. 건축 중인 건물 지붕에서는 석회 가루가 쏟아져 내려 그의 머리가 마치 흰 모자를 쓴 것같이 되어 버렸다. 그러나 아카키는 아무것도 느끼지 못했다. 얼마를 더 가서, 장총을 옆에 세워 놓고 울퉁불퉁한 주먹 위에다 쇠뿔로 만든 파이프 속의 담뱃재를 털고 있는 순경과 마주쳤을 때에야 비로소 어느 정도 제 정신으로 돌아왔으나 그것도 사실은 그 순경이,

"무엇 때문에 남의 코앞에 불쑥 나타나는 거요? 인도가
눈에 보이지 않소?"
하는 호통을 들었기 때문이었다. 순경의 호통에 아카키
는 주위를 살펴보고 나서 집으로 발길을 돌렸으며, 그 때
에야 비로소 정신을 차리고 자신의 처지를 똑바로 생각
할 수 있게 되었다. 그리하여 이제는 이해할 수 없는 단
편적인 말이 아니라, 모든 것을 털어놓고 친구와 의논하
는 것처럼 조리 있고 솔직한 심정으로 자기 자신과 이야
기를 시작했다.
"아니야."
아카키는 말했다.
'오늘은 페트로비치에게 사정해 보아야 소용이 없어.
그 친구는 오늘, 그 뭐랄까…… 틀림없이 자기 마누라에
게 얻어 터진 것 같으니까. 차라리 일요일 아침에 찾아가
는 것이 좋을 거야. 토요일 저녁에 한 잔 하고 난 다음이
니까 해장술 생각이 간절하겠지만 제 마누라에게서 술값
이 나온다는 것은 꿈도 못 꿀 일이거든. 그런 때에 내가
10카페이카쯤 손에 쥐어 주면, 그 친구도 한결 부드러워
질 테고 그렇게 되면 외투도 고칠 수 있지 않을까?'
이렇게 생각한 아카키는 스스로 용기를 북돋우며 일요
일이 오기만을 기다렸다. 이윽고 일요일이 되자 아카키
는 페트로비치의 마누라가 집을 나서는 것을 멀리서 확

인한 다음, 곧장 페트로비치를 찾아갔다. 페트로비치는 예상했던 대로 토요일 저녁에 술을 마시고 난 다음이라 아직도 아침잠이 덜 깬 것처럼 눈을 거슴츠레 뜨고 방바닥에다 목을 길게 늘어뜨리고 있었다. 그러나 아카키가 찾아온 용건을 알자, 마치 악마가 그를 흔들어 깨우기라도 한 것같이 갑자기 태도가 변했다. 그는,

"안 된다니까요. 새로 한 벌 맞추세요."

하고 말했다. 이 말에 아카키는 10카페이카짜리 은전 한 닢을 그의 손에 슬쩍 쥐어 주었다.

"나리님, 감사합니다. 나리님의 건강을 위해서 한 잔 마시기로 하겠습니다. 그러나 외투에 대해서는 너무 걱정하지 마십시오. 나리님의 외투는 이제 아무짝에도 쓸데가 없습니다. 제가 새것으로 한 벌 만들어 드리죠. 그럼 외투 문제는 결정된 것으로 하겠습니다."

페트로비치의 말에 아카키는 여전히 외투의 수선을 고집했으나 그는 끝까지 들을 생각도 하지 않고 말했다.

"새것으로 틀림없이 만들어 드릴 테니 그 점에 대해서는 저를 믿으십시오. 제 기술을 다 쏟아 만들어 보겠습니다. 모양도 요즘 유행하는 식으로 하고, 옷깃은 은으로 도금한 단추를 채우도록 만들죠."

그 때서야 아카키는 외투를 새로 만들 수밖에 없다는 것을 깨닫고 맥이 탁 풀리고 말았다. 돈이 없는데 무슨

수로 외투를 새로 맞춘다는 말인가? 물론 얼마쯤은 명절 때 나오는 상여금을 기대할 수도 있으나, 그 돈은 이미 오래 전부터 쓸 곳이 다 정해져 있다. 바지도 새로 마련해야 하고, 구둣방에도 장화에 새로 붙인 가죽창 값을 갚아야 하고, 그 밖에도 셔츠 석 장과 활자로 된 글 속에서는 그 이름을 밝히기조차 창피한 속옷가지 두어 벌 가량을 삯바느질하는 여자에게 맡겨야 했다.

한 마디로 말해서 상여금은 받기가 무섭게 모두 나가게 되어 있었다. 따라서 만일에 국장이 자비심을 베풀어 40루블리인 상여금을 45루블리나 50루블리로 늘려 준다고 해도, 어차피 그 잔액은 보잘것없는 것이고 외투를 만드는 값으로는 한 방울의 물에 지나지 않을 것이다. 하기는 페트로비치에게는 갑자기 변덕을 부려 터무니없이 비싸게 값을 부르는 버릇이 있어서, 때로는 그의 마누라까지도 참지 못하고,

"여보, 당신 미친 것 아니오? 바보 양반 같으니! 어떤 때는 거저나 다름없는 값으로 일을 맡으면서 이번에는 또 무슨 생각으로 그렇게 비싸게 부르는 거요? 당신 몸뚱이를 팔아도 아마 그런 값은 못 받을 거요."

하고 고함을 칠 때가 있다는 사실은 아카키도 알고 있었고, 페트로비치라면 80루블리 정도에 주문을 받아 주리라는 것도 물론 알고 있었다. 그러나 도대체 무슨 방법으

로 80루블리를 만든다는 것인가? 40루블리라면 가능할지 모른다. 그렇다면 나머지 40루블리는 어디서 마련한다는 말인가?

여기서 독자는 40루블리가 어떻게 해서 가능한가를 먼저 알아 둘 필요가 있다. 아카키는 1루블리를 사용할 때마다 2카페이카씩, 뚜껑에 구멍이 뚫리고 자물쇠로 채울 수 있게 만든 조그만 상자에 저금을 하는 습관이 있었다. 그리하여 6개월마다 그 동안에 모인 동전을 지폐로 바꾸어 놓았는데, 이렇게 몇 해 동안 계속해서 모인 금액이 40루블리 이상이나 되었던 것이다. 그러니까 80루블리의 절반은 이미 가지고 있는 것이다. 그렇지만 나머지 절반은 어떻게 마련해야 한다는 말인가?

아카키는 머리를 싸매고 곰곰 생각한 끝에 적어도 앞으로 2년 동안은 모든 경비를 철저히 줄여야겠다고 마음먹었다. 저녁마다 마시는 홍차도 끊고, 밤에는 촛불도 밝히지 않았으며, 일할 것이 있을 때는 하숙집 안방의 촛불 밑에서 하기로 했다. 거리를 걸을 때는 되도록 조심스럽게 구두 뒤꿈치를 들다시피 하고 살금살금 걷기도 했다. 그리고 세탁소에 속옷들을 보내는 것도 줄이고 옷이 빨리 닳아지지 않게 하숙집에 돌아오면 모두 벗어 버리고 두꺼운 무명 잠옷 하나만 입기도 했다. 이 잠옷은 이제 연금의 혜택을 받아도 좋을 정도로 오래 된 것이었다.

처음에는 이런 궁핍한 생활을 견디기
가 조금 힘들었으나, 어느 정도 시
간이 흐른 뒤에는 습관이 되어
어려움을 별로 느끼지 않게 되
었다. 또 저녁을 굶고 지낼 수도 있게
되었는데, 그 대신 얼마 후에는 새 외투가 생길 것이라는
희망을 갖게 되어 그것으로 정신적인 양식은 풍부하게
얻고 있었다.

이 때부터 아카키 자신의 존재 자체가 충실해지고, 마
치 결혼이라도 하여 어떤 사람이 언제나 곁에 붙어 있는
것처럼 느끼게 되었다. 이제는 혼자가 아니라 인생의 동
반자가 자기와 마음을 같이하여 인생을 함께 보내는 것
처럼 생각되는 것이었다. 그 동반자는 두껍게 솜을 넣고
절대로 닳아 해지지 않는 질긴 안감을 댄 새 외투였다.
아카키는 그전보다 활발하고 명랑해진 것 같았고 자기의
목적을 확고하게 정한 것처럼 성격마저 굳세어졌다. 회
의와 우유 부단, 즉 흐리멍덩했던 망설임이 그의 얼굴이
나 동작에서 저절로 없어졌다.

때로는 두 눈을 반짝이며 새로 맞추는 외투에 담비 가
죽을 달면 어떨까 하고 대담한 공상까지 할 때도 있었다.
이런 생각은 그를 무방비 상태로 이끌기도 하여, 한 번은
정서하는 도중에 글씨를 틀리게 쓸 뻔하여 '어허!' 하는

목소리가 튀어나오려는 것을 간신히 참고 황급히 성호를 그은 일까지 있었다. 한 달에 한 번씩 달이 바뀔 때마다 아카키는 페트로비치를 찾아가서 옷감은 어디서 사며 나사는 어떤 빛깔로 할 것인가, 값을 얼마나 주고 사면 적당하겠느냐는 등 외투에 관해서 의논하고 약간 걱정도 하였다.

그러나 얼마 후에는 옷감을 사다가 외투를 만들어 입을 날이 정말로 올 것이라고 생각하면 언제나 흡족한 마음이 되어 집에 돌아오는 것이었다. 일은 뜻하지 않게 풀려갔다. 국장이 아카키에게 40루블리가 아닌 60루블리를 상여금으로 준 것이다. 아카키에게 외투가 필요하다는 것을 알고 한 일인지, 아니면 일이 우연히 그렇게 된 것인지 아무튼 그에게는 20루블리라는 뜻밖의 돈이 들어오게 되었다. 이리하여 일은 더욱 빠르게 진행되었다.

아카키가 2, 3개월 배를 곯고 나니 약 80루블리의 돈이 모였다. 보통 때는 지극히 평온하던 그의 마음이 이 때만은 흥분되기 시작했다. 아카키는 페트로비치와 함께 옷감을 사러 가서 아주 좋은 나사를 샀다. 아카키는 벌써 반년 전부터 나사만을 생각했고 가격을 알아보기 위해 나사점에 자주 들르곤 했으므로, 재봉사인 페트로비치까지도 이보다 더 좋은 나사는 없을 것이라고 했다. 안을 대는 천은 포플린으로 정했는데, 페트로비치는 올이 가는 고급 천으로 보기에도 좋고 반지르르하여 비단보다 낫다고 하였다. 담비 가죽은 너무 비싸서 못 사고 그 대신 상점에 들어온 지 얼마 안 되는 제일 좋은 고양이의 털가죽을 샀는데, 멀리서 보면 담비 가죽으로 착각할 만한 것이었다.

페트로비치는 외투를 만드는 데 이 주일이나 걸렸다. 솜 넣는 곳을 꼼꼼히 누비지만 않았어도 훨씬 빨리 끝났을 것이다. 페트로비치는 12루블리를 바느질삯으로 받았다. 그보다 싸게 받을 수 없었던 것은, 외투를 전부 명주실로 싸서 겹겹이 이중으로 꿰맸을 뿐만 아니라 꿰맨 자리마다 일일이 잇자국을 내며 줄을 세우기까지 했기 때문이다.

페트로비치가 외투를 가지고 온 날 이 몇 월 며칠인지 알 수 없으나 그 날은 아카키의 생애에 있어서 최고의 날이었다. 페트로비치가 외투를 가져온 것은 이른 아침으로 출근하기 전이었는데, 어쩌면 그렇게 알맞은 때에 외투를 가져왔는지 신통했다. 매서운 추위가 이미 시작되었지만 이제부터 더욱 추워질 것 같았기 때문이다. 페트로비치는 일류 재봉사에 뒤떨어지지 않은 태도로 외투를 가지고 나타났는데, 그이 얼굴에는 아카키가 여태껏 한 번도 본 적이 없는 거만한 표정이 깃들여 있었다.

그것은 마치 자기가 완성한 외투가 결코 시시한 작품이

아니라는 것을, 그리고 잘해야 낡은 옷이나 수선하고 꿰매는 재봉사와는 크나큰 차이를 스스로 나타냈다는 것을 충분히 느끼는 듯한 표정이었다. 페트로비치는 보자기를 풀고 외투를 꺼내 놓고 자랑스러운 표정으로 한 번 살펴보고 난 다음 두 손으로 받쳐 들고 익숙한 솜씨로 아카키의 어깨에 걸쳐 입혀 주고 등에서부터 밑으로 가볍게 매만져 반듯하게 옷자락을 당겼다. 그런 다음 외투의 앞섶이 조금 벌어지게 아카키의 몸을 감싸 주어 보았다.

아카키가 소매 길이를 확인하려고 하자 페트로비치는 소매에 팔을 넣는 것을 거들어 주었다. 소매 역시 이상이 없었으므로 한 마디로 말해서 외투는 몸에 잘 맞았다. 그러는 동안에도 페트로비치는 자기가 뒷골목에서 간판도 걸지 않은 채 일하고 있고, 더욱이 아카키와는 오래 전부터 잘 아는 처지이므로 헐값으로 지어 주었지만 만일 이 외투를 네프스키 거리에서 지었다면 품삯만 75루블리는 주어야 할 것이라는 말을 빼놓지 않았다. 이 말에 대해서 아카키는 더 이상 페트로비치와 말하고 싶지도 않았으며 페트로비치가 버릇처럼 부르는 터무니없는 많은 금액은 말만 들어도 겁이 났다.

아카키는 값을 치르고 고맙다는 인사를 한 후에 새 외투를 입고 출근하기 위해서 집을 나서자, 페트로비치도 뒤따라 나와 길에 한참 동안 선 채 자기가 만든 외투를

바라보았다. 그리고는 일부러 골목길을 달려 다시 거리
로 빠져 나와 정면에서 외투를 바라보았다.

한편, 아카키는 더없이 즐거운 마음으로 거리를 걷고
있었다. 그는 어깨에 새 외투의 감촉을 느끼며 흡족한 마
음이 되어 몇 번이나 혼자서 미소를 짓기까지 했다. 새
외투에는 두 가지 장점이 있었는데, 하나는 따뜻하다는
것이고 또 하나는 멋이 있다는 것이었다. 아카키는 들뜬
마음이 되어 어디를 어떻게 걸었는지 모르는 사이에 관
청 앞까지 와 있었다. 아카키는 수위실에서 외투를 벗어
수위에게 잘 간수해 달라고 신신 부탁을 했는데, 어떻게
알았는지 아카키의 겉저고리가 사라지고 새 외투가 생겼
다는 소문이 곧바로 관청 안에 퍼졌다.

그리하여 모두 아카키의 새 외투를 구경하기 위해 수위
실로 달려왔으며, 앞을 다투어 축하와 칭찬의 말을 퍼부
어서 아카키도 처음에는 빙그레 미소를 지어 보였으나
나중에는 오히려 어색한 느낌이 들 정도였다. 아카키의
외투를 구경하러 온 동료들은 그를 에워싸고 새 외투를
축하하는 뜻에서 한 잔 사야 한다는 둥 동료를 위하여 파
티를 열어야 한다는 둥 수선을 떨었다.

아카키는 정신을 차리지 못하고 어떻게 해야 좋을지,
뭐라고 대답해야 할지, 어떻게 구실을 붙여 거절해야 좋
을지, 갈피를 잡지 못하고 있었다. 몇 분이 지난 후에 아

카키는, 이 외투는 절대로 새것이 아닌 중고품이나 다름
없는 물건이라고 거짓말로 위기에서 벗어나려고 했다.
결국, 부과장의 지위에까지 올라간 동료 중의 한 사람이,
자기는 결코 거만한 인간이 아니라 부하들과도 곧잘 어
울린다는 것을 나타내 보이려는 속셈에서였는지,

"그럼 아카키 대신으로 내가 여러분을 초대할 테니 오
늘 저녁은 우리 집에서 차라도 한 잔 하는 것이 어떻소?
마침 오늘이 나의 세례명 축일이군요."
하고 제의했다. 그러자 동료들은 그 자리에서 부과장에
게 축하 인사를 하고 그의 초대를 기쁘게 받아들였다.

아카키는 적당한 이유를 붙여 모임에서 빠지려고 했으
나, 모두가 그것은 실례라는 둥 수치스러운 거짓이라는
둥 체면이 서지 않는다는 둥 타이르는 통에 도저히 거절
할 수가 없었다. 그러나 얼마 후에는 초대 덕분에 밤에도
새 외투를 걸치고 나들이할 기회가 생겼다는 데에 생각이
미치자 오히려 즐거운 마음이 되었다. 이 날 하루는 아카
키에게 하늘을 날아갈 듯한 경사스러운 날이 되었다.

아카키는 행복한 마음으로 집
에 돌아와서 외투를 벗어 조심
스럽게 걸어 놓고 다시 한
번 만져 본 다음, 전에 입었
던 낡은 겉저고리를 꺼내 새

외투와 비교해 보고는 웃음을 터뜨렸다. 아키키는 식사를 하면서도 겉저고리와 새 외투와의 차이를 떠올리고 쓴웃음을 지었다. 식사를 끝낸 아키키는 서류 같은 것을 정서할 생각은 하지 않고 어두워질 때까지 그대로 침대 위에서 뒹굴며 시간을 보내다가 날이 어두워지자 재빠르게 옷을 갈아 입고 그 위에 새 외투를 걸치고 거리로 나왔다.

우리는 이 날 저녁에 동료들을 초대한 그 부과장이란 사람이 유감스럽게도 어디에 살고 있었는지 알 수가 없었다. 페테르스부르크의 거리와 집들이 한데 뒤엉켜 머리 속에서 뒤섞여 버렸으므로 그 속에서 무엇이든 나를 온전한 모습으로 꺼낸다는 것은 지극히 어려웠다. 그렇기는 하지만 적어도 그 부과장이 시내에서도 손꼽히는 고급 지대에 살고 있었던 것만은 분명했다.

따라서 아카키의 집에서는 아주 먼 거리에 있었다. 아카키는 처음에 어둡고 사람들이 잘 다니지 않는 길을 걸었으나 부과장의 집이 점점 가까워지자 거리는 활기를 띠며 번화해지고 한결 밝아졌다. 지나가는 사람들도 많아져서 아름답게 단장한 귀부인들과 수달피의 깃을 단 남자들의 모습도 눈에 보이기 시작했다.

도금한 못을 주위에 돌려 박고 격자 모양의 손잡이가 달린 초라한 영업용 썰매들은 차차 모습을 감추고, 그 대신에 새빨간 우단 모자를 쓴 멋진 옷차림의 마부들이 고급 마차를 몰고 가는 모습이 눈에 자주 띄었다. 또 마부석을 화려하게 꾸민 자가용 마차들이 눈 위에 요란한 바퀴 소리를 울리며 거리를 달리기도 했다. 아카키는 이러한 모든 것들을 신기한 듯이 바라보았는데, 왜냐하면 그는 몇 해 동안이나 밤거리에 나와 본 적이 없었기 때문이다.

아카키는 조명이 휘황찬란한 상점 진열장 앞에 서서 호기심 어린 시선으로 포스터를 들여다보았다. 거기에는 구두를 벗기 위해 날씬한 다리를 허벅지까지 드러낸 미녀의 모습과 미녀의 등 뒤에서 멋지게 턱수염을 기른 한 사내가 옆방 문에서 목을 들이밀고 있는 모습이 그려져 있었다. 아카키는 고개를 끄덕이며 빙긋 웃고 앞으로 다시 걸음을 옮겼다. 그는 어째서 빙긋이 웃었을까? 아카키에게는 전혀 모를 일이기는 하지만 역시 어떤 인간이나 거기에 대하여 그 어떤 감각을 갖추고 있는 그런 것을 보았기 때문일까? 아니면 다른 관리들과 한 가지로 그도 역시,

'프랑스인들이란 정말 어쩔 수 없는 친구들이야! 무엇이든 마음만 내키면 못 하는 것이 없거든.'

하고 생각했기 때문일까? 그런 생각까지 안했는지도 모른다. 사람의 마음 속에 들어가 그가 생각하는 것을 샅샅이 살펴본다는 것은 사실상 불가능한 일이기 때문에……

아카키는 마침내 부과장이 살고 있는 아파트에 도착했다. 부과장은 호화롭게 살고 있었으며 계단에는 조명이 밝게 비추고 있었다. 숙소는 2층에 있었는데 현관에 들어선 아카키는 마룻바닥에 줄지어 있는 여러 켤레의 고무 덧신을 보았다. 덧신에 에워싸여 문간방 한가운데서는 사모바르가 흰 수증기를 뿜으며 부글거리면서 끓고 있었다. 또 벽에는 외투와 레인 코트가 걸려 있었고 그 중에는 수달의 가죽과 우단으로 깃을 단 것도 섞여 있었다.

벽을 사이에 둔 옆방에서 떠들썩한 소리가 들려 왔는데, 마침 문이 열리고 하인이 빈 컵과 크림 접시, 비스킷 접시 등이 놓인 빈 쟁반을 들고 나오는 바람에 그 소리가 크고 분명해졌다. 그들은 동료들이었는데 꽤 오래 전에 모두 모여서 벌써 차를 한 잔씩 마신 모양이었다.

아카키가 외투를 걸어 놓고 방 안으로 들어가는 순간, 여러 개의 촛불과 동료들과 담배 파이프와 트럼프 놀이 탁자 등이 시야에 들어왔고, 왁자지껄하는 대화 소리와 걸상을 움직이는 소음 등이 정신을 어지럽게 만들었다. 아카키는 멍하니 어쩔 줄을 모르고 방 한가운데에 어색한 모습으로 서 있었는데, 동료들이 곧 그를 발견하고 환성을 올리며 반갑게 맞았다. 동료들은 곧바로 현관으로 몰려가 그의 외투를 또 한 번 구경했다.

아카키는 조금 멋적기는 했으나 본디 순진해서 동료들

이 자기 외투를 칭찬하는 것을 보고 기뻐하지 않을 수가 없었다. 그러나 얼마 후에 동료들은 다시 트럼프 놀이 탁자에 가서 앉았다. 방 안은 소란스러움과 이야기 소리와 북적거리는 사람들, 아카키에게는 이러한 모든 것들이 놀랍고 이상하게 느껴졌다. 자기는 무엇을 하면 좋을지, 몸을 어디에다 두면 좋을는지 도무지 알 수가 없었다.

아카키는 생각한 끝에 트럼프 놀이를 하고 있는 동료들 옆으로 가서 트럼프를 들여다보기도 하고 이 동료 저 동료의 얼굴을 바라보기도 했으나 얼마 안 되어 하품이 나오기 시작했다. 여느 때 같으면 잠자리에 들 시간이 지났으므로 주인에게 인사를 하고 돌아가려고 했으나, 동료들이 새 외투가 생긴 것을 축하하는 의미에서 샴페인을 꼭 마시고 가야 한다면서 그를 놓아 주지 않았다.

한 시간쯤 지나자 밤참이 나왔는데, 야채 샐러드와 콜드비드 고기만두와 파이, 그리고 샴페인이 곁들여져 있었다. 아카키는 권유에 못 이겨 샴페인을 두 잔이나 마셨다. 모두들 술을 마시고 나니 방 안이 더욱 흥겨워진 것처럼 느껴지기는 했으나 아무래도 벌써 12시가 되었으니 집에 돌아갈 시간이 너무 늦었다는 생각을 떨쳐 버릴 수가 없었다. 아키키는 주인이 붙잡을 것 같아 살그머니 방을 빠져 나와 현관에서 외투를 입으려고 찾다가 외투가 마룻바닥에 떨어져 있는 것을 보고 기분이 약간 언짢아졌다. 아카키는 외투를 집어 들고 먼지를 잘 털어 입은 후 거리로 나섰다.

거리는 여전히 밝았다.

귀족 집 하인들과 그 밖의 온갖 하층민들의 집회소처럼 되어 있는 구멍가게들은 아직 문을 닫지 않았고, 덧문을 닫는 가게들도 문틈으로 불빛이 새어 나오고 있는 것으로 보아 아직도 단골 손님들이 돌아가지 않은 모양이었다. 안에서는 이웃의 비복들과 하녀들이 집에서 자기들을 찾고 있을 주인 생각 같은 것은 염두에도 두지 않고 틀림없이 끝없는 잡담으로 정신을 팔고 있을 것이다.

아카키는 전과 다르게 들뜬 마음으로 거리를 걷고 있었다. 무엇 때문인지 모르지만 아카키는 어느 귀부인의 뒤를 쫓아 달려가려고 하다가 곧 발걸음을 멈추고 무엇 때문에 갑자기 그런 생각을 했는지 자기 자신을 이상하게 여기며 다시 천천히 걷기 시작했다.

얼마 후, 아카키는 인적이 드문 텅 빈 거리에 다다랐다. 이 근방은 낮에도 기분이 그리 좋은 곳이 아니지만, 저녁이면 더욱 호젓하고 음산했으며 불이 들어와 있는 가로등도 띄엄띄엄 있었다. 목조 건물과 울타리가 계속되고, 사방을 둘러보아도 사람이 하나도 보이지 않았다. 길바닥에 깔린 흰 눈만이 희미하게 빛을 발할 뿐, 덧문을 닫은 납작한 집들은 어둠 속에서 잠들어 있었다.

이윽고, 아카키는 드넓은 광장에 다다랐다. 건너편 집들이 보일 듯 말 듯 아득하여 광장은 마치 끝없는 사막처럼 보였다.

까마득히 먼 곳에서 마치 지평선 끝에 서 있는 것처럼 보이는 경찰 초소의 불빛이 흔들리고 있었다. 아카키의 흥겨운 기분이 여기까지 오자 점점 가라앉았다. 무엇인가 좋지 않은 예감이 들기라도 하는 것같이 아카키는 본능적으로 공포감을 안고 광장으로 걸어갔다. 뒤를 돌아보고 좌우를 살펴보니 마치 바다의 한가운데 있는 것 같은 생각이 들었다.

'아니, 차라리 보지 않는 것이 낫겠다.'

이렇게 생각한 아카키는 눈을 감고 걷다가, 이제는 광장 끝까지 거의 왔을 것이라고 믿고 눈을 뜬 순간, 그는 자기의 코앞에 수염을 기른 사나이들이 버티고 서 있는 것을 보았다. 도대체 어떤 사나이들인지 알 수가 없어 눈앞이 캄캄해지고 가슴은 두근두근거리기 시작했다.

"야, 그 외투는 네 것이 아니야."

그 중 한 사나이가 아카키의 멱살을 움켜쥐며 독이 깨어지는 것 같은 목소리로 말했다.

"사람 살려요!"

아카키가 소리치려고 하자 다른 사내가 그의 머리만큼 큰 주먹을 입에 들이대며,

“소리만 질러 봐라.”

하고 을러댔다. 아카키는 외투를 빼앗기고 발로 무릎을 챈 것까지는 알았으나, 눈 속에 그대로 쓰러지며 그 다음은 아무것도 느끼지 못했다. 얼마 후에 정신이 들어 일어서기는 했지만 사람의 그림자는 하나도 보이지 않았고, 광장이 몹시 춥다는 것과 외투가 없어졌다는 것을 느끼고 고함을 지르기 시작했다. 그러나 고함 소리는 광장 끝까지 들릴 것 같지 않았기 때문에, 아카키는 있는 힘을 다하여 미칠 듯이 부르짖으며 광장을 가로질러 경찰 초소로 달려갔다.

초소 앞에는 한 순경이 장총에 몸을 기대고 선 채 도대체 누가 저렇게 소리치며 달려오고 있는가 하고 호기심이 가득한 눈으로 바라보고 있었다. 아카키는 그의 앞으로 달려가서 숨을 헐떡이며, 경찰관이 감시는 하지 않고 졸고 있기 때문에 강도가 활개를 치고 있다고 호통을 쳤다. 그러자 순경은 자기는 광장 한가운데서 두 명의 사내가 아카키를 불러 세우는 것은 보았지만 그의 친구들이겠거니 생각하고 더 이상 눈여겨보지 않았노라고 했다. 그리고 나서 자기한테 괜히 욕설을 퍼부을 것이 아니라 날이 밝으면 지서장을 찾아가서 말하면 그가 외투를 찾아 줄 것이라고 했다.

아카키는 미친 사람처럼 되어 집으로 돌아왔다. 그의

관자놀이와 뒤통수에 조금 남았던 머리카락은 흐트러지고, 옆구리와 가슴팍과 바지가 온통 눈투성이였다. 하숙집 주인 노파는 요란하게 문을 두드리는 소리에 급히 일어나 문을 열어 주려고 달려나왔다. 문을 열어 준 노파는 아카키의 모습을 보고 질겁을 하며 뒤로 물러났다. 그녀는 아카키가 당한 일을 자세히 듣고는 몹시 놀라면서, 지서장보다는 직접 본서의 서장을 찾아가야 한다고 말했다.

지서장은 말로만 약속해 놓고 뒷구멍으로 다른 거래를 하기가 일쑤이니 직접 본서의 서장을 찾아가는 것이 제일이다. 노파는 다행히 서장과는 잘 아는 사이라고 해도 무방할 정도라고 했다. 왜냐하면 전에 자기 집 가정부로 있던 핀란드 여인인 안나가 현재 서장 집의 유모로 있기 때문이며, 자기도 서장이 집 앞을 지나가는 것을 여러 번 본 적이 있다고 했다. 또, 서장은 일요일이면 빠지지 않고 교회에 나오는데 교회에서도 모든 사람에게 상냥한 시선을 보내고 있으니 모든 점으로 보아 마음씨 좋은 사람이 틀림없다는 것이었다.

이러한 말을 듣고 나서 아카키는 슬픔에 젖어서 자기 방으로 돌아왔다.

아카키는 다음날 아침 일찍 본서의 서장을 찾아갔으나 아직 자리에서 일어나지 않았다고 하여 10시경에 다시 가 보았다. 그랬더니 아직까지 일어나지 않았다고 하여

11시에 또 갔더니,

"서장님은 나가시고 안 계십니다."

라고 하는 것이었다. 할 수 없이 점심 시간에 다시 찾아
갔더니, 접수실에 있는 서기가 얼른 들여보내려고 하지
않고 무슨 용무로 왔느냐, 도대체 어떤 사건이냐는 등 귀
찮게 캐어물었다. 아카키도 이제는 더 이상 참을 수가 없
어 평생 처음으로 만만치 않은 인간이라는 것을 보여 주
어야겠다고 결심하고,

"나는 직접 서장을 만나야 할 필요가 있어서 온 것이니
까 너희들이 감히 나를 들어가지 못하게 할 수는 없다.
나는 관청에서 공적인 임무로 온 사람이니 너희들이 만
일 나를 들여보내지 않는다면 그대로 상부에 보고하겠으
니 그렇게 알아라."

하고 윽박질렀다. 아카키가 이렇게 강하게 나오자 서기
들은 아무 말도 못 하고 그 중 하나가 서장실로 들어갔
다. 아카키가 마침내 서장을 만나 전날 밤에 있었던 일을
자세히 말하자 서장은 그의 말을 아주 이상한 쪽으로 받
아들였다. 서장은 오히려 아카키에게 '무엇 때문에 그렇
게 늦게 돌아갔느냐, 어디 좋지 못한 집에 가서 빠져 있
었던 것이 아니냐' 하고 엉뚱한 질문을 하는 통에 아카키
는 그만 어리둥절해져서 자기의 방문이 효과가 있었는지
그렇지 않았는지조차 모른 채 그냥 경찰서를 나오고 말

았다.

 그리고 하루 종일 관청에 출근하지 않았는데, 이런 일
은 그의 일생을 통해서 단 한 번밖에 없었다. 다음날 아
침, 아카키는 핼쑥한 모습으로 헌 겉저고리를 걸치고 출
근했다. 이런 때에도 아카키를 놀리려고 하는 동료가 있
기는 했으나 외투를 빼앗겼다는 이야기는 많은 동료들에
게 충격을 주었다. 그리하여 아카키를 위해서 기부금을
모았지만 모인 금액은 얼마 되지 않았다. 그 까닭은 관리
들이 국장의 초상화를 화가에게 주문하는가 하면, 과장
의 부탁으로 그의 친구가 쓴 책을 예약하는 등 이리저리
돈을 많이 뜯기고 있었기 때문이다.

 아카키를 동정한 나머지 동료 중의 한 사람은 그에게
친절한 조언을 해줌으로써 작은 힘이나마 되어 주려고
마음먹고, 서장 따위한테 찾아가도 아무 소용이 없다고
일러 주었다. 왜냐하면 서장이 상부에 잘 보이기 위해 어
떤 방법을 써서라도 외투를 찾는다고 하더라도 그 외투
가 자기 것이라는 법적인 증거를 대지 못하면 외투는 결
국 경찰서에 유치되고 만다는 것이었다.

 그러니까 어떤 고위층에게 사건 해결을 부탁하는 것이
좋은 방법이며, 그렇게 하면 그 고위층이 사건 담당자에
게 편지를 보내서 사건을 원만하게 처리할 것이라고 말
했다. 아카키는 달리 좋은 방법이 없었기 때문에 그 고위

층을 찾아가기로 마음먹었으나, 그의 이름
이 무엇이며 어떤 지위에 있는 사람인가
는 알려지지 않고 있다. 다만 참고로
말해 둘 것은 그가 고위층이 된 것은
최근이며 그 전에는 시시한 존재에 지나
지 않았다는 사실이다. 하기는 그의 현재 지위도 그리 대
단하지는 못하나, 다른 사람의 눈에는 대수롭지 않은 것
도 아주 대단하게 생각하는 인간이 세상에는 언제나 있
는 것이다.

　더욱이 그 고위층은 여러 가지 다른 수단을 이용하여
자신의 위치를 더욱 대단하게 만들기 위해 모든 수단을
쓰고 있었다. 예컨대 자기가 출근할 때는 부하들을 현관
까지 마중 나오게 하고, 어느 누구도 곧바로 자기 방에
들어오지 못하게 하거나 모든 사무를 엄격한 규칙과 순
서를 거쳐 처리해야 한다는 따위의 내부 규정을 만들어
놓고 있었다.

　다시 말해서 14관등은 12관등에게, 12관등은 9관등이
나 그 밖의 적당한 관등에게 보고하도록 하여 모든 안건
이 자기에게 올라오도록 만들어 놓은 것이다. 우리의 신
성한 러시아는 모든 것이 모방 위주여서 어떤 관리나 자
기 상관이 하는 것을 그대로 따라 하는 것이 일상화되어
있다. 심지어는 이런 이야기까지 있다.

어떤 9관등이 독립된 작은 관청의 우두머리로 임명되자 당장에 사무실 한 쪽을 막아 자기 방으로 정하고 집무실이라는 간판을 붙인 다음, 붉은 깃에 금테를 두른 수위를 문 앞에 세워 놓고 사람이 올 때마다 일일이 문을 여닫게 하였다. 그런데 집무실이라는 것이 크기가 보통인 책상 하나를 겨우 들여놓을 정도였다. 이 고관의 태도나 습관 또한 굉장하고 위엄이 있었지만 그렇다고 복잡한 것은 아니었고, 그의 기본 체제를 이루는 것은 엄격성이었다.

"엄격히, 또 엄격히, 모든 것을 엄격히!"

이것이 그의 입버릇이었는데, 이와 같이 주장하면서 상대방의 표정을 슬쩍 훔쳐보는 것이었다. 실은 구태여 그렇게까지 할 필요가 없는 것이, 이 관청의 행정 기구를 이루고 있는 몇십 명의 관리들은 언제나 공포감에 사로잡혀 있어 그가 나타나기만 해도 벌떡 일어나 부동 자세를 취하고 사무실을 지나갈 때까지 그대로 서 있을 정도였고, 부하들과의 보통 대화도 어디까지나 엄격했다. 그가 사용하는 말이란,

"자네가 감히 그렇게 할 수 있는가? 자네는 지금 누구와 말하고 있는 줄 아는가? 지금 자네 앞에 있는 사람이 누군지 알고 있나, 모르고 있나?"

하는 세 마디뿐이었다. 그렇지만 그도 본성은 착한 인간

이어서 친구들도 잘 사귀었고, 남의 일도 잘 보살펴 주었다. 그러나 칙임관이라는 벼슬이 그의 머리를 이상하게 만들었다. 그는 칙임관이 되자 이성을 잃고 흥분하여, 자기가 어떤 태도를 취해야 좋을지 몰라 허둥지둥했던 것이다.

그래도 자기와 비슷한 사람을 상대하고 있을 때는 지극히 의젓해지고, 여러 가지 면에서 제법 총명한 인간이기도 했다. 그러나 자기보다 한 계급이라도 낮은 관리가 모인 자리에 나가기만 하면 갑자기 태도가 변하고 시무룩하니 입을 닫아 버리고 말았다. 그러면서도 속으로는 훨씬 재미있는 시간을 보낼 수도 있을 것이라고 느꼈기 때문에 그의 이러한 행동은 더 한층 가엾게 여겨지는 것이었다.

그리고 때로는 무엇이든 재미있는 대화나 놀이에 한몫 끼어들고 싶은 강한 욕망이 그의 눈에 나타나기도 했었으나, 그런 짓은 자기 입장으로 보아 너무 지나친 행동은 아닐까, 지나치게 버릇없이 구는 것이나 아닐까, 그것 때문에 자기 위신이 깎이는 것이나 아닐까 하는 생각이 언제나 그를 억누르는 것이었다. 이런 쓸데없는 생각 때문에 그는 계속해서 꿀 먹은 벙어리 노릇을 했고, 가끔 입을 열어도 괴상한 외마디소리를 낼 뿐이기 때문에 결국은 따분하기만 한 인간이라는 평판만 듣고 말았다.

아카키가 찾아간 고위층이란 바로 이런 인물이었다. 더욱이 그가 찾아간 것은 하필이면 가장 나쁜 때였다. 그렇지만 아카키에게 나빴을 뿐 본인인 고위층에게는 때를 맞추어 찾아와 주었다고 해도 지나친 말이 아니었다. 고위층은 마침 자신의 서재에 앉아서 몇 해 만에 수도에 올라온 절친한 친구와 이야기꽃을 피우고 있었는데, 바로 이 때에 아카키라는 자가 찾아왔다는 보고를 받았다.

"도대체 어떤 사람이야?"

고위층이 퉁명스러운 목소리로 물었다.

"어느 관청의 관리라고 하는데요."

"음 그래! 지금은 바쁘니까 기다리라고 해."

고위층의 이 말은 전혀 거짓이었다. 그와 친구는 벌써 오래 전에 이야기를 모두 끝내고 이제는 아무 말 없이 제각기 무릎이나 가볍게 두드리며,

"그렇다네, 이반 아브리모비치."

"그랬었나? 스테판 바를라모비치."

하는 식으로 같은 말만 계속해서 되풀이하고 있었다.

그런데도 찾아온 관리들을 기다리게 한 것은 이미 오래 전에 퇴직하고 시골에 틀어박힌 친구에게, 자기를 찾아오는 관리들이 얼마나 기다려야 하는가를 보여 주고 싶었기 때문이었다. 마침내 이야깃거리도 끝이 나고 더욱 긴 침묵을 맛보려 푹신한 안락의자에 파묻혀 시가 한 대

를 피운 후에 그는 문득 생각이 난 것같이, 보고용 서류를 들고 문 옆에 서 있는 비서에게,

"아 참, 밖에 무슨 관리인가 하는 사람이 기다리고 있지? 들어오라고 이르게."

하고 말했다. 그런데 들어서는 아카키의 순진한 모습과 낡아빠진 제복을 보더니 고위층은 갑자기 그에게로 돌아앉으며 딱딱한 어조로 물었다.

"어떤 용건으로 왔소?"

그것은 칙임관이라는 계급이 되어 현재의 자리에 앉기 일 주일 전부터 자기 방에 틀어박혀 거울 앞에서 일부러 연습한 어조였다. 아카키는 방에 들어오기 전부터 겁을 내고 있었기 때문에 이 말을 듣고 조금 당황하기는 했으나, 그래도 마음을 굳게 먹고 용기를 내어 '실은, 그……' 소리를 계속하면서, 새로 맞추어 입은 외투를 불량배들에게 강탈당했으니, 자기를 위해 경찰국장이나 그 밖의 적당한 사람에게 몇 자 적어 보내서 외투를 찾아 주도록 힘을 좀 써 달라는 부탁을 하기 위해 찾아왔노라고 말했다. 그러나 무슨 까닭인지 고위층에게는 아카키의 언행이 예의에 어긋난 것이라고 생각한 모양이었다.

"무엇이라고?"

고위층은 토막토막 끊어진 말로,

"당신은 일에 순서가 있는 것을 모르고 있소? 어디를

찾아왔소? 모든 사무가 어떤 순서를 거쳐 진행되는지 모르고 있소? 이런 문제는 먼저 창구에 탄원서를 제출해야 되는 것이오. 그러면 그 서류가 계장과 과장을 거쳐 비서관한테 들어가고, 비서관이 나한테 가져오게 되어 있소.” 하고 설명했다.

“하지만, 각하!”

아카키는 온 몸에서 식은땀이 흐른다고 느끼면서 남은 기력을 다 쏟아 말했다.

“제가 무례하게 각하께 직접 부탁 드리는 것도 사실은 그…… 비서관들은 대체로…… 믿지 못할 사람들이라…….”

“뭐, 무엇이라고?”

고위층은 와락 성을 냈다.

“도대체 어디서 그런 정신을 배워 가지고 왔소? 어디서 그 따위 사상을 배웠느냐 말이오? 요즘 젊은 사람들 사이에는 웃어른과 직장 상관에 대하여 지극히 좋지 못한 사상이 널리 퍼져 있어서 큰일이야.”

아마도 고위층은 아카키가 이미 50고개를 넘었으며, 따라서 젊은 사람이라고 불릴 수 있다 하더라도 그것은 70된 노인과 말하는 때에나 가능하리라는 것을 미처 깨닫지 못한 것 같았다.

“당신은 지금 상대가 누구인지 알고 그런 소리를 하는

거요? 지금 당신 앞에 있는 사람이 누구인지 알고 있느냐 말이오."

고위층은 발을 구르며 아카키가 아니더라도 누구든지 겁을 낼 만큼 언성을 높여 호통쳤다. 아카키는 혼이 나갈 정도로 놀라 비틀거리며 몇 걸음 물러섰다. 온 몸이 떨려서 더 이상 서 있을 수가 없었다. 수위가 재빨리 들어와서 부축해 주지 않았으면 아카키는 그대로 바닥에 쓰러지고 말았을 것이다.

그리하여 거의 정신을 잃어버리다시피 된 아카키는 밖으로 끌려 나왔다. 고위층은 기대 이상으로 효과를 거둔 데에 만족함을 느꼈다. 자기의 한 마디 말이 상대방의 정신을 잃어버리게 할 수도 있다는 생각에 도취되어 자기 친구가 이것을 어떻게 보았는지 알아보려고 흘낏 곁눈질로 살폈다. 그랬더니 자기 친구 역시 어리둥절하여 그 어떤 두려움을 느끼고 있는 것 같아 마음이 아주 흡족했다.

아카키는 어떻게 층계를 내려와 한길로 나왔는지 아무 것도 기억할 수가 없을 뿐만 아니라 팔과 다리도 전혀 감각이 없었다. 지금까지 상관한테, 그것도 다른 부서의 상관한테 그렇게 호된 질책을 받은 적이 없었기 때문이다. 아카키는 입을 벌린 채 자꾸만 인도에서 벗어나 거리를 소용돌이치는 눈보라 속을 걸어갔다.

페테르스부르크의 바람은 본디 그렇지만 이 날도 바람

은 사방팔방에서, 샛길에서 아카키를 향해 휘몰아쳤다.
아카키는 금방 편도선이 부어 간신히 집에 돌아왔을 때
는 말 한 마디 할 수 있는 힘조차 없었다. 그는 곧바로 잠
자리에 들어갔는데, 상관의 질책이 때로는 이처럼 강한
영향을 끼칠 수도 있는 것이다.

다음날, 아카키는 무서울 정도로 열이 높아 있었다. 페
테르스부르크의 날씨가 그에게 인색했던 탓으로 병세는
예상했던 것보다 급속도로 악화되어 의사는 맥만 짚어
보고 나서, 이제는 어떻게 할 방법이 없으니 병자가 치료
도 받아 보지 못하고 죽었다는 말을 듣지 않도록 찜질이
라도 해주라고 말했다. 그리고 의사는 병자는 기껏해야
한 나절밖에 남지 않았다고 선언하고 하숙집 노파에게
말했다.

"할머니, 병자가 죽기를 기다릴 것도 없습니다. 곧바로
소나무 관을 주문하십시오. 이런 사람에게 참나무 관은
분에 넘칠 테니까요."

아카키에게 치명적인 이런 말들이 귀에 들렸는지 어떤
지, 또 들렸다면 그 말이 충격적이었는지 어떤지, 그리고
자신의 비참한 생애를 슬퍼했는지 어떤지, 그것은 전혀
알 수가 없다. 그 이유는 계속 혼수 상태에 빠져 헛소리
만 하고 있었기 때문이다.

아카키의 눈앞에는 쉬지 않고 괴상한 현상이 나타났다.

재봉사 페트로비치가 나타나자, 침대 밑에 항상 도둑놈
이 숨어 있는 것 같으니 그놈을 붙잡게 올가미가 달린 외
투를 하나 만들어 달라고 헛소리를 하는가 하면, 도둑놈
을 이불 속에서 끌어내 달라고 하숙집 노파를 부르기도
하고, 새 외투가 있는데 어째서 낡아빠진 겉저고리가 저
곳에 걸려 있느냐고 묻기도 했다. 그런가 하면 자기가 칙
임관 앞에 서서 꾸중을 듣는 것 같은 생각이 들어,
 "각하, 죄송합니다."
하고 사과하는 것이었다. 그러다 끝에 가서는 입에 담지
못할 험한 욕설을 마구 퍼붓는 통에, 그런 욕설을 한 번
도 들어 본 적이 없는 하숙집 주인 노파는 가슴에 성호를
긋기까지 했는데, 그런 욕설이 계속되었으므로 주인 노
파가 겁을 먹는 것은 당연했다. 나중에는 전혀 의미 없는
말을 중얼거려서 아무것도 알아들을 수가 없었다.
 다만, 아카키의 두서 없는 말과 생각이 언제나 외투에
관한 것임은 알 수 있었다. 그리하여 가련한 아카키는 마
침내 숨을 멈추고 말았는데, 그의 방과 소지품은 봉인되
지 않았다.
 그 이유는 첫째, 유산 상속인이 없었기 때문이며 둘째,
유산이라고 할 만한 것도 없었기 때문이다. 아카키에게 남
은 것은 관청에서 사용하는 백지 한 권과 거위의 날개로
만든 한 묶음의 펜과 양말 세 켤레, 바지에서 떨어진 단추

126

두세 개, 그리고 독자들도 이미 알고 있는 겉저고리뿐이었다. 이런 물건들이 누구의 수중에 들어갔는지 알 수 없으나, 솔직히 말하면 필자도 그런 것에는 흥미가 없다.

아카키의 시신은 묘지에 매장되었고, 그가 없어진 후에도 페테르스부르크는 여전히 변함 없었다.

마치, 그런 인간은 처음부터 없었던 것처럼, 그 누구의 비호도 받지 못하고, 누구에게도 소중하게 여겨지지 못했으며, 누구의 흥미도 끌지 못하고, 흔해 빠진 파리까지 핀으로 꽂아 현미경으로 관찰하는 학자의 주의조차 끌어 보지 못한 존재, 관청에서 온갖 놀림을 조용히 참고 이렇다 할 사업 하나도 이루지 못한 채 무덤 속으로 들어간 존재는 세상에서 영원히 사라져 버린 것이다.

그러나 아카키에게도 비록 생이 마감되기 바로 전이기는 했으나 외투라는 손님이 환하고 기쁜 모습을 띠고 나타나서 그의 가난한 인생에 잠깐이나마 생기를 불어넣어 주었다. 그리고는 곧 이 세상의 모든 사람들에게도 에누리 없이 다가오는 피할 수 없는 불행이 그에게도 마침내 다가오고 만 것이다. 아카키가 세상을 떠난 지 3, 4일 후에 관청의 수위가 즉시 출두하라는 국장의 명령을 전하려고 그의 하숙집을 찾아왔다. 그러나 수위는 그대로 관청에 돌아가서 아카키는 영원히 출근할 수 없다고 보고했다.

"어째서 그렇지?"

국장의 물음에 수위는 이렇게 대답했다.

"어째서고 뭐고 없습니다. 죽어 버려서 3일 전에 장사를 지냈다고합니다."

그리하여 관청에서는 아카키가 사망했음을 알게 되었고, 그 다음날에는 그의 후임으로 새 관리가 들어와 자리를 차지하고 앉아 있었다. 새 관리는 키가 크고, 반듯한 필체가 아니라 옆으로 비스듬히 기울어진 필체의 사나이였다.

그런데 아카키에 관한 이야기가 여기서 모두 끝나지 않고, 마치 누구에게서도 인정받지 못한 그의 인생에 대한 보상이라도 되듯이, 죽은 다음에도 며칠 동안이나 요란한 물의를 일으키며 삶을 계속하도록 하는 운명이었음을 어느 누가 상상인들 했을까? 그러나 정말로 그런 사태가 일어나면서 이 슬픈 이야기는 뜻밖에도 환상적인 종말을 보게 될 것이다.

페테르스부르크 시내에는 갑자기 이상한 소문이 퍼지기 시작했다. 그 소문은 칼린킨 다리와 그보다 조금 더 떨어진 곳에 밤마다 외투를 도둑맞았다는 관리 복장의 유령이 나타나, 도둑맞은 자기 외투라고 하면서 관등이나 신분을 가리지 않고 지나가는 사람의 외투를 모조리 강제로 빼앗는다는 것이다. 고양이 가죽이나 담비 가죽

깃이 달린 외투, 솜을 누빈 외투, 여우와 너구리, 곰 가죽으로 만든 외투 등 한 마디로 말해서 사람이 자신의 몸을 감싸기 위해서 생각해 낸 것이면 가죽이나 솜을 가리지 않고 모든 종류의 외투를 빼앗아 버린다는 소문이었다. 어느 관리는 자기 눈으로 직접 그 유령을 보았는데, 첫눈에 그 유령이 아카키라는 것을 알아보았다. 그러나 소름이 끼칠 정도로 겁이 나서 죽을 힘을 다하여 도망쳤기 때문에 자세히 볼 수는 없었으나 유령이 멀리서 손가락을 세우고 위협하는 모습만은 똑똑히 보았다고 했다.

그리고 번번이 일어나는 외투 강탈 사건 때문에 9관등은 고사하고 7관등까지도 어깨와 등이 추위에 얼 지경이라는 호소가 사방에서 계속 들어왔다. 경찰에서도 더 이상 방관이 어렵게 되자, 그 유령이라는 것을 무슨 일이 있더라도 반드시 붙잡아 본보기로 극형에 처하라는 명령을 내렸는데, 거의 붙잡을 뻔했다.

즉, 키류쉬킨 골목에서 어떤 순경이 한때 플루트를 연주하던 전직 악사의 외투를 강탈하려는 것을 보고 그 유령의 멱살을 움켜쥐었다. 그리고는 자기 동료 두 사람을 불러 유령을 붙잡고 있으라고 이른 다음, 자기는 장화 속에 넣은 자작나무 껍질로 만든 코담뱃갑을 꺼내어 여섯 번이나 동상에 걸렸던 코에다 잠깐 동안 활기를 넣으려고 했다.

그런데 그 담배가 유령조차 견딜 수 없을 정도로 독했는지, 순경이 오른쪽 콧구멍을 손가락으로 누르고 왼쪽 콧구멍으로 담배를 들이마시려는 순간, 유령이 세차게 제체기를 하는 바람에 담뱃가루가 세 사람의 눈에 들어갔다. 그래서 손으로 눈을 문지르고 있는 사이에 유령은 자취를 감추어 버리고 말았기 때문에 순경들은 자기 손으로 유령을 정말로 붙잡았는지 어떤지 알 수 없게 되었다. 그 때부터 순경들은 유령에 대하여 심한 공포감을 느껴 살아 있는 사람까지 무서워하여 붙잡을 생각을 하지 못하고 그저,

"이봐, 갈 길을 빨리 가지 못할까!"
하고 고함만 쳤으므로 관리 복장의 유령은 이제 다리 너머에까지 나타나기 시작했으므로 담력이 작은 사람들에게는 공포의 대상이 되었다.

그러나 우리는 앞에서 말한 그 고위층에 관한 것을 까맣게 잊고 있었던 것 같다. 솔직히 말해서 그 고위층이야말로 이 거짓이 아닌 실화가 환상적인 경향을 띠게 한 당사자라고 해도 지나친 말이 아니다. 무엇보다도 먼저 공정함을 기하는 의미에서, 이 고위층은 가련한 아카키가 자기에게 질책을 당하고 물러간 다음, 그 어떤 연민과 비슷한 느낌을 받았다는 것을 말해 둘 필요가 있을 것 같다. 본디 고위층은 동정심과 거리가 먼 사람은 아니었다.

그의 마음은 대부분의 경우 착하고 어진 감정을 가질 수 있을 정도로 너그러운 편이었으나 다만 자기의 관등이 거치적거려 그것을 겉으로 나타내고 있을 뿐이었다.

시골에서 올라온 친구가 서재를 나가자마자 고위층은 곧 불쌍한 아카키에 대하여 생각하기 시작했다. 그 후, 거의 날마다 그리 대단치 않은 질책을 이겨내지 못한 아카키의 창백한 모습이 눈앞에 떠오르고, 그 생각만 하면 마음이 괴롭고 불안했다. 그리하여 마침내 일 주일 후에 부하를 보내 그 관리가 어떤 사람이며 그 후 어떻게 지내고 있는지, 그리고 실제로 그를 도울 수 있는 방법이 무엇인가 알아보도록 했다. 그러나 부하의 보고에 의해 아카키가 갑자기 열병으로 죽었다는 말을 듣고 그는 심한 충격을 받아 하루 종일 양심의 가책으로 몸부림쳤다.

그래서 얼마만큼이라도 울적한 마음을 달래려고 어느 친구가 베푸는 저녁 모임에 참석했다. 거기에는 점잖은 사람들이 모여 있었고, 특히 다행인 것은 거의 모두가 자기와 같은 계급의 사람들뿐이어서 아무것도 마음에 거리낄 것이 없었다. 그런데 이것이 그의 정신 상태에 놀랄 만한 효과를 가져왔다. 그는 마음이 확 풀어져 친구들과의 대화에도 즐겁고 다정한 기분으로 끼어들 수가 있었는데, 한 마디로 표현해서 그는 하루 저녁을 무척 즐겁게 보낸 것이다.

밤참 때는 샴페인을 두 잔이나 마셨다. 다 아는 사실이
지만, 샴페인은 마음을 흥겨운 상태로 만드는 점에서는
상당히 효과가 있는 술이다. 샴페인을 마시고 나니 그는
과감한 행동을 조금 취하고 싶은 마음이 생겼다. 다름이
아니라 집으로 곧장 돌아가지 않고, 이전부터 가깝게 지
내고 있던 카롤리나 이바노브나라는 여자한테 들르기로
결심한 것이다. 독일 출신으로 보이는 이 여성에 대하여
고위층은 친밀한 감정을 품고 있었다. 그런데 고위층은
이제 젊다고는 할 수 없는 나이여서, 가정에서는 충실한
남편인 동시에 훌륭한 아버지이기도 했다.

두 아들 중 하나는 관청에 근무하고 있었고, 조금 들창
코인 느낌이 들기는 해도 제법 귀여운 코를 지닌 예쁘장
한 딸도 역시 15세인데, 이 아이들이 날마다 그의 손에
입 맞추러 와서는 '아빠, 안녕!' 이라고 인사를 하곤 했다.
그리고 밉상스럽지 않은 그의 아내는 자기 손에 먼저 키
스하도록 시킨 다음, 그 손을 뒤집어 남편의 손에 키스를
하는 것이었다. 고위층은 이렇게 행복한 가정 생활에 만
족을 느끼고 있으면서도 한편으로는
친구들과의 교제에 있어서 시내의
다른 곳에 아내 이외에 여자 친구를
둔다는 것을 지극히 당연하게 여기
고 있었다.

여자 친구라고는 해도 그의 아내보다 젊거나 아름답지 않았지만 이러한 것은 세상에 흔한 일이므로 우리가 관여할 성질의 것이 아니다. 어쨌든 고위층은 친구의 집 층계를 내려와 썰매에 타고는 마부에게,

"카롤리나 이바노브나에게로!"

하고 행선지를 말한 후에 따뜻한 외투에 몸을 감싸고 러시아인으로서는 더할 수 없이 즐거운 기분이 되어 갔다. 즉, 자기는 아무것도 생각하지 않더라도 달콤한 상념이 스스로 머리 속에 끊임없이 떠올라, 일부러 그것을 찾아내려고 애쓸 필요가 없었다. 마음이 아주 흡족한 고위층은 조금 전에 떠나 온 모임에서의 재미있는 장면들과, 몇몇 친구들을 포복 졸도하게 만든 익살을 그려 보았다. 그리고 지금 그 익살들을 혼자 되풀이해 보고, 그 익살이 여전히 우습다는 것을 느꼈으며, 자기 자신까지 친구들과 함께 웃었던 것도 지극히 당연했다고 생각했다.

그런데 이따금 갑자기 불어오는 바람이 고위층의 즐거운 기분에 훼방을 놓았다. 바람은 무엇 때문인지, 어느 쪽인지도 모르게 느닷없이 불어와 눈가루를 뿌리고 외투의 깃을 돛폭처럼 펄럭이게 만들면서 사정없이 고위층의 얼굴을 후려치는 것이었다. 그런 중에 고위층은 문득 누가 무서운 힘으로 자기의 외투 깃을 붙잡았다고 느끼고 뒤를 돌아보았더니, 다 떨어진 헌 제복을 입은 작달막한

사내가 있었으므로 그것이 바로 아카키임을 알고 가슴이 덜컥 내려앉았다.

고위층의 얼굴은 창백하게 변해 겉보기에 마치 죽은 사람 같았다. 그러나 유령이 고위층의 입을 일그러뜨리고 죽음의 입김을 내뿜으며 말했을 때 고위층은 온 몸을 사시나무 떨 듯하였다.

"네놈을 이제야 만났구나! 이제야 네놈의 목덜미를 잡았어! 내가 필요한 것은 네놈의 외투뿐이다. 너는 나를 위해 힘써 주기는커녕 견딜 수 없는 모욕을 주었어. 자, 이제는 네놈의 외투를 벗어라."

고위층은 불쌍하게도 거의 숨이 끊어질 지경에 이르렀다. 관청의 부하들 앞에서는 언제나 위엄을 보였고, 그의 늠름한 모습을 보고,

"거참, 위엄 있는 사람인데……."
하고 감탄할 정도였다고는 하나, 지금의 그는 극도의 공포에 사로잡혀 제 손으로 급히 외투를 벗어 던지고 말했다.

"어서 빨리 집으로 가자. 어서……."

주인의 목소리가 떨어지자 마부는 만일의 경우를 생각하여 두 어깨 사이에 목을 움츠리고 쏜살같이 말을 몰았다. 그로부터 6분 정도나 지났을까, 고위층은 자기 집 현관 앞에 이르렀다. 외투를 빼앗기고 겁에 질려 얼굴이 창백해진 고위층은 카롤리나 이바노브나를 찾아가지 않고

자기 집으로 향했던 것이다. 고위층은 하룻밤을 말할 수 없는 불안에 싸여 뜬눈으로 보냈다. 그래서 다음날 아침에 차를 마실 때 딸한테서,

"아빠, 오늘 아침에는 안색이 안 좋으세요."

하는 말까지 들었으나, 고위층은 거기에 대해 아무 말도 하지 않았다. 어제 저녁에 자기가 어디를 갔었으며, 어디를 들르려고 했는지, 그리고 자기에게 무슨 일이 일어났는지 한 마디도 발설하지 않았다. 이 사건은 고위층에게 강렬한 충격을 안겨 주었는데 부하에게,

"자네가 감히 그럴 수가 있는가?"

또는,

"내가 누구인지 알고 있나?"

하는 말도 전에 비해 많이 줄어들었고 그런 말을 사용하더라도 먼저 사정부터 들어보고 부당한 경우에만 사용했다.

그러나 더욱 중요한 것은 그 날 밤에 고위층이 외투를 벗기운 후로 관리 옷을 입은 유령이 다시는 나타나지 않게 되었다는 사실이다. 그러나 꼼꼼하고 마음이 약한 사람들은 아직도 시내 변두리에 관리 옷을 입은 유령이 나타난다고 수군거렸다. 사실 콜르멘스코에의 한 순경은 어느 집 모퉁이에서 유령이 나타나는 것을 자기 눈으로 직접 보았던 적이 있었다.

그렇지만 이 순경은 본디 몸이 약한 사람이었다. 어느

때 한 번은 웬만큼 자란 새끼돼지가 민가에서 달려 나오며 그의 다리를 들이받는 순간 벌렁 넘어지는 바람에 가까이 있던 영업 마차의 마부들이 배를 움켜쥐고 웃었는데, 이 모욕에 대해 마부들한테서 담배 값으로 반 카페이카씩 강제로 거둔 일까지 있었다. 그만큼 허약한 사람이었으므로 유령을 붙잡을 용기가 없어서 그대로 어둠 속으로 뒤따라갔다. 그런데 얼마쯤 가다가 유령이 갑자기 멈추어 뒤를 돌아보고,

"뭐야?"

하고 물으며 커다란 주먹을 불쑥 내밀자 순경은,

"아니, 아무것도 아, 아닙니다."

하고 얼른 되돌아섰다.

그런데 이 유령은 키도 훨씬 크고 콧수염까지 기르고 있었으며, 유령은 오부호프 다리 쪽을 향해 걸어가는 것 같았으나, 마침내 밤의 암흑 속으로 완전히 사라져 버렸다고 한다.

본명은 페슈코프이다. 니주니 노브고로드 출생. 일찍이 부모를 여의고 가난하게 살면서 각지를 방랑했으며 독학으로 문학에 뜻을 두었으나 때로는 절망에 빠져 자살을 기도한 적도 있었다. 그의 생활은 자전적(自傳的) 3부작 「유년시대」(1914), 「사람들 속에서」(1916), 「나의 대학」(1923)에 나타나 있다. 1892년 처녀작 「마카르 추드라」로 인정을 받았고 이어 「첼카슈」(1895)로 주목을 끌어 코롤렝코·체호프와 사귀게 되었으며, 러시아의 밑바닥에서 허덕이는 가난한 사람들의 생활을 묘사하여 프롤레타리아 문학의 선구자가 되었다. 희곡 「밤 주막」(1902)이 특히 유명하며, 한때 볼셰비키당에 입당해 소설 「어머니」(1907)에서 혁명가의 전형을 창조하기도 하였다.

 1905년 혁명으로 투옥된 뒤 외국으로 망명, 그 곳에서 「레토피시」지(誌)를 발간하여 좌익작가를 모았다. 1913년, 대사령(大赦令)으로 귀국, 「신생활」지(誌)를 발행하여 레닌파(派)와 대립하였으나 10월혁명 후에는 신정권을 지지하였다. 미완성의 서사시인 「클림 사므긴의 생애」(1936) 등 많은 작품을 남겼다. 1936년 6월 8일 폐렴으로 죽었다.

세·계·명·단·편·선

대초원

Aleksei Maksimovich Peshkov Gorkii Maxim

우리는 기분이 몹시 상해서 뻬레꼬프를
떠났다. 우리는 이리 떼처럼 굶주리고 온 세상을 원망했
다. 12시간 동안이나 계속해서 무엇을 훔치거나 돈을 벌
기 위해 온갖 노력과 수단을 다해 보았으나 헛수고였다.
마침내 모든 것이 불가능하다는 것을 깨달았을 때 우리
는 더 가기로 했다. 어디로? 더 간다는 것뿐.

이 의견은 다수결로 결정되어 모두에게 알려졌으나, 우
리는 이미 우리가 지금껏 걸어온 인생 행로를 더 걸어가
보리라는 마음의 준비는 다 갖추어져 있었다. 이 결정은
누가 발설한 것도 아니고 무언중에 전달된 것이었다. 그것
은 허기가 진 눈의 노기를 띤 빛에 뚜렷이 나타나 있었다.

우리는 모두 3명이었으며 그전부터 아는 사이는 아니고 드네프르 강변에 있는 헤르손의 선술집에서 우연히 서로 만나 알게 되었다. 3명 중 1명은 철도 부대의 군인이었다가 그 후 폴란드의 비스츨라에 있는 어느 철도에서 노무자 노릇을 한 일도 있었다. 이 사람은 붉은 머리카락에 건장한 사나이였는데, 독일어를 할 줄 알았고 감옥 생활에 대해 자세히 알고 있었다.

우리들 같은 사람은 자기의 과거를 이야기하는 데에 인색하다. 이야기하기를 싫어하는 데에는 언제나 뚜렷한 어떤 까닭이 있는 것이다. 그래서 우리는 서로의 이야기를 마땅히 그럴 것이라고 믿는다. 즉 겉으로는 믿지만 속으로는 서로를 여간해서는 믿지 않는다는 말이다.

언제나 의문을 나타내는 것처럼 입술을 오므리고 있는 땅딸보 친구가 모스크바 대학을 다녔다고 할 때에도 군인이나 나나 으레 그러려니 했었다. 사실 우리들에게는 상대방이 학생이었거나 도둑놈이었거나 경찰의 정보원이었거나 조금도 다름이 없었다. 오직 문제가 되는 것은 우리들이 서로 만났을 때 그들도 우리와 똑같은 사람이었다는 것이다. 그들도 우리처럼 굶주리고 경찰의 특별 감시를 받고, 시골 농부들의 의심을 사고, 사냥꾼에 쫓기는 배고픈 짐승처럼 더 먹겠다며 서로 으르렁거리는 사람, 한 마디로 말해서 자연이라는 왕들과 인생이라는 주군 사이에 끼어 사는 그의 지위와 감정이 우리와 똑같은 사람이라는 점에서이다.

불운은 정반대의 성격을 서로 붙여 주는 최고의 접합물이다. 그래서 우리가 불행하다고 생각할 수 있는 어떠한 권리를 우리는 가지고 있다고 믿는다.

나는 세 번째에 해당된다. 나는 태어날 때부터 겸손을 지녔으므로 미덕에 관해서, 또 깨끗한 사람처럼 행동하고 싶지도 않으니까 내 악덕에 관해서도 말하지 않겠다. 나는 내 자신을 다른 사람보다 훌륭하다고 생각해 왔고, 지금도 그렇다고 말한다면 내 성격이 어떤가를 쉽게 짐작할 것이다.

우리 세 사람은 뻬레꼬프를 떠났다. 그 날 할 일은 대초원에서 목자를 찾는 것이었다. 한 친구는 목자한테 빵을 자주 구걸했고, 목자들은 지나가는 나그네들에게 적선을 하곤 했다. 나는 군인과 함께 걷고 학생은 뒤따라왔는데, 그의 어깨에는 재킷 같은 옷이 걸쳐 있었고, 짧게 깎은 머리에는 뾰족하고 모가 난 차양이 넓은 모자가 얹혀져 있었다. 여러 가지 색의 천으로 기운 잿빛 바지를 입고 길에서 주운 구두창은 양복 안감으로 만든 끈으로 발에 동여맸다. 학생은 그것을 샌들이라고 불렀으며 작은 녹생의 눈을 깜박거리고 많은 먼지를 일으키며 한 마디의 말도 없이 걷고 있었다. 군인은 붉은 능직물로 만든 셔츠를 입고 있었는데, 그의 말에 따르면 헤르손에서 제 손으로 얻었다는 셔츠였다. 셔츠 위로는 따뜻한 솜을 넣은 조끼를 입고, 빛깔을 알 수 없는 군인 모자는 군대 규칙을 따라 오른쪽 눈썹 위에 기울어져 있었으며, 투박스럽고 큰 바지는 다리에서 펄럭이고 맨발 차림이었다. 나도 역시 맨발 차림이었다.

우리가 걸어가는 주위에는 거대한 대초원이 펼쳐져 있었고, 구름 한 점 없는 푸른 하늘을 뚜껑 삼은 초원은 커다란 접시처럼 둥글었다. 머리의 가르마처럼 한 줄로 나 있는 잿빛 길은 군데군데 옥수수를 수확하고 난 그루터기가 남아 있었는데, 면도하지 않은 군인의 얼굴과 어쩌면 그리 비슷한지 몰랐다. 군인은 걸어가면서 쉰 목소리로 노래를 불렀다.

"성스러운 안식일을 찬미하도다……."

군대에 있을 때 그의 임무는 영내 교회에서 합창대의 선창자 노릇이었다. 그리하여 군인은 찬송가와 교회 음악에 대해 일가견이 있었으며, 서로 간에 대화가 길어지면 으레 이 지식을 남용했다. 우리 앞에 펼쳐진 선이 부드러운 희미한 빛깔의 형상 하나 솟아올랐다. 그 빛깔은 주홍빛에서 분홍빛으로 녹아들었다. 이것을 본 학생이 쉰 목소리로 말했다.

"틀림없이 크리미아 산맥일 거야!"

"산맥이라고? 이 친구야, 산맥이 나오려면 아직도 한참이나 더 가야 해. 저것은 그저 구름에 지나지 않아. 그런데 무슨 구름이 저 모양이야? 마치 젤리나 우유처럼 생겼잖아."

나는 구름이 젤리로 만들어졌다면 얼마나 좋을까 하고 생각하니 입 안에 군침이 돌면서 시장기라는 놈이 몰려들었다.

"빌어먹을, 여태까지 우리 말고는 사람 구경을 한 번도 못 했으니. 겨울 곰 새끼처럼 발바닥이나 핥을 수밖에 별 수가 없겠군!"

군인이 침을 뱉으면서 욕을 하자 학생이,

"그러기에 내가 사람 사는 곳으로 가자고 했지."

하고 타이르기라도 하려는 듯이 말했다.

"그렇게 말했다고? 그래! 자네는 글을 배웠으니까 우리 같은 무식쟁이를 가르치는 것이 당연하지. 말해 보게, 사람 사는 곳이 어딘가?"

군인이 반항하는 듯이 대들자 학생은 아무 대꾸도 하지 않고 입을 다물었다.

해가 지고 지평선의 구름이 말로 표현할 수 없는 수많은 빛깔로 변했다. 흙과 소금 냄새가 났는데, 마르고 향긋한 이들 냄새는 식욕을 더욱 돋우었다. 온 몸의 기운이 모든 근육에서 천천히 빠져 나가는 것만 같았고, 근육은

말라가고 부드러운 느낌이 없었다. 또한 입 안은 타 들어가고 쿡쿡 찌르는 것 같은 느낌으로 가득했으며 머릿골은 띵했다. 눈앞에서는 작은 점들이 어른거렸는데, 이런 점들은 가끔 김이 모락모락 나는 빵이 되기도 하고 먹음직한 고깃덩이가 되기도 했다.

우리는 서로의 감정을 이야기하기도 하고, 혹시 산양이라도 있지 않을까 하고 사방을 날카로운 시선으로 둘러보기도 했으며, 아르메니아 시장으로 과실을 싣고 가는 달단인의 마차가 덜컹거리는 소리를 듣기도 하면서 걸어갔다. 하지만 대초원은 쓸쓸하고 적막하기만 했다.

우리들 앞으로는 햇살로 아름답게 물든 포근한 구름 속으로 해가 그 모습을 숨기고, 뒤쪽으로는 초원에서 하늘로 솟아오르는 검푸른 어둠이 쌀쌀한 지평선을 좁히고 있었다.

"불을 피워야겠는데, 나뭇가지나 마른 풀 같은 것을 모으자고. 오늘은 초원에서 밤을 보내야 하고 곧 이슬이 내릴 테니까……."

군인의 이 말에 우리는 길 양쪽으로 나누어서 무엇이든 탈 수 있는 것이면 주워 모았는데, 허리를 땅에 구부릴 때마다 온 몸은 땅 위에 주저앉고, 눕고 싶고, 검고 기름진 흙을 배불리 먹고 그 자리에 누워서 한숨 자고 싶은 마음이 굴뚝 같았다. 따뜻한 음식을 먹을 수만 있다면,

그래서 그 음식물이 타는 듯한 목구멍을 거쳐 위 속으로 내려가는 것을 느낄 수만 있다면 영원히 잠들어도 여한이 없을 것 같았다.

"씹을 수 있는 풀뿌리나 나무뿌리라도 있었으면 좋으련만……."

군인이 한숨을 쉬었다. 하지만 땅에는 그들이 먹거나 씹을 뿌리는 하나도 없었다. 남부 지방의 밤은 빨리 와서 마지막 햇빛이 여운을 남기고 사라지자, 어둑한 하늘에서는 별이 하나 둘씩 빛을 발하기 시작하고, 주위에 그림자가 모여들어 끝없이 넓은 초원을 어둠으로 물들였다. 이 때 학생이 자기들의 왼쪽에 누가 있다고 가만히 속삭였다.

"뭐? 웬 사람이 거기에 누워 있을까?"

군인이 의심스럽다는 듯이 말했다.

"가서 물어 보게. 초원에 누워 있는 것을 보니 틀림없이 먹을 것을 지니고 있는 사람일 거야."

학생의 말에 군인이 침을 한 번 뱉더니 찬성했다.

"한 번 가서 알아보도록 하지!"

우리들은 쟁기질이 끝난 땅을 재빨리 그러나 조심해서 소리가 나지 않게 밟으면서 그 사람 곁으로 다가갔다. 먹을 것이 있을 것이라고 생각하니 배고픔의 고통이 더 심했다. 우리들이 가까이 다가가도 그 사람은 움직이지 않았다.

“혹시 사람이 아닐지도 몰라.”

군인이 이렇게 말하는 바로 그 순간, 정체를 알 수 없는 물체가 갑자기 움직이며 일어나는 것을 보니 분명히 사람이었다. 그는 무릎을 꿇고 우리들에게 말했다.

“움직이면 쏜다!”

‘찰카닥’ 하는 소리에 우리들은 그 자리에 멈추었다. 우리들은 한동안 멍하니 서 있었다. 군인이 심각하게 말했다.

“이거 악한을 만났군!”

학생이 군인의 말을 받았다.

“그래, 권총을 가지고 여행하는 것을 보니…….”

“여보게!”

군인이 그 사람을 불렀다. 그 사람은 여전히 꼼짝도 하지 않고 입을 열지도 않았다.

“여보게! 자네를 해치지는 않아. 먹을 것이 있거든 조금만 주게. 배가 고파 죽을 것 같아 그러네. 그러니 빵이 있으면 조금만 주게.”

하지만 그 사람은 여전히 입을 닫고 있었다.

“내 말이 안 들리나? 먹을 것이 있으면 조금만 달라니까 그래? 자네한테는 가까이 못 가겠으니 빵을 던지게나.”

“좋아.”

그 사람이 비로소 입을 열었다.

"무서워하지 말게."

군인은 그 사람에게서 호감을 사려는 듯이 미소를 띠고 다정한 목소리로 말했다.

"우리는 말썽을 피우는 사람이 아니야. 러시아에서 쿠반으로 가는 중인데, 돈은 오다가 모두 잃어버리고, 먹을 것도 모두 떨어져 버렸네. 그 덕분에 2일이나 쫄쫄 굶고 지냈지."

"가만있게."

그 사람은 이 말과 함께 공중에 팔을 휘둘렀다. 그러자 검은 물체 같은 것이 하나 날아오더니 우리들 가까이 떨어졌다. 학생은 잽싸게 땅 위에 엎드렸다.

"잠깐, 여기 더 있네. 그것이 전부야."

그 사나이가 우리들에게 던진 것은 흙이 묻은 쉰 흑빵이 4파운드 가량 되었다. 빵에 흙이 묻었어도 상관없었다. 오히려 쉰 빵이 더 좋았다. 왜냐하면 쉰 빵은 물기가 적어 새로 구운 빵보다 나았기 때문이다. 군인이 이 빵을 각각 나누어 주었다.

"몫이 똑같지가 않아. 학자님, 자네 빵에서 조금만 떼야겠군, 저 친구 몫이 적어질 테니까."

학생은 아무 불평도 없이 자기 몫의 빵을 받았다. 빵을 받은 나는 그것을 조금 떼어서 천천히 씹었다. 그런데 돌이라도 씹을 수 있을 것 같던 턱이 떨리는 것을 억제할 수가 없었고, 목구멍에 경련이 일어나 짜릿한 쾌감을 느꼈으므로 조금씩 천천히 씹어 그 쾌감을 만족시켜 주었다. 그러나 마지막 빵 조각을 입에 넣자마자 나는 다시 허기증의 공포에 사로잡히고 말았다.

"저놈은 틀림없이 빵을 더 가지고 있을 거야. 그리고 고기도 가지고 있을 테고."

군인이 땅에 주저앉아 배를 쓰다듬으며 중얼거렸다.

"그 말이 맞아. 빵에서 고기 냄새가 나는 것을 보니 빵과 고기를 더 가지고 있는 것이 틀림없어. 그런데 빌어먹을 저 권총 때문에……."

학생이 가만히 속삭였다.

"도대체 정체가 뭘까?"

"우리의 형제 이삭이겠지."

우리들은 권총을 겨누고 있는 그 사람을 곁눈질로 살폈다. 밤의 어두움이 우리들을 휘감았고, 드넓은 초원은 무덤 속처럼 조용해 서로의 숨소리를 들을 수 있었다. 가끔 마못의 처량한 울음소리가 들려 왔으며, 별들은 우리들 머리 위에서 반짝이고 있었다. 나는 우연히 사귄 오늘 밤의 친구들보다 잘나지도 못나지도 않았다고 누구에게나 떳떳하게 이야기할 것이다. 나는 그 사람한테 가자고 했으며, 그를 해치지 않고도 음식을 먹을 수 있을 것이라고 말했다.

'쏠 테면 쏘라지. 쏘아 보아야 한 명밖에 더 맞겠어? 또 그럴 리도 없겠지만, 만약에 맞더라도 어둠 속이니까 상처는 그리 깊지 않을 거야.'

내가 이런 생각을 하고 있는데 군인이 결심한 듯이 말했다.

"가자."

나와 군인은 빠른 속도로 그 사람에게 다가갔으며 학생은 뒤를 따랐다.

"여보게 친구!"

군인이 그 사람을 꾸짖듯이 불렀다. 바로 그 순간, 탁한 목소리에 이어 방아쇠가 찰카닥 소리를 내더니, 불이 번쩍하면서 찢어지는 듯한 총소리가 밤의 공기를 뒤흔들어 놓았다.

"안 맞았다."

군인이 기쁨의 환성을 내뱉으며 그 사람에게 달려들어 덮쳤다.

"이 악마 같은 놈. 어디 덤벼 봐라."

학생이 그 사람의 배낭으로 달려들자 그는 뒹굴더니 손으로 몸을 가리고 신음을 토했다.

“빌어먹을! 이 친구가 제 몸을 쏜 모양이야.”

군인은 당황하여 소리쳤다. 그 때 그 사람의 배낭을 뒤지던 학생이 흥분하여 부르짖었다.

“이것 봐! 고기도 있고 고기 만두와 빵도 많이 있어.”

나는 그 사람의 손에서 권총을 빼앗아 살펴보았더니 탄환 하나가 더 남아 있었다. 우리들은 그 사람의 배낭에서 꺼낸 음식물을 먹고 또 먹었다. 그러는 동안에도 그 사람은 움직이지 않고 조용히 누워 있었으며, 우리들을 조금도 의식하지 않고 있는 모양이었다. 그런데 한참 후, 그 사람은 의식이 돌아왔는지 입을 열었다.

“자네들은 정말로 먹을 것 때문에 이런 짓을 했나?”

우리들은 그만 기절할 듯이 놀랐다. 학생은 숨이 막혀 허리를 굽히고 기침을 했으며, 군인은 먹을 것을 한 입 가득히 씹으며 욕설을 퍼부었다.

“이 개 같은 자식아, 뒈져 버려라. 그럼 네 가죽을 벗길 줄 알았더냐? 네 가죽을 어디에다 쓰게. 이 얼간이 천치 바보야.”

군인은 욕설을 퍼부으면서도 여전히 먹을 것을 씹고 있었다.

“우리들이 이것을 다 먹을 때까지만 기다려. 그 때 결판을 내자고.”

학생이 그 사람에게 위협하듯이 말했다. 그 때 흐느끼

는 소리가 들려 우리들은 깜짝 놀랐다.

"여보게들, 내가 어떻게 알았겠나. 나는 그저 엉겁결에 쏘았던 것이야. 나는 아테네에서 스몰렌스크 지방으로 가는 길이었어. 나는 열병에 걸려 있는 불쌍한 놈이야. 이 열병은 해가 지면 찾아 와서 나를 괴롭히지. 나는 아테네에서 목수 노릇을 하고 있었는데, 그 곳을 떠난 것은 열병 때문이었지. 내가 아테네를 떠난 것은 4년 전인데, 그 동안에 아테네에 있는 아내와 어린 두 딸을 한 번도 만나 보지 못했다네. 여보게들, 먹고 싶거든 실컷 먹게."

이에 학생이 대답했다.

"그렇지 않아도 실컷 먹고 있어."

"자네들이 마음씨 곱고 착한 사람들이란 걸 알았더라면 내가 왜 자네들을 쏘았겠나. 하지만 한밤중에 초원에서, 그것도 세 사람이나 만났으니 쏘지 않고 어떻게 하겠는가. 그것이 내 잘못인가?"

그 사람은 여전히 흐느끼고 있었다. 아니, 놀라 떨면서 흐느끼는 소리를 내고 있었다는 편이 맞을 것이다.

"저 울고 있는 것 좀 봐."

군인이 경멸적인 어조로 말했다.

"저 친구 틀림없이 돈을 지니고 있을 거야."

학생이 귀띔을 하자 군인은 학생을 보면서 웃었다.

"자네는 알아맞히는 데는 도사야. 자, 불을 피우고 잠이나 자지."

"저 친구는 어떻게 하지?"

학생의 물음에 군인이 대답했다.

"뒈지게 내버려 둬. 설마 저 친구를 구울 생각은 아니겠지?"

"구워도 싸지."

학생이 뾰족한 머리를 흔들었다. 우리는 얼마 전에 모아 둔 땔감을 가지러 갔다. 목수가 아까 무섭게 큰 소리를 치는 바람에 그만 떨어뜨렸던 것이다. 우리는 땔감을 가지고와서 불을 피우고 불을 중심으로 둘러앉았다. 불을 쬐고 있으니 졸렸으나 먹을 것이 있으면 계속해서 먹을 정신은 있었다.

"여보게들."

우리와 조금 떨어진 곳에 있던 목수가 불렀다.

"왜 그래?"

퉁명스러운 군인의 물음에,

"자네들 곁에 좀 갈 수 없겠나? 뼈마디가 쑤셔서 죽겠네. 이러다가는 집에도 못 가고 죽게 생겼어."

하고 대답했다. 그러자 학생이,

"이리 기어서 오게."

라고 하자, 목수는 팔이나 다리를 잃어버리지나 않을까 두려워하면서 천천히 화톳불 곁으로 기어왔다. 목수는 키가 크고 무서울 정도로 여윈 사람이었다. 옷은 나뭇가지에다 걸쳐 놓은 것 같았고, 커다란 눈은 고생에 찌들어 그가 받은 고통을 말해 주고 있었으며, 얼굴에는 뼈와 가죽만 남아 생기라고는 조금도 찾아볼 수가 없었다. 우리는 목수가 사뭇 몸을 떨고 있는 것을 보자 불쌍한 마음이 들었다. 목수는 길고 가느다란 발을 화톳불에 뻗으며 앙상히 뼈만 드러난 손가락을 비볐다. 그 모습을 본 군인이 어두운 표정으로 목수에게 물었다.

"그런 몸으로 어떻게 도보 여행을 하고 있나?"

"배를 타고 크리미아를 거쳐 가라고 말렸지. 그 이유는 공기 때문이야. 그런데 여보게들, 나는 이제 더 이상 못 가겠어. 나는 죽는단 말이야! 이 초원에서 혼자 죽은 후 새들이 나를 쪼아 먹어 버리면 아무도 나라는 생각을 못하겠지. 집에서는 아내와 어린 딸들이 기다리는데……. 그리고 내 뼈는 빗물에 씻겨 버리겠지. 하나님! 오, 하나님.”

목수는 선불 맞은 호랑이처럼 울부짖었다. 그러자 군인이 화가 치밀어 올라 외치며 발을 동동 굴렀다.

“울음을 그치지 못해. 죽는다고? 그래 죽으라고. 섭섭해할 사람 하나도 없으니 죽는다고 광고는 하지 마. 그러니 죽을 때는 죽더라도 지금은 제발 조용히 좀 있게 해줘!”

이 때 학생이 한 마디 거들었다.

“대갈통을 한 대 쥐어박아 버려.”

나는 더 이상 이들의 대화를 듣고 싶지 않아서,

“잠이나 자자고. 그리고 목수 자네는 불 곁에 있고 싶거든 울음소리를 그치게.”

하고 말했다. 내 말이 끝나자 군인이 노한 듯이 말했다.

“알아들었어? 저 친구 말대로 따라야 해. 자네는 빵 한 개를 주고 총을 쏘았으니까 자네를 불쌍히 여기고 돌보아 주겠지 하고 생각하는 것 같은데 꿈에서 깨어나. 다른 사람 같았으면……쳇!”

군인은 말을 끝내고 땅바닥에 팔베개를 하고 반듯이 누웠다. 학생은 벌써 누워 잠이 들어 있었고, 나도 누웠다.

"무슨 청승맞은 밤이야! 무슨 별들이 이렇게 많아!"
군인은 말을 마치고 나를 돌아보았다.

"무슨 하늘이 저래. 하늘이 아니라 이불이로구먼. 나는 이런 유랑 생활을 좋아하지. 왜냐하면 춥고 배고픈 생활이지만 누구의 간섭도 받지 않아 자유롭거든. 누구의 지배도 받지 않는단 말이야. 배가 터지게 음식을 먹어도 그만 먹으라는 사람이 없으니 얼마나 좋은가. 요즘은 배가 좀 고파서 성질이 나빠졌지만. 그러나 지금은 여기 누워서 밤하늘을 바라보고 있지 않은가. 별들이 눈짓을 하며 이렇게 말하는 것 같아. '라카틴, 걱정 말게. 이곳저곳을 돌아다니며 배우되 누구에게도 복종해서는 안 돼' 이렇게 말이야. 이 얼마나 마음이 편한가. 그런데 목수, 자네는 어떤가? 우리가 자네 음식을 먹어 버린 것이 어쨌다는 말이야? 자네는 음식이 있었고 우리는 없어서 자네 음식을 먹은 것뿐이야. 빵은 내일이면 뻬레꼬프에 이를 테니 거기서 살 수 있을 거야. 참, 돈은 있겠지?"

나는 오랫동안 군인의 웅얼거림과 목수의 떨리는 목소리를 들을 수 있었다. 화톳불은 아늑한 불빛과 따뜻한 기운을 발산하고 있었다. 눈을 감으니 포근하고 깨끗한 그 무엇이 잠 속에서 찾아들었다.

"일어나게! 빨리 떠나세!"

군인이 소매를 잡고 흔들어 깨우는 바람에 나는 가위에 눌린 듯이 깜짝 놀라 눈을 떴다.

"자, 강행군이야!"

군인의 얼굴은 침통하고 당황한 빛이 역력했다. 나는 사방을 둘러보다가 시선이 목수에서 멈추었다. 장밋빛 햇살이 목수의 고요하고 푸른 얼굴에 머무르고 있었는데, 입은 벌린 채였고, 눈은 툭 튀어나와 공포에 찬 눈초리로 멍하니 바라보고 있었다. 옷은 가슴팍이 찢어졌고 자세는 조금 이상하니 부르르 떨고 있었다.

"다 보았나? 이리 와."

군인이 내 팔을 잡아당겼다.

"죽었나?"

나는 차가운 아침 공기 속으로 몸을 부르르 떨며 군인에게 물었다.

"죽었다고 할 수밖에. 목을 조르면 자네도 죽을 수밖에 없지. 안 그런가?"

"학생이 죽였나?"

나는 큰 소리로 외쳤다.

"그럼 누가 죽였겠나? 자네일까, 아니면 내가 죽였을까? 자네한테는 학자가 있어. 그놈이 목수를 죽이고 자네와 나를 궁지에 빠뜨렸어. 어젯밤에만 알았어도 그놈을 내 손으로 죽여 버렸을 텐데. 관자놀이에 한 대만 날리면

이 세상에서 한 명이 줄어드는데. 자네는 그놈이 무슨 짓을 저질렀는지 알았지? 사람의 눈에 띄지 않도록 여기서 빨리 도망가야 해. 경찰은 곧 살해당한 목수를 발견할 테고, 그렇게 되면 우리 같은 사람들을 주목할 것이야. 그리하여 우리에게 어디서 오느냐, 잠은 어디서 잤느냐고 꼬치꼬치 캐물을 거야. 그리고는 우리를 체포할 것이고 소지품을 뒤질 텐데 이거 큰일났는걸. 내 품 속에 목수의 권총이 있거든.”

“버리면 되는데 무슨 걱정이야?”

“왜 버리나? 이것을 팔면 3루블리는 받을 수 있어. 이런 비싼 물건을 아깝게 버릴 수는 없지. 게다가 탄환도 한 발이 있거든. 경찰은 우리를 잡지 못할 거야.”

“어린 딸들에게 너무하잖아?”

“딸이라니? 아, 목수의 딸 말인가. 딸들이야 자라면 결혼하겠지. 그리고 그들이 결혼해도 우리하고는 안할 테니까 걱정하지 말게. 빨리 가지고. 그런데 어디로 가야 하나.”

“모르겠네. 어디로 가든지 마찬가지가 아닌가.”

“나도 모르겠어. 또 어디로 가든지 마찬가지라는 것도 알지. 그러면 바다가 있는 오른쪽으로 가 보세.”

나는 돌아섰다. 앞에는 검은 언덕이 아득히 솟아 있었고 그 위로 해가 비추고 있었다.

"목수가 살아났는지 보는 것인가? 우리를 잡지는 못할 테니까 무서워할 것 없어. 우리 학자님은 영리하고 훌륭한 친구야. 일을 잘 처리해서 우리를 궁지에 빠뜨려 놓았거든. 요즘 사람들은 해가 갈수록 점점 더 나빠져만 가고 있어."

군인이 서글픈 듯이 중얼거렸다.

"배가 고프군."

나는 친구가 말아 준 연초를 입으로 가져가면서 이렇게 말했다.

"무엇을 어디에 가서 먹지?"

"그것이 문제야!"

이 말을 하면서 어느 병원의 내 옆 침대 누운 사람이 이런 말로 끝을 맺었다.

"그게 모두입니다. 군인과 나는 둘도 없는 친구가 되었습니다. 우리는 먼 지방까지 함께 걸었는데, 그는 경험도 많고 다정했으며 전형적인 나그네였지요. 나는 그를 무척 존경했으며 둘이서 함께 소아시아까지 간 후 서로 잃어버렸습니다."

"그 목수를 기억하고 계십니까?"

"선생이 들으신 대로지요."

"더는 없습니까?"

그는 이 말을 듣고 웃었다.

"그 친구를 어떻게 생각하라는 겁니까? 선생이 나에게서 일어난 일을 욕하지 못하듯이 나도 그에게서 일어난 일을 욕하지 못했습니다. 누가 무엇을 욕할 수 있습니까? 욕할 수 없습니다. 왜냐하면 우리들은 모두 짐승이기 때문입니다."

푸슈킨   Pushkin, Aleksandr Sergeevich : 1799~1837

모스크바 출생. 명문 중류 귀족의 장남으로 외조부는 표트르 대제(大帝)를 섬긴 아비시니아 흑인 귀족이었다. 1811~1817년 수도 상트페테르부르크 근교의 차르스코예셀로의 전문 학교에 다녔다. 전문 학교 재학 때부터 진보적인 낭만주의 문학 그룹 '알자마스'에 참가하여, 1814년 시 「친구인 시인에게」를 처음으로 발표하였다.

1820년 최초의 서사시 「루슬란과 류드밀라」를 완성하였고, 동년 「농촌」 등 자유를 사랑하는 내용의 시가 화근이 되어 남부 러시아로 유배되고, 키시뇨프 오데사에서 살았다. 이 시절에 서사시 「카프카스의 포로」(1822), 「바흐치사라이의 샘」(1823)을 비롯하여, 낭만주의의 특질이 강한 많은 작품을 썼다.

1824년 국외 망명에 실패하고 미하일로프스코에 마을에 유폐되어 여기서 서사시 「집시」를 완성, 사실적인 시형 소설(詩形小說) 「예프게니 오네긴」(1823~1830)의 집필을 계속하였고, 비극 「보리스 고두노프」(1825), 풍자적 서사시 「누손 백작」(1825)을 탈고하였다.

1830년에는 보르지노 마을에서 소비극(小悲劇) 4편 「인색한 기사」, 「모차르트와 살리에리」, 「돌의 손님」, 「질병 때의 주연(酒宴)」, 그리고 「벨킨 이야기」 등을 탈고하였다. 생애의 마지막 시기에는 산문 소설 「스페이드의 여왕」(1834), 「대위의 딸」(1836) 등을 발표하였고, 19세기 러시아 리얼리즘 문학의 초석을 쌓았다.

1837년 1월 27일 그는 아내 나탈랴를 짝사랑하는 프랑스 망명 귀족 단테스와의 결투로 부상하여 2일 후 38세에 세상을 떠났다.

세·계·명·단·편·선

스페이드 여왕

Pushkin, Aleksandr Sergeevich

트럼프 노름은 기병대 장교인 나루모프의 집에서 열렸다. 긴 겨울 밤을 트럼프로 지새운 이들에게 아침 5시에야 전날의 저녁 식사가 들어왔다. 노름에서 이긴 사람들은 걸신이 들린 듯이 식사를 하는데, 잃은 사람들은 텅 빈 노름판에 맥을 놓고 앉아 있었다. 샴페인이 들어오자 대화는 한층 더 활기를 띠고, 이야깃거리도 많아졌다.

"수린, 자네 땄나?"

주인인 나루모프가 물었다.

"또 잃었어. 나는 재수가 없는가 봐. 미랑도를 할 때도 정신을 바짝 차리고 집중했는데도 언제나 잃기만 하니."

"적패를 잡아 볼 생각은 전혀 없었는가? 자네 고집도 알아 줄 만해."

"헬만은 어떻게 되었나?"

손님 하나가 공병 장교를 가리키며, 물었다.

"저 사람은 지금까지 트럼프를 잡아 본 일도 없고 노름이라는 것을 해본 일도 없어. 그런데도 밤을 새워 가며 아침 5시까지 줄곧 우리들이 노름하는 것을 구경하는 거야."

"노름은 몹시 하고 싶은데 이런 위험한 데에 밥값을 없애 버릴 만한 처지가 못 되는 모양이지."

"헬만은 독일인이고 본디 세심한 자라 별로 놀랄 것이 없으나, 정말로 괴상한 사람은 우리 할머니야. 안나 페도로브나 공작 부인 말이야."

톰스키의 말에 손님들이 일제히 외쳤다. 톰스키는 말을 이었다.

"당신은 어째서 노름을 안하는지 모르겠어."

"조금도 이상할 것이 없지 않나. 80세 된 할머니라는 사실을 생각해 봐요."

톰스키의 말을 노루모프가 받았다.

"그 할머니를 잘 아는가?"

"전혀 몰라."

"그래, 그럼 이야기해 주어야겠군. 60년 전에 할머니가 프랑스 파리에 가셨을 때는 파리 시내에서 대화제거리가 되었지. 이 모스크바의 비너스를 한 번 보려고 마차 꽁무니를 쫓아다니는 사람들도 있었어. 할머니가 그러시는데 그 당시 프랑스의 명재상인 리셜리외가 할머니를 사랑했는데 할머니가 그를 냉대했기 때문에 자살했을 것이라는 거야. 그 때의 여자들은 흔히 패아로라는 놀음을 했다는데, 어느 날 할머니는 오를레앙 백작이라는 사람한테 돈을 많이 잃었다는군. 그래서 집에 돌아온 할머니는 할아버지에게 돈을 잃어버린 사실을 실토하고 할아버지더러 돈을 갚아 달라고 졸랐다는 거야. 내가 알기에는, 돌아가신 할아버지는 할머니 앞에서는 종이 호랑이와 같았고, 고양이 앞의 쥐와 같이 할머니를 무서워하셨다는군. 그런 분이었기에 할머니가 돈을 잃었다는 말을 듣고 발칵 성을 내시더니, 수표첩을 꺼내 보이며 6개월 동안에 50만 루블리 이상이나 써 버렸는데, 파리에서는 모스크바나 사라토프에 있는 재산을 팔 수 없다는 거야. 이를테면 할머니에게 절대로 돈을 줄 수 없다는 것이지. 이에 화가 난 할머니는 할아버지의 귀싸대기를 올려놓고 그 날 밤은 각방을 쓰고 잤다는 거야. 이튿날 아침, 할머니는 하룻밤 서로 떨어져 잤으므로 무슨 효과가 있겠지 하고 할아버지에게 사람을 보내 보았으나, 전혀 돌아설 기미가 보이지 않아 평생 처음으로 사정도 하고 변명도 했으나 할아버지의 고집은 변함이 없었다고 해. 그 무렵에 할머니는 어느 유명한 남자와 친분이 조금 있었다네. 자네, 생 제르맹 백작에 관한 이야기를 들은 적이 있겠지. 제르맹에 대해서는 방랑하는 유태인이라는 소문도 있고, 불로 장생약도 가지고 있으며, '현자의 돌'도 가지고 있다고 하는 인물이야. 개중에는 사기꾼이라고 하는 사람이 있는가 하면 카사노바는 그의 수기에서 제르맹을 스파이로 표현하고 있거든. 그것은 어쨌든 제르맹은 베일에 싸인 인물이지만 점잖은 생김새와 상류 사회인다운 몸가짐을 한 인물이었지. 할머니는 지금도 제르맹을 좋아하는 모양이어서 누가 그 사람 험담을 하면 화를 내거든. 제르맹이 큰돈을 만질 수 있다는 것을 눈치채고 그에게 한 번 부탁해 볼 생각이었지. 그래서 제르맹에게 곧 만나자는 쪽지를 보냈고, 이 괴상한 늙은이가 찾아와서 슬픔에 잠겨 있는 할머니를 보았거든. 할머니는 그를 보자 곧 죽을 것처럼 험상궂은 얼굴로 할아버지의 만행을 넋두리삼아 늘어놓은 후, 모든 희망을 제르맹의 우정과 친절에 걸고 있다고 말했지. 그러자 제르맹은 무엇을 생각하는 것 같더니, '돈은 빌려 줄 수 있지만 부인께서 빚을 갚을 때까지는 불안해서 발을 뻗고 잠을 잘 수가 없을 테니, 부인을 이보다 더 큰 고통 속에 빠뜨리고 싶지는 않습니다. 다른 좋은 방법이 있는데 그것은 잃어버린 돈을 다시 찾아오는 것입니다.’라고 말하니 할머니는 ‘그러나 백작님, 우리는 돈이 한 푼도 없다는 것을 모르시나요.’하고 사실을 말하니까 제르맹이 ‘돈은 필요하지 않습니다.’라고 하면서 ‘들어 보십시오.’라고 하더니 비밀 하나를 일러주더라네.”

젊은 노름꾼들은 점점 귀를 쫑긋 세우고 이야기 속으로 빠져들었다. 톰스키는 파이프를 두어 번 빨고 나서 이야기를 계속했다.

“그 날 밤, 할머니는 베르사유라는 트럼프 도박장에 나타났는데 물주는 오를레앙 공작이더라네. 할머니는 빚 갚을 돈을 가져오지 못한 데 대해서 온갖 구실로 변명을 하고 나서 자리에 앉아 축을 들었는데, 카드 석 장을 골라 하나씩 놓으니 모두가 승이더라네. 그래서 빚을 전부 갚았다는 거야.”

“정말로 우연인데.”

손님이 감탄하자 헬만이 대꾸했다.

“그것은 모두 꾸민 동화야.”

“카드에다 몰래 표시를 해놓았겠지.”

다른 손님의 이 말에 톰스키가 침통하게 대꾸했다.

“나는 그렇지 않다고 생각해.”

이 때 나루모프가 이들을 공박하고 나섰다.

“자네는 세 번이나 계속해서 이길 수 있는 카드를 분별

할 줄 아는 할머니가 있으면서도 이기는 방법을 알아보지 못했다는 말인가?"

"빌어먹을, 그렇다네. 할머니는 우리 아버지까지 합쳐서 아들이 4명인데 모두가 도박꾼들이야. 그런데 할머니는 누구에게도 도박에 대한 비밀을 가르쳐 주지 않으셨어. 아저씨뻘 되는 이반 이리치 백작이 자기의 명예를 걸고 하는 말이, 수백만 루블리를 탕진하고 빚에 쪼들리다가 죽은 차프리스키가 소리치에게 30만 루블리를 잃은 일이 있다는데 거짓말이 아니라고 생각하네. 할머니는 젊은 사내들이 술과 여자와 도박에 빠지는 꼴을 못 보는 분인데, 웬일인지 차프리스키에게는 동정심이 발동했던 모양이야. 그에게서 죽을 때까지 다시는 도박을 하지 않겠노라는 다짐을 받은 다음에, 카드 세 개를 주면서 도박판에 가서 하나씩 놓으라고 하더라네. 그래서 차프리스키는 소리치 집에 다시 가서 도박판을 벌였는데 첫번째 카드에는 5만 루블리를 걸어 따고, 두 번째 카드에서도 따서 처음에 자기가 잃은 돈보다 더욱 많이 땄다는 거야. 자, 이야기도 좋지만 이제 잠 좀 자야겠는데. 벌써 아침 6시가 다 되어 가는군."

동이 트기 시작했다. 도박꾼들은 술잔을 비우고 제각기 흩어졌다.

늙은 백작 부인은 화장실의 거울 앞에 앉아 있었다.

세 사람의 하녀가 시중을 들었는데, 첫째 하녀는 연지 곽을 들었고, 둘째 하녀는 핀 상자를 들었으며, 셋째 하녀는 불꽃같은 리본으로 테두리를 한 모자를 들고 있었다. 백작 부인은 자기가 아름답다고는 조금도 생각하지 않았다. 예쁜 얼굴은 이미 오래 전에 사라져 버렸는데도 젊은 날의 습성이 늙어서도 고스란히 남아 있어서 70년 대의 유행을 열심히 좇았고 60년 전과 똑같은 시간을 경대 앞의 의자에 앉아서 보냈다.

"안녕하십니까, 할머니."

한 청년이 방에 들어오면서 인사를 했다.

"리스 양도 잘 있나요. 저, 할머니한테 물어 볼 것이 있어서 왔습니다."

"무엇인가, 폴."

"제 친구 한 명을 할머니께 소개하고 싶은데, 금요일 무도회에 데리고 와도 괜찮겠습니까?"

"그래 데리고 와서 소개하려무나. 너 어제 그 댁에 갔었느냐?"

"예, 갔습니다. 정말 재미있었어요. 5시까지 춤을 추었는데, 에레스카야 양은 정말 예뻤습니다."

"그 아이가 예쁘다고, 하기야 너는 혹하기 쉬운 성미이니까. 에레스카야의 할머니인 다리야 페트로브나 공작 부인을 만났겠구나. 그 분도 많이 늙어 버렸을 거야.”

“할머니, 그 분은 7년 전에 돌아가셨어요.”

톰스키가 어리둥절해서 대답하자 젊은 처녀가 톰스키에게 눈짓을 했다. 톰스키는 동년배들의 죽음에 대해서는 이야기하지 않기로 한 것을 깨닫고 입을 다물었다. 백작 부인은 조금도 흔들리지 않고 냉담하게 그 소식을 받아들였다.

“죽었어? 여태껏 그것을 모르고 있었구나. 그 분과 나는 같은 해에 궁녀가 되었지. 우리가 황후 마마를 알현했을 때 마마께서…….”

백작 부인은 수도 없이 똑같은 이야기를 조카에게 되풀이했다.

“폴, 나 좀 도와 주렴. 리 산카야, 내 코담뱃갑은 어디 있느냐?”

이야기를 끝낸 백작 부인은 하녀들을 데리고 사라지고, 톰스키와 처녀인 리자베타 이바노브나 단둘이만 남았다.

“소개하겠다는 친구란 어떤 사람이에요?”

이바노브나가 부드럽게 물었다.

“나루모프인데, 그를 아세요?”

“아뇨. 군인인가요, 민간인인가요?”

“군인입니다.”

“공병대?”

“아니, 기병입니다. 그런데 어째서 공병이라고 생각합
니까?”

이바노브나는 대답하지 않고 웃을 뿐이었다.

“폴!”

백작 부인이 불렀다.

“현대 소설이 아닌 것으로 새 소설을 한 권 보내 다오.”

“어떤 새 소설을 원하세요?”

“주인공이 아버지나 어머니의 목을 졸라 죽이거나 물
에 빠져 죽은 시체가 나오지 않는 소설 말이야. 물에 빠
져 죽는 것은 질색인데 요즘도 그런 소설이 나오니?”

“러시아 소설은 어떠세요?”

“러시아 소설이 있니? 그것으로 한 권 갖다 주렴.”

“미안해요, 할머니. 이제 그만 가야겠어요. 이바노브나
양, 실례합니다. 그런데 어째서 나루모프가 공병대에 있
다고 생각했습니까?”

폴은 말을 끝내고 그 자리를 떠났
다. 이바노브나는 폴이 나간 후
창가로 가서 밖을 내다보고 있으
러니 젊은 장교 한 사람이 길모퉁이
에 나타났다. 이것을 본 이바노브나의
얼굴에 홍조가 어렸다. 그녀는 다시 수
를 놓기 시작했는데, 이 때 백작 부인

이 나들이 준비를 하고 들어왔다.

"리잔카야, 드라이브를 하게 마차를 불러라."

이바노브나는 일어서 수틀을 치우기 시작했다.

"너 귀가 먹었니? 빨리 마차 준비를 못 하겠느냐?"

백작 부인은 고함을 질렀다.

"지금 가고 있어요."

이바노브나는 조용히 대답하고 방을 나가는데, 이 때 하인이 들어와서 폴 알렉산드로비치 공작이 보낸 책 한 권을 백작 부인에게 전했다.

"공작에게 감사하다고 전해 주어요. 리잔카, 리잔카, 어디 가니?"

"드라이브 준비를 하려고요."

"얘야, 시간은 얼마든지 있으니 이리 와서 앉아라. 이 책 첫장을 펴고 큰 소리로 좀 읽어 보려무나."

이바노브나는 책을 펴고 읽기 시작했다.

"왜 큰 소리를 읽지 못하니? 너 졸리니? 잠깐 기다려라. 족대를 가져와서 발밑에 놓아라. 바짝 더."

이바노브나가 계속해서 몇 페이지를 읽자 백작 부인은 하품을 하며 말했다.

"그만 읽어라. 과연 잘 썼구나. 그 책을 폴 공작에게 도로 갖다 드리면서 감사하다고 전해라. 마차는 준비되었니?"

"네!"

이바노브나가 제 방으로 간 후 2분도 못 되어 백작 부인이 고함을 질렀다. 이 고함소리에 한쪽 문으로는 하녀 셋이 달려오고 다른 문으로 마부가 들어왔다.

"내 말이 들리지 않는 모양이구나. 이바노브나에게 가서 내가 기다리고 있다고 전해라."

백작 부인이 심통을 부리고 있을 때 이바노브나가 외출 준비를 갖추고 들어왔다.

"이제야 겨우 나타나는구나. 그런데 옷차림이 그게 뭐냐? 홀릴 남자도 없을 텐데 화려하게 차리면 뭘 해. 날씨는 어떠냐? 바람이 불 텐데.

"마님, 바람은 없습니다."

마부가 대답했다.

"정말인가? 문을 열어 보게, 알겠어. 이바노브나야, 오늘은 드라이브를 하고 싶지 않다. 너의 화려한 몸치장도 아무 소용이 없게 되었구나."

'정말로 하루하루가 따분함의 연속이야!'

이바노브나는 이런 생각을 지울 수가 없었다. 이바노브나는 정말로 불쌍한 여자였다. 옛날의 유명한 사교계 부인의 말벗이 되고 몸종이 된 이바노브나 자신보다 군식구 신세의 쓰라림을 아는 사람이 또 누가 있을까? 백작 부인의 본심은 나쁘지 않았는데, 세상이 그렇게 만든 것이다. 한창 전성기 때는 사랑했으나 지금은 이미 사라져 버리고 없는 그 남자들의 싸늘한 이기주의로 말미암아 변덕스럽고 야비하고 이기적인 여인으로 변해 버리고 말았다.

　백작 부인은 지금도 사교계의 모임에는 하나도 빠뜨리지 않았고, 무도회마다 화려한 몸치장을 한 후 늙은 몸을 이끌고 나타나서 한 귀퉁이에 앉아 있는 모습이 망측하고 무시무시한 귀신 같았다. 손님들은 무도장에 들어와서 백작 부인에게 정중히 인사를 하는 것뿐으로 나중에는 거들떠보지도 않았다. 집에서는 마을 사람 모두를 초대는 하면서도 단 한 사람의 얼굴도 기억하지 못했다. 백작 부인의 밑에서 살이 오르고 늙어 가는 하인들은 제 멋대로 행동하면서 서로 앞을 다투어 주인의 재산을 빼돌리려고 눈에 불을 켠 형편이었다. 이바노브나는 살림에 부대낀 여자였다. 백작 부인에게 차를 갖다 줄 때에는 차에 각사탕 몇 개를 넣었는지 밝혀야 했고, 큰 소리로 책을 읽어야 했으며, 이럴 때는 책을 쓴 작자의 결점에 대해서도 알고 있어야 했다. 또 드라이브를 할 때마다 백작 부인의 뒤를 따라다녀야 하는데, 그 때에는 그 날의 일기나 도로의 상태까지 책임을 져야 했다. 그녀는 달마다 일정한 봉급을 받기로 되어 있었으나, 지금까지 받은 적이 없는데도 불구하고 다른 모든 처녀들, 이를테면 소수의 상류 사회의 처녀들과 똑같이 꾸며야 했다.

사교계에서 이바노브나의 위치는 비참해서 그녀를 알고는 있었으나 거들떠보는 사람은 아무도 없었다. 무도회에 가서도 남자들이 많이 있을 때는 춤을 출 수 없었고, 부인들이 필요한 일이 있어 화장실에 가고 싶으면 그때마다 이바노브나의 팔을 붙들었다. 그녀는 신경이 극도로 날카로워져서 자기가 서 있는 자리가 바늘방석처럼 괴롭게 느껴져 주위를 둘러보며 구원자를 부지런히 찾기도 했다. 그러나 이바노브나가 만난 청년들은 한결같이 모두 타산적이고 경솔하고 거만했으며, 조금도 친절을 베풀 줄 몰랐다.

이야기는 다시 이바노브나가 창 밖 길거리를 바라보다가 젊은 장교를 발견한 때로 돌아간다.

이바노브나는 창가에 앉아 있었다. 그 때 우연히 거리를 바라보다가 젊은 장교 하나가 꼼짝하지 않고 서서 그녀가 앉아 있는 창문을 쳐다보고 있는 것을 발견했다. 이바노브나는 고개를 돌리고 수를 놓기 시작했다. 그런데 5분 후에 다시 바라보았을 때도 그 장교는 여전히 같은 자리에 서 있었다. 거리를 지나는 장교들한테 눈길을 보낸다는 것은 이바노브나답지 않은 행동이었으므로 그녀는 창에서 고개를 돌리고 머리를 들지 않은 채 2시간 동안이나 열심히 수를 놓았다.

점심 시간이 되었다는 연락이 왔다. 이바노브나는 일어

서서 수 도구를 치우고 나서 무심코 거리를 바라보다가 그 장교가 여전히 그 자리에 서 있는 것을 보고 이상하다고 생각했다. 그러나 식사를 끝낸 후 약간 두근거리는 가슴으로 돌아와서 다시 거리를 바라보니, 장교는 사라지고 없었으며 이바노브나도 이 일을 잊어버렸다. 그런데 이틀 후 백작 부인과 마차를 타고 오다가 그 장교를 또 만나게 되었다. 그는 층계 옆에 서 있었는데 얼굴은 커다란 모직 칼러에 가려서 자세히 볼 수 없었지만 검은 눈동자는 모자 밑에서 반짝이고 있었다. 이바노브나는 왠지 두려운 생각이 들었다. 집에 도착하자마자 그녀는 창가로 갔다. 장교의 시선이 이바노브나에게 멎었으므로 그녀는 급히 창가에서 물러섰다. 그녀는 잔뜩 호기심에 끌리고 처음으로 겪는 그 어떤 감정에 가슴이 뛰었다.

그 후로부터 장교는 언제나 일정한 시간에 그 자리에 나타났다. 이리하여 두 사람 사이에는 아무 조건도 없는 하나의 관계가 성립되었다. 이바노브나는 수를 놓으면서 그가 왔다는 것을 느끼고 고개를 들어 오랫동안 바라보는 것이었다.

이바노브나는 장교와 시선이 마주칠 때면 그의 얼굴이 약간 붉게 달아오름을 느낄 수 있었고, 일 주일이 채 안 되었을 때는 그녀가 미소를 보내기에 이르렀다. 톰스키가 이바노브나에게 친구를 소개하고 싶다고 했을 때 그녀의 가슴은 몹시 설레었다. 그러나 나루모프란 사람이 공병대가 아닌 기병대라는 말을 듣고 톰스키에게 자신의 비밀을 말해 버린 데 대해서 후회했다.

헬만은 러시아에 귀화한 어느 독일인의 아들인데 아버지가 재산을 조금 남겨 놓고 죽었다. 헬만은 자립 생활을 하겠다고 굳게 결심하고, 재산에서 지급되는 이자에도 손대지 않고 봉급만으로 살았으며 술과 여자는 멀리하고 담배도 피우지 않았다. 헬만은 겸손하고 야심이 가득 차서 동료 장교들에게 매우 조심스럽게 행동하는 것에 대해 조롱할 틈을 주지 않았다. 헬만은 정열적이고 상상력을 지녔지만 강직한 성격 때문에 젊은 사람들이 흔히 빠지기 쉬운 유혹에 말려드는 일이 없었다.

예를 들면, 헬만은 노름꾼의 소질이 많으면서도 자기는 노름을 할 수 없다고 생각하고 '나는 그런 위험한 사치 때문에 밥값을 없앨 만한 처지는 못 된다' 고 스스로 다짐하면서 노름은 일체 외면했다. 이리하여 그는 밤새도록 노름판에 앉아서 호기심으로 구경만 하고 있었다.

세 개의 카드 이야기는 헬만의 상상력에 불을 붙여 놓았으므로 그 날 저녁 내내 카드 생각이 그의 머리 속에서 떠나지 않았다. 그 다음날 헬만은 성 페테르스부르크의 거리를 서성거리면서 생각해 보았다.

'백작 부인이 그 비밀을 나에게 가르쳐 주거나, 세 개의 알짜 카드 이야기를 해준다고 생각해 보자. 운을 한 번 잡아 보지 못할 것이 무언가? 부인과 친분을 갖는다, 그 다음에는 환심을 사도록 하고, 필요하면 연인이라도 되자. 하지만 그렇게 되려면 시간이 걸릴 것이다. 왜냐하면 부인은 87세니까 일 주일 안에 죽어 버릴지도 모른다. 그런데 부인의 이야기가 정말인지 의심스럽고 허무 맹랑한 이야기인지도 몰라. 신중과 근면, 절제 이 세 가지가 내 재산을 3배로 늘릴 3개의 알짜 카드야. 아니 7배로 늘려 줄 거야. 그리하여 나에게 안락과 자립을 갖다 줄 것이다.'

이렇게 생각하면서 걷다가 페테르스부르크의 주요 도로에 있는 어느 아름다운 고가 앞에 서 있는 자신을 발견했다. 이 때 마차들이 줄을 이어 고가 앞에 서더니 많은 사람들이 내려 고가로 들어갔다. 헬만은 때마침 순찰 중이던 순경에게 물어 보았다.

"이 댁이 누구 댁입니까?"

"백작 부인의 댁이오."

헬만은 깜짝 놀랐다. 또다시 그 괴상한 카드 이야기가 마음을 사로잡았다. 백작 부인과 그녀가 지닌 마력을 생각하며 그 집 앞을 왔다갔다 했다. 헬만은 밤이 늦어서야 숙소로 돌아와 오랫동안 잠을 이루지 못했다. 이윽고 잠이 든 헬만은 지폐와 황금이 수북이 쌓인 녹색 탁자 앞에 앉아 있는 꿈을 꾸었다. 그것들은 조금 전의 노름판에서 그가 모두 딴 것들이었다. 아침 늦게 잠에서 깬 헬만은 꿈 속에서 딴 지폐와 황금이 모두 없어져 버린 것을 생각하고 한숨을 쉬었다. 헬만은 또다시 거리를 헤매다가 자기도 모른 사이에 백작 부인의 집 앞에 서 있는 자신을 발견했다. 그는 집 앞에 서서 창문을 쳐다보았다. 무슨 일을 하는지 숙이고 있던 검은 머리가 가끔 헬만의 눈과 마주쳤다. 그리고 헬만의 눈앞에 검은 눈을 가진 아름다운 얼굴이 나타났고, 그 순간 헬만의 운명은 결정되고 말았다.

이바노브나가 외투와 모자를 벗자마자 백작 부인이 그를 부르더니 마차 준비를 시켰다. 백작 부인과 이바노브나가 밖으로 나오자 마부 두 사람이 부인을 부축하여 앉히고 있는데, 이바노브나는 장교가 마차 바퀴 옆에 서 있는 것을 보았다. 장교가 이바노브나의 손을 잡자 그녀는 무서워서 어쩔 줄을 몰라 했다. 장교는 이바노브나의 손에 쪽지 하나를 쥐어 주고 사라졌으며, 그녀는 쪽지를 장갑 속에다 찔러 넣었다. 이바노브나는 마차를 타고 가면서도 줄곧 꿈을 꾸고 있는 것만 같았고, 아무 소리도 들리지 않았으며 보이지도 않았다. 백작 부인은 드라이브를 하면서 이바노브나에게 질문을 퍼부었다.

“아까 그 남자는 누구냐?”

“이 다리 이름이 무엇이냐?”

“저 간판에 무엇이라고 씌어 있느냐?”

이바노브나는 백작 부인의 질문을 듣는 둥 마는 둥했다.

“애야, 무슨 일이냐? 오늘은 네가 목석 같구나. 내 말이 들리지 않느냐, 아니면 무슨 말인지 모르는 것이냐? 나는 아직까지 말만은 똑똑히 할 줄 안다. 모두가 알아듣도록 말이다.”

이바노브나는 백작 부인의 말을 듣지 않고 집에 돌아오자마자 자기 방으로 들어가 버렸다. 그리고 장갑 속에서 쪽지를 꺼내 읽기 시작했다. 쪽지의 내용은 구절구절이 어떤 독일 소설에서 인용한 은근하고 부드러운 사랑의 고백이었다. 이바노브나는 독일어를 조금 알았으므로 쪽지를 읽고 마음이 흐뭇했다. 그러면서도 쪽지가 자꾸 마음에 걸렸다. 왜냐하면 젊은 남자의 쪽지를 몰래 받은 것 때문이었다. 어떻게 그 정도로 대담할 수 있었는지 소름이 끼쳤고, 불측한 짓을 범한 자신을 꾸짖었으나 이미 엎질러진 물이었다.

이제부터는 창가에서 책을 읽거나 수놓는 것을 그만두고 일부러 쌀쌀한 표정으로 장교의 열정을 가라앉히면 어떨까? 쪽지를 다시 돌려보낼까? 쌀쌀하고 단호하게 답장을 써서 전할까? 자기를 도와 줄 사람은 하나도 없었다. 이바노브나는 답장을 쓰기로 했다. 그녀는 조그만 책상을 마주하고 앉아 답장을 쓰다가 찢고 쓰다가 찢는 일을 몇 번이고 되풀이했다. 어떤 것은 내용이 너무 은근한 것 같았고, 또 어떤 것은 너무 야멸찬 것 같았다. 한참 동안이나 씨름한 끝에 겨우 무방한 것 같은 몇 줄을 쓸 수 있었다.

「선생님의 구애는 떳떳한 일이라고 생각하며, 선생님의 무모한 행동이 저를 모욕하기 위함이 아니라는 것도 잘 알고 있습니다. 그러나 친교가 이렇게 맺어져서는 안 된다고 믿습니다. 저에게는 전혀 상관이 없는 이 쪽지를 도로 보냅니다. 나중에라도 선생님의 무례를 탓하고 누구에게 불평할 만한 꼬투리를 남기고 싶지는 않으니까요.」

이튿날, 이바노브나는 거리에 서 있는 헬만을 발견하고 수틀에서 일어나 응접실로 나왔다. 그녀는 문을 열고 장교가 날쌔고 재빠른 것을 믿고 쪽지를 던졌다. 헬만은 달려와서 쪽지를 집어 들고 근처의 과자점으로 들어가 읽어 보고 자기의 계획이 들어맞은 데 대해 흐뭇해하며 숙소로 들어왔다. 헬만은 이바노브나한테서 그러한 답장이 올 것을 알고 있었기 때문이다.

3일이 지난 후 부인용 모자 점에서 눈매가 날카롭게 생

긴 소녀가 이바노브나에게 쪽지를 전했다. 이바노브나는
계산서인 줄 알고 쪽지를 펴 보았더니 헬만이 보낸 것이
었다.

"애, 이 쪽지 나한테 온 것이 아니야."

"아가씨한테 온 것이 맞아요. 어서 읽어 보세요."

이바노브나가 쪽지의 내용을 힐끗 보니 한 번 만나 달
라는 것이었다.

"흥, 어림없는 소리."

이바노브나는 너무나 뜻밖의 요구와 그가 취한 수단에
어처구니가 없어 이렇게 중얼거렸다.

"틀림없이 이것은 나한테 보낸 것이 아니야."

이바노브나는 이렇게 내뱉으며 쪽지를 찢어 버렸다. 그
것을 본 소녀가 이바노브나를 나무라듯이 말했다.

"아가씨한테 온 것이 아니라면서 왜 찢어요? 그 쪽지를
보낸 사람한테 도로 갖다 주어야죠. 안 그래요?"

"애, 다음에는 이 따위 쪽지는 가져오지 마라. 그리고
너에게 쪽지를 부탁한 사람에게는 제발 창피한 줄이나
알라고 전해라."

그러나 헬만은 그대로 포기할 수는 없었다. 그는 온갖
수단과 방법을 동원하여 날마다 한 통씩 편지를 이바노
브나에게 보냈다. 이제는 독일 소설에서 인용하지 않고
자기 생각을 직접 편지지에 썼다. 헬만은 타오르는 정열

을 억제할 수 없어 자신의 독특한 필치로 격렬한 연정과
자유 분방한 상상력을 표현했다. 이바노브나는 이제 편
지를 돌려보낼 생각을 하지 않고, 오히려 편지의 사연에
흐뭇한 마음으로 젖어들었다. 편지의 내용
은 날이 갈수록 길어지고 부드러워졌
으며, 마침내 다음과 같은 내용의
편지가 헬만에게 전해졌다.

「오늘 밤에 대사 댁에서 무도회
가 있어요. 우리는 2시까지 그 곳에 머무르게 될 테니까
그 이후에 단둘이서 만나도록 해요. 백작 부인이 무도회
장으로 떠나자마자 하인들은 모두 자기들 방으로 가고
현관을 지키는 한 사람만 홀에서 떨어진 골방에 있을 거
예요. 11시 30분에 이 곳에 오셔서 곧장 위층으로 올라오
세요. 만약에 누구를 만나시거든 백작 부인이 계시느냐
고 물으세요. 물론 안 계신다고 대답할 테니 그 때는 다
시 나가셔야 됩니다. 위층에 올라가거든 왼쪽으로 돌아
서 곧장 내려가세요. 그 곳에 백작 부인의 침실이 있고,
침실에는 두 개의 문이 있어요. 그 중 오른쪽 문은 백작
부인이 전혀 사용하지 않는 조그만 서재로 통하고, 왼쪽
문은 제 방으로 통하는데, 문을 열고 복도로 들어가면 제
방으로 통하는 나선형 층계가 있어요.」

헬만은 약속한 시간을 기다리기가 지루하여 안절부절 못하다가 10시에는 벌써 백작 부인의 집 앞에 와 있었다. 찬바람은 윙윙거리며 불고 진눈깨비가 내리는 지독한 날씨였다. 가로등은 추운 하늘 아래에서 졸고 거리는 한산했으며 이따금씩 설매꾼이 손님을 태우기 위해 느린 말을 끌고 지나갔다. 헬만이 추위도 아랑곳하지 않고 외투 속에 파묻혀 서 있는데 드디어 백작 부인의 마차가 지나갔다. 마부 두 사람이 검은 담비털 코트에 싸인 백작 부인의 양쪽 팔을 부축하고 집 밖으로 나오고, 그 뒤로는 얇은 외투를 입고 머리에 생화를 꽂은 몸종이 따라 나왔다. 이윽고 마차의 문이 닫히고 마차는 부드러운 눈 위를 굴러갔다. 마차가 떠나자 하인 하나가 문을 닫고 곧 집 안의 불들이 꺼졌다.

헬만은 불이 꺼진 백작 부인의 집 앞을 서성거리다가 가로등 아래로 가서 팔뚝 시계를 보았다. 시계는 11시 10분을 가리키고 있었다. 그는 가로등 옆에 서서 시선을 팔뚝 시계에 고정시킨 채 초조하게 약속 시간이 되기만을 기다렸다. 마침내 약속 시간인 11시 30분이 되었다. 헬만은 백작 부인의 집으로 가는 층계를 올라가서 환하게 불이 켜진 현관으로 들어섰다. 현관에는 아무도 없었다. 층계를 뛰어 올라가 건널목에서 바라보니 하인 하나가 낡은 등의자에 앉아 잠을 자고 있었다. 발소리를 죽여 그 앞을 살금살금 지나갔다.

건널목에 걸린 조그만 램프에서 희미한 불빛이 흘러나올 뿐 무도장과 객실은 어둠에 싸여 있었다. 색이 바랜 등의자와 깃털 방석이 깔린 안락의자가 중국 벽지를 바른 벽 쪽으로 놓여 있었다. 한쪽 벽에는 초상화 두 개가 걸려 있었는데, 그 중 하나는 훈장을 단 화려한 군복 차림의 남자였고, 또 하나는 머리에 장미꽃을 꽂은 젊은 미인이었다. 또한 구석마다 양치는 여인이 그려진 자기, 유명한 르로아의 시계, 공굴리기 부채, 작은 상자들, 여자용 노리개, 지구의 등이 있었다. 헬만이 왼쪽 문을 열자 복도와 나선형 층계가 보였다. 헬만은 돌아서서 서재로 들어갔다.

시간의 흐름은 지루했고, 모든 것은 적막에 싸여 있었다. 객실에 걸려 있는 벽시계가 12시를 알리자 다른 방의 시계들도 앞을 다투어 시간을 알린 후 주위는 다시 적막에 싸였다. 헬만은 불이 꺼진 스토브에 기댄 채 움직이지 않았다. 그의 가슴은 위험한 사업을 시작한 사람처럼 뛰고 있었다. 이 때 멀리서 마차의 바퀴 소리가 들리고 집 안이 소란해지면서 하인들이 바쁘게 움직이는 소리가 들렸다. 이윽고 마차가 도착하자 문이 열리고 하녀 셋이 백작 부인을 부축하고 침실로 들어왔다. 녹초가 된 백작 부인은 침실에 들어오자마자 의자에 기대어 앉았다. 헬만은 흥분을 억누르고 문틈으로 침실을 엿보았다. 이바노브나가 헬만의 앞을 지나 나선형 층계를 올라가는 소리가 들렸다. 어떤 통증과 같은 것이 살짝 헬만의 가슴을 찌르고 지나갔다. 갑자기 정신이 아찔했다.

백작 부인은 거울 앞에서 옷을 벗고 있었고, 하녀들이 장미꽃으로 장식한 모자를 벗긴 후 가발을 벗기고 잿빛 다박머리가 나타났다. 부인은 자리옷을 입고 잠잘 때 사용하는 모자를 썼는데, 그런 차림이 백작 부인의 나이에 어울려 보였고 덜 무서운 것 같았다. 대부분의 노인이 그렇듯이 백작 부인도 불면증에 걸려 있었다. 그녀는 하녀들을 내보낸 후 등의자에 앉았다. 방 안은 램프가 희미하게 비추고 있었다. 안색이 누렇고 병자처럼 창백한 백작 부인은 핏기 없는 입술을 떨면서 앞뒤로 몸을 흔들고 있었으며, 생기가 없는 눈은 아무것도 생각하지 않는 것 같았다. 누가 그녀를 본다면 몸을 흔들고 있는 것이 아니라 기계적이고 조금도 부인의 뜻에 의한 것이 아니라고 믿을 것이다.

바로 이 때, 백작 부인의 얼굴에 갑자기 형용할 수 없는 변화가 일어났다. 떨리던 입술이 멈추고 얼굴은 겁에 질렸는데 헬만이 백작 부인의 앞에 서 있었기 때문이었다.

헬만은 조용한 목소리로 말했다.

"부인, 무서워할 것 없습니다. 무서워하지 마십시오. 부인을 해치려는 것이 아니고 다만 부탁 드릴 것이 있어서 왔습니다."

백작 부인은 아무 말 없이 헬만을 노려보고만 있었다. 헬만은 백작 부인의 귀가 먹은 줄 알고 그녀의 귀에다 대고 같은 말을 되풀이했으나 그래도 그녀의 태도에는 변함이 없었다.

"부인께서는 저를 부자로 만들어 주실 수 있습니다. 부인께서는 조금도 손해를 보시지 않고 저를 행복하게 할 수 있습니다. 저는 부인이 세 개의 카드에 대해서 알고 계신다는 것을 듣고 왔습니다."

백작 부인은 헬만의 요구가 무엇인가를 알고 대답을 하려고 애를 쓰다가 겨우 입을 열었다.

"그것은 농담이었어! 정말이야."

"농담이 아닙니다. 차프리스키가 잃은 돈을 다시 찾도록 해주신 일을 잊었습니까?"

헬만은 화가 나서 대꾸를 했다. 백작 부인은 이 말을 듣더니 얼굴에 격렬한 감정의 빛을 나타냈다. 그러나 곧 무감각한 상태로 돌아갔다.

"세 개의 카드가 무엇인지 알려 주실 수 없습니까?"

헬만이 졸랐으나 백작 부인은 여전히 아무 말이 없었

다. 헬만은 말을 이었다.

"도대체 누구 때문에 비밀을 지키십니까? 손자입니까? 그들은 아시다시피 부자이고 돈의 진정한 가치를 모릅니다. 세 개의 카드는 그런 사람들에게는 소용이 없을 것입니다. 부모의 유산을 탕진하는 자는 악마의 마술이든 아니든 마침내는 빈곤 속에서 죽게 됩니다. 저는 돈의 가치를 알고 있기 때문에 세 개의 카드가 헛되이 사용되지 않을 것입니다. 그렇다면……."

헬만은 말을 멈추고 백작 부인의 대답을 애타게 기다렸으나 그녀의 태도는 여전했다. 헬만은 무릎을 꿇고 사정했다.

"부인께서 연정을 품어 보신 일이 한 번이라도 있으시다면, 그 기쁨을 아직도 간직하고 계신다면, 갓난아이의 울음소리에 미소를 띠우고 한 번이라도 따뜻한 인정을 느껴 본 일이 있으시다면, 그 모든 것의 이름으로 바라겠습니다. 안주인으로서, 아내로서, 어머니로서의 사랑에 호소하여, 이 세상의 성스러운 모든 것에 호소하여 빌겠습니다. 제발 저의 부탁을 물리치시지 마시고 카드의 비밀을 가르쳐 주십시오. 구원받을 수 없는 그 어떤 무서운 죄와 관계가 있을지도 모르겠습니다. 혹은 악마와 약속을 했는지도 모르겠습니다. 부인께서는 노쇠하시고 얼마 못 산다는 것을 아시겠지요. 제가 부인의 죄를 대신하겠

습니다. 어쨌든 카드의 비밀만 가르쳐 주십시오 부인께
서는 한 사람의 행복을 손아귀에 쥐고 있다는 것을 모르
시겠습니까? 다만 저 혼자뿐만이 아니라 제 자식과 손자
와 증손자도 부인을 받들어 모실 것이며 이 일을 영원히
간직할 것입니다.”

백작 부인은 그래도 한 마디의 대꾸가 없었으므로 헬만
은 벌떡 일어났다. 헬만은 백작 부인을 향해 외쳤다.

“이 늙은 마귀 같으니! 정 그렇다면 내가 말하게 해주
겠다.”

이 말과 함께 헬만은 호주머니에서 권총을 꺼냈다. 백
작 부인은 권총을 보자 마음의 동요를 숨길 수가 없었다.
그녀는 고개를 뒤로 젖히고 손을 들어 가로막더니 이내
넋을 잃고 뒤로 넘어지고 말았다.

“어린애 같은 짓은 그만둬요. 마지막으로 묻겠다. 세
개의 카드 비밀을 가르쳐 주겠는가, 않겠는가?”

헬만은 백작 부인의 손을 붙들고 외쳤으나 대답이 없었
다. 헬만은 백작 부인이 죽은 것을 알았다.

이바노브나는 아직도 무도복을 입고 방 안에 앉아서 생
각에 잠겨 있었다. 집에 돌아오자 졸면서 마지못해 시중
을 드는 몸종을 물리치고 옷을 혼자 갈아입겠다고 이르
고 자기 방으로 올라갔다. 이바노브나는 헬만이 와 있으

리라고 생각하고, 그러나 오지 않았기를 바라면서 힐끗 훑어본 후 그가 오지 않았음을 확인하고 방에 들어가 의자에 털썩 앉았다. 이바노브나는 의자에 앉아서 짧은 시일 안에 그렇게 깊이 들어가게 된 그 동안의 일을 곰곰 생각해 보았다. 창 너머로 헬만을 처음 알게 된 것이 고작 3주일 전의 일인데, 벌써 편지를 주고받게 되었고, 결국은 자기를 졸라 밤중에 밀회를 허락하지 않을 수 없도록 만들어 놓지 않았는가. 편지에 있는 사인을 보고 그의 이름을 알았고, 이 날 이 때까지 그에게 말 한 번 건네 본 적이 없고, 그의 목소리를 들어 본 일도 없으며, 누가 그의 이야기를 하는 것을 들어 본 일도 없었다.

그런데 이 무슨 우연의 일치인가. 바로 똑같은 날 저녁에 톰스키는 무도회에서 포리나 공주가 다른 남자와 웃고 떠드는 것을 보고 속이 몹시 상해서 그 앙갚음으로 이바노브나와 마주르카를 계속해서 추지 않았는가. 춤을 추면서 공병대만 지나치게 좋아하는 이바노브나를 놀려 주며, 모를 줄 알지만 자기가 훨씬 많이 알고 있음을 장담했다.

"어디서 그런 소리를 들었어요?"

이바노브나가 웃으면서 묻자 톰스키가 대답했다.

"아가씨도 잘 아는 사람이죠. 굉장히 유명한 사람이랍니다."

"굉장히 유명한 사람이라니 누구를 말하는 거지요?"

"헬만이라는 사람이죠."

이바노브나는 말을 듣는 순간 숨이 막히는 것 같았고 손발이 싸늘해졌다.

"헬만이라는 친구는 정말 괴상하죠. 나폴레옹 같은 얼굴에 신화 속의 악마 같은 정신을 가졌습니다. 그의 양심에는 적어도 세 가지 죄가 도사리고 있을 겁니다. 그런데 왜 그렇게 얼굴이 창백하게 변하시나요?"

"머리가 조금 아파서요. 그런데 헬만이라는 사람이 무엇을 어쨌다고요? 아 참, 그 사람이 누구라고 했죠?"

"헬만에게는 눈에 드는 친구가 없어요. 자기가 상대방의 입장에 처해 있다면 그런 짓을 하지 않겠다는 식이죠. 그런데 헬만은 아가씨한테 무슨 속셈이 있는 모양입니다. 어쨌든 그는 친구들이 실연한 이야기를 태연히 듣고 있는 자이니까요."

"그 사람은 저를 어디서 보았을까요?"

"교회인지 거리인지 알 수가 없죠. 혹은 잠잘 때 아가씨의 방에서였는지도 모르죠."

이 때 부인 셋이 오는 바람에 괴롭기는 해도 이바노브나에게는 중요한 대화가 중단되고 말았다. 여인들 중에는 포리나 공주도 섞여 있었는데 공주는 톰스키에게 거짓으로 사정 이야기를 꾸며 대느라고 땀을 뺐다. 이바노

브나가 다시 이야기를 하고 싶은데 음악이 끝나 버렸고
이어서 백작 부인이 자리에서 일어났다. 톰스키의 말이
한낱 무도회의 심심풀이 이야기에 불과할지도 모르나 꿈
많은 젊은 처녀의 가슴 속에는 뼛속 깊이 사무치는 것이
있었다.

톰스키의 말로 미루어 생각해 본 얼굴과 자기 혼자서
생각해 본 얼굴이 뜻밖에도 일치했다. 이바노브나에게
평범한 얼굴은 질색이었다. 그녀는 머리에 꽃을 꽂은 채
그대로 앉아 있는데, 갑자기 문이 열리면서 헬만이 방 안
으로 들어왔다. 그녀는 깜짝 놀랐다.

"어디서 오세요?"

이바노브나는 무서워서 낮은 목소리로 물었다.

"백작 부인의 침실에서 오는 길인데, 부인이 방금 돌아
가셨습니다."

"무엇이라고요? 돌아가셨다고 하셨나요?"

"저 때문에 그렇게 되신 것 같습니다."

헬만을 바라보던 이바노브나는 톰스키가 했던 말이 번
개처럼 뇌리를 스쳤다. 즉 '헬만의 양심에는 적어도 세
가지 죄악이 도사리고 있습니다.' 라고 한 말이었다. 헬만
은 이바노브나의 옆에 있는 의자에 앉더니 자초지종을
이야기했다. 그녀는 무서움에 떨면서 헬만의 이야기를
들었다. 헬만이 보낸 열렬한 사랑의 편지와 열화 같은 애

원, 무례할 정도로 지나치게 조르던 것이 이바노브나를 사랑해서가 아니라 돈 때문이었다는 것이다. 그녀는 생각해 보았다.

'사랑이 아닌 돈이 목적이었구나. 그렇다면 나는 저 사람의 욕망을 채워 줄 수도 없고, 행복하게 해줄 수도 없는 사람이 아닌가. 나는 강도요 은인을 죽인 헬만의 한낱 허수아비와 같은 도구에 지나지 않았어!'

이바노브나는 가슴이 찢어지는 듯한 슬픔에 눈물을 흘렸다. 헬만은 아무 말 없이 그녀를 바라보며 자기 역시 마음이 찢어질 것 같았다. 그것은 가련한 처녀가 흘리는 눈물 때문만이 아니었다. 헬만은 백작 부인의 죽음에 대해서는 조금도 양심의 가책을 느끼지 않았다. 다만 무섭도록 역겨운 것은 자기의 욕망을 채워 줄 비밀을 몽땅 잃어버리고 말았다는 사실이다.

"이 악마 같은 인간!"

이바노브나가 마침내 입을 열어 한 마디 쏘아 붙였다.

"부인을 죽일 생각은 추호도 없었습니다. 권총에 탄약도 장전하지 않았으니까요."

그 후 오랫동안 침묵이 방 안을 감쌌다. 동이 텄다. 이바노브나는 깜박이는 촛불을 껐다. 이바노브나는 울음 때문에 퉁퉁 부은 눈을 씻고 헬만의 눈을 쳐다보았다. 그는 팔짱을 끼고 험상궂은 얼굴로 창가에 앉아 있었는데,

그 모습이 나폴레옹 모습과 비슷했다.

"어떻게 이 집을 빠져 나갈 거예요? 비밀 층계로 데려다 주고 싶지만 부인의 침실이 무서워서 지나갈 수가 없어요."

"제가 길을 찾을 테니 층계가 어디에 있다는 것만 가르쳐 주십시오."

이바노브나는 서랍에서 열쇠를 꺼내어 헬만에게 주면서 층계로 가는 길을 자세히 일러 주었다. 헬만은 이바노브나의 손을 꼭 쥐고 머리에 키스를 한 다음 방을 나가 버렸다.

헬만은 나선형 층계를 내려가 또다시 백작 부인의 침실로 들어갔다. 백작 부인은 뻣뻣하게 굳은 채 의자에 앉아 있었는데, 얼굴은 말할 수 없이 평온했다. 그는 잠깐 멈추어서 그 무서운 진리를 스스로 알아보기라도 할 듯이 백작 부인을 바라보았다. 그는 서재로 들어가서 문을 더듬어 찾아 야릇한 감정과 생각에 사로잡혀 어두운 층계를 내려왔다.

'아마도 60년 전에 어느 행복한 연인이 바로 이 층계에서 바로 이 방에서 바로 이 시간에 몰래 내려오고 있었겠지. 틀림없이 수를 놓은 고급 외투에 왕조머리를 하고 삼각 모자를 쓴 미남이었겠지. 그러나 그의 시신은 지금 무덤 속에서 썩고 있고, 늙은 정부는 심장의 고동이 멈추고

말았다.'

　헬만은 운명의 밤이 지난 지 3일째인 아침 9시에 백작 부인의 장례식을 거행하기로 한 교회로 떠났다. 헬만은 백작 부인의 사건에 대해서 조금도 양심의 가책을 느끼지 않았으나 양심의 소리가 '백작 부인을 죽인 것은 너다'라고 자꾸만 소리치는 것을 떨쳐 버릴 수가 없었다. 헬만은 신앙심은 조금도 없으면서도 상당히 미신적이었다. 그래서 죽은 백작 부인이 자기 인생에 어떤 재앙이라도 끼치지 않을까 두려워서 장례식에 참석하여 용서를 빌기로 마음먹은 것이다.

　교회는 사람들로 가득했다. 헬만은 간신히 사람들 속을 비집고 들어갔다. 관은 호화찬란한 영구대에 안치되어 있었고 백작 부인은 두 손을 가슴 위에 모으고 누워 있었다. 가족과 하인들은 고인을 둘러싸고 서 있었고 하인들은 검은 양복을 입고 손에 촛불을 들고 있었다. 눈물을 흘리는 사람도 없었고, 고인의 죽음을 애석하게 여기는 사람도 없었는데 그것은 백작 부인의 나이가 많았으므로 모두가 다 제 명을 더 살았다고 생각했기 때문이었다. 장례식 설교는 젊은 사제가 맡았는데, 그는 간단하고 비장한 어조로 덕이 높은 백작 부인의 조용한 별세를 언급한 다음 고인의 긴 생애는 기독교적 최후를 위한 경건한 준비였다고 말했다.

"죽음의 천사는 성스러운 밤을 새워 가며 밤의 신랑에게 고인을 찾아 주셨습니다."

이 말을 끝으로 사제의 장례식 설교는 끝났고, 장례식은 엄숙한 가운데 진행되었다. 친척들이 제일 먼저 고인에게 최후의 고별을 행하고, 다음에는 수많은 친지들이 고별을 했는데, 그들은 사교계에서 고인에게 한 번이라도 인사를 나눈 일이 있는 사람들이었다. 그 다음은 하인들 차례였다. 그 중에는 고인이 집 안을 산책할 때 부축하고 다니던 두 처녀도 끼어 있었는데, 한 처녀는 몸을 굽힐 기력조차 없었고 또 한 처녀는 주인의 싸늘한 손에 키스를 하면서 눈물을 두어 방울 흘렸다.

헬만이 관에 가까이 가려고 결심한 것은 바로 그 때였다. 그는 허리를 땅에 닿도록 굽히고 소나무 가지가 뿌려진 마룻바닥에 한참 동안이나 엎드려 있었다. 그리고 창백한 얼굴로 일어나서 영구대 층계를 올라가 고인에게 허리를 굽혔다. 꼭 백작 부인이 자기를 비웃는 눈초리를 보내는 것만 같았다.

헬만은 성급히 내려오다가 마루에서 뒤로 넘어지고 말았는데 누가 그를 부축하여 일으켜 주었다. 바로 똑같은 시간에 이바노브나도 기절하여 다른 곳으로 옮겨졌다. 이 뜻밖의 일들로 음울하고 엄숙하던 장례식장이 한동안 소란해졌다. 이 때 사람들 속에서 수군거리는 소리가 들리고, 고인의 가까운 친척인 깡마른 청지기가 자기 옆에 서 있는 영국인에게 '저 청년 장교는 백작 부인의 사생아라오.' 하고 귀띔해 주자 영국인은 그저 '오!' 하고 냉담한 탄성을 발할 뿐이었다.

헬만은 하루 종일 넋 잃은 사람처럼 돌아다녔다. 마음의 동요를 진정시켜 보려고 평소와는 달리 술을 잔뜩 마셔 보았으나 도리어 상상력만 되살려 줄 뿐이었다. 숙소에 돌아오자 옷도 벗지 않고 침대에 몸을 내던져 그대로 곯아떨어지고 말았다. 헬만은 밤중에 잠을 깼다. 달빛이 창문을 통해 그를 비추고 있었다. 시계를 보니 2시 45분이었다. 그는 침대에서 일어나 앉아 백작 부인의 장례식을 곰곰 생각해 보았다. 이 때 밖에서 누가 창문으로 방 안을 들여다보다가 날쌔게 숨어 버렸으나 헬만은 그걸 눈치 채지 못했다. 약 1, 2분이 지났을까. 누가 바깥 방문을 열었으나 헬만은 밤에 술을 진창으로 마시고 언제나 고주망태가 되어 돌아오는 부관일 것이라고 생각했다. 그렇지만 그것은 가벼운 걸음과 여태껏 듣지 못했던 발자국 소리였다. 이윽고 문이 열리더니 하얀 소복을 한 여인이 들어오기에 헬만은 간호사인 줄 알았다. 무엇 때문에 이렇게 늦게 여기까지 찾아왔을까? 여인은 걸어와서 헬만 앞에 섰는데 자세히 보니 죽은 백작 부인이었다.

"어쩔 수 없이 자네를 찾아왔네. 자네가 하도 불쌍해서 소원을 들어 주기로 한 것이야. 세 개의 카드는 3과 7과 에이스야. 한 번에 하나 이상 걸어서는 안 되고 죽을 때까지 절대로 노름을 해서는 안 돼, 자네가 내 피보호인인 이바노브나와 결혼해 주기만 한다면 내 죽음도 용서해 주지."

백작 부인은 이 말을 남기고 조용히 돌아서서 천천히 사라졌다. 복도에서 문소리가 나더니 누가 또 문틈으로 방 안을 들여다보았다. 헬만은 한참 후에야 정신이 들었다. 그가 옆방으로 들어가 보니 부관이 마룻바닥에 곯아떨어져 있어서 간신히 그의 몸을 일으켜 세웠다. 헬만은 방에 돌아와 촛불을 켜놓고 자기가 겪었던 일들을 적어 놓았다.

2개의 육체가 물질계에서 같은 공간을 차지할 수 없는 것처럼 2개의 고정된 관념은 정신계에서 동시에 존재할 수 없다. 3, 7, 에이스는 헬만의 마음 속에 자리 잡고 있는 죽은 백작 부인의 영상을 곧 희미하게 만들고 말았다. 3과 7과 에이스는 헬만의 마음과 입에서 한시라도 떠나지 않았는데 그는 젊은 처녀를 만나면,

"마치 3개의 하트처럼 얼마나 아름다우냐!"

하고 외치는 것이었다. 또 누가 몇 시나 되었느냐고 물으면 그는 언제나 7시 5분 전이라고 대답했다. 뚱뚱하고 배가 나온 사람을 보면 으레 에이스 생각이 났다. 3과 7과 에이스는 잠잘 때도 여러 가지 형태를 이루면서 헬만을 따라다녔다. 어떤 때는 3이 무슨 열대 식물처럼 헬만 앞에서 꽃이 피고, 7은 아치가 되고, 에이스는 큰 거미가 되었다. 그는 단 한 가지 생각, 즉 그렇게도 비싸게 먹힌 비밀을 한 번 써먹어 보겠다는 일념에 사로잡혔다. 군대에서 제대하고 여행을 떠날까도 생각했다. 파리의 도박장에 들어가서 그렇게도 탐내던 보물을 황홀한 행운에서 캐어 보고 싶다고 생각하고 있는데, 때마침 이러한 잡념에서 구출해 줄 기회가 찾아왔다.

모스크바의 사교계는 유명한 체카린스키의 주제 하에 있는 부유한 도박사들의 집합소였다. 체카린스키는 한평생을 노름판에서 보내면서, 딸 때는 이자가 높은 수표로 받고 잃을 때는 빳빳한 지폐로 지불하여 단번에 수백만을 벌었다는 사람이었다. 그의 오랜 경험은 친구들의 신용을 얻었고 집을 터놓고 사는 것이나 훌륭한 요리 대접이나 명랑하고 익살스러운 성격 등은 사람들의 존경을 받았다. 이 사람이 페테르스부르크에 들른 것이다. 젊은 청년들은 노름을 하기 위해 댄스를 팽개치고 아름다운 여인의 유혹보다 패아로의 매력에 이끌려 체카린스키에게로 몰려들었다. 나루모프는 헬만을 데리고 그를 찾았다.

두 사람은 정중하고 예의가 바른 하인들이 가득 찬 커다란 방이 한 줄로 늘어서 있는 복도를 지나갔다. 거기에는 여러 사람들이 와 있었다. 장군과 추밀 고문관 몇몇 사람이 휘스트놀이를 하고 있었고 청년 4, 5명이 안락의자에 비스듬히 앉아서 담배를 피우고 있었다. 객실의 긴 테이블에는 약 20명의 노름꾼들이 둘러앉아 있었는데 물주는 주인이었다. 노름꾼들 중에는 근엄한 얼굴의 약 60세의 노인이 있었는데, 머리는 은발이었고 언제나 미소가 넘쳐흘렀다. 나루모프는 헬만을 체카린스키에게 소개했다. 체카린스키는 다정하게 악수를 하고 나서 편히 앉으라고 권했다. 노름은 진행 중이었으며 판이 꽤 오래 걸렸다. 테이블에는 약 30개의 카드가 놓여 있었다. 체카린스키는 노름꾼의 요구를 들어가며 그들에게 돈을 바꿀 여유를 주려고 패를 뗄 때마다 한참씩 쉬었다. 마침내 판이 끝나고 체카린스키가 패를 뒤섞더니 다시 떼려고 했다.

"한 축 들 수 없겠습니까?"

헬만은 자기 옆에 앉은 뚱뚱한 어깨 너머로 손을 내밀었다. 체카린스키는 빙긋이 웃더니 승낙한다는 표시로 말없이 고개를 끄덕였다. 나루모프는 미소를 띠면서 헬만을 축하하며 노름판의 첫출발에 행운이 있기를 빌었다.

헬만은 분필로 자기의 패 위에다 돈의 액수를 적으며

말했다.

"이길 거야!"

체카린스키가 얼굴을 약간 찌푸리면서 물었다.

"얼마를 걸겠소? 나는 잘 모르겠는데."

"4만 7천 루블리입니다."

헬만의 이 말에 사람들의 시선이 그에게로 쏠리며 노려보았다. 나루모프는 헬만이 미치지 않았나 하고 생각했다.

"말씀 드리면 실례가 될지 모르겠습니다만 선생님께서 너무 많이 거십니다. 여기서는 아직까지 2백 75루블리 이상 거신 분이 없습니다."

체카린스키는 언제나 미소를 띠고 이렇게 타일렀다. 이

말에 헬만이 물었다.

"그것은 어쨌거나 제 패를 받으시겠어요, 안 받으시겠어요?"

체카린스키는 어쩔 수 없다는 듯이 고개를 끄덕여 보였다.

"그런데 한 가지 일러 드릴 것이 있습니다. 저는 여러분의 신용을 받고 있으므로 현금이 아니면 패를 뗄 수 없습니다. 저 혼자라면 장교님 말씀만으로 괜찮지만, 노름의 규칙을 유지하고 계산을 분명히 하기 위해서입니다. 그러니 장교님 패에다 돈을 놓아 주십시오."

헬만은 호주머니에서 지폐를 꺼내 체카린스키에게 주었으며, 체카린스키는 돈을 힐끗 보더니 그것을 헬만의 패 위에 놓았다. 체카린스키는 패를 뗐다. 오른쪽에 아홉 끗, 왼쪽에 세 끗이 나왔다.

"내가 이겼소."

헬만은 크게 외치며 패를 쳐들었다. 노름꾼들 속에서 속삭이는 소리가 들렸다. 체카린스키는 잠깐 얼굴을 찌푸렸으나 곧 미소를 띠었다.

"자, 이제 돈을 주시겠습니까?"

헬만이 체카린스키에게 돈을 요구했다.

"네, 드리고말고요."

체카린스키는 호주머니에서 지폐를 꺼내 주었다. 헬만은 돈을 받아 들고 그 자리를 떠났고, 나루모프는 어리둥

절했다. 이튿날 헬만은 다시 노름판에 나타났으며 물주
는 역시 주인이었다. 헬만은 테이블로 다가갔다. 노름꾼
들이 길을 터 주었고 체카린스키는 다정하게 고개를 끄
덕였다. 헬만은 새 판을 기다렸다가 패를 잡은 후 그 위
에다 4만 7천 루블리를 어제 딴 돈과 함께 올려 놓았다.

체카린스키가 패를 때기 시작했는데 오른쪽에 잭이 떨
어지고 왼쪽에는 일곱 끗이 떨어졌다. 헬만은 일곱 끗을
열었다. 속삭이는 소리가 들리고 체카린스키는 흥분했
다. 그가 9만 4천 루블리를 주자 헬만은 그 돈을 받아 들
고 유유히 사라져 버렸다.

다음날, 헬만은 또다시 노름판에 나타났다. 모두가 그
를 기다리고 있었으며 장군과 추밀 고문관들은 휘스트놀
이를 그만두고 기이한 노름을 구경하러 왔다. 청년 장교
들은 안락의자에서 일어나고 하인들까지도 객실에 몰려
왔다.

그들은 헬만에게 길을 터 주었다. 다른 노름꾼들은 패
를 잡지 않고 헬만의 노름이 시작되기만을 기다렸다. 헬
만은 체카린스키와 단둘이서 준비를 하고 테이블에 앉았
는데 체카린스키의 얼굴은 창백했으나 입가에는 여전히
미소를 띠고 있었다.

서로 패를 떼고 체카린스키가 패를 뒤섞었다. 헬만은
자기 패를 지폐가 수북이 쌓인 테이블 위에 놓았다. 그

순간 노름판에는 정적이 흘렀다.

체카린스키가 떨리는 손을 패를 던졌는데 오른쪽에 퀸이 놓이고 왼쪽에 에이스가 놓였다.

"에이스가 이겼다."

헬만은 자기 패를 뒤집으며 외쳤다.

"당신의 퀸은 졌습니다."

체카린스키가 점잖게 말했다. 헬만은 깜짝 놀랐다. 정말로 거기에는 에이스 대신에 퀸이 놓여 있었다. 헬만은 자기 눈을 의심했다. 어떻게 자기가 퀸을 끌어 왔는가.

스페이드의 퀸은 눈짓을 하고 웃으며 헬만을 놀려 주는 것만 같았다. 헬만은 갑자기 이상하게도 그 어떤 것과 똑같다는 생각이 들었다.

"노파!"

헬만은 부르르 떨며 외쳤다. 체카린스키는 헬만이 걸어 놓았던 돈을 자기 앞으로 끌어당겨 놓았다. 헬만은 꼼짝도 하지 않고 서 있었다. 그가 테이블에서 물러나자 크게 수군거리는 소리가 일어났다.

"통쾌한 한 판이었다."

노름꾼들은 이렇게 말했다. 체카린스키는 패를 다시 섞었고 노름은 계속되었다. 헬만은 이 일로 정신 이상이 되어 오부흡스키 수용소의 17병동에 수용되었다. 그는 어떤 질문에도 대답하지 않고 다만 '3, 7, 에이스, 3, 7, 퀸'

하고 끊임없이 중얼거릴 뿐이었다.

이바노브나는 상당한 지위와 재산을 지니고 있는 훌륭한 청년과 결혼했다. 청년은 백작 부인의 집에서 일했던 죽은 집사의 아들이었다.

톰스키는 승진되어 포리나 공주와 결혼식을 올렸다.

릴케 Rilke, Rainer Maria : 1875~1926

보헤미아의 프라하에서 출생. 철도 회사에 근무하는 아버지와 고급 관리의 딸인 어머니 사이에서 미숙아로 태어났다. 1886~1890년까지 육군 실과 학교를 마치고 메리시 바이스키르헨의 육군 고등 실과 학교에 적을 두었으나, 1891년에 신병을 이유로 중퇴하고 말았다. 그 뒤 20세 때인 1895년 프라하 대학 문학부에 입학하여 문학 수업을 하였고, 1897년 루 안드레아스 살로메를 알게 되어 깊은 영향을 받았는데, 1899년과

1900년 2회에 걸쳐서 루 안드레아스 살로메와 함께 러시아를 여행한 것이 시인으로서 새로운 출발을 촉진하였고, 그의 진면목을 떨치게 한 계기가 되었다.

1900년 8월 말 두 번째의 러시아 여행에서 돌아온 뒤 북부 독일의 브레멘의 화가 부락 보르프스베데로에서 여류 조각가 C.베스토프를 알게 되었고, 결혼하였다. 1902년 8월 파리로 가서 조각가 로댕의 비서가 되어 그의 예술에 커다란 영향을 주었다. 1919년 6월 스위스의 어느 문학 단체의 초청을 받아 스위스로 갔다가 거기서 영주하였다. 만년에는 셰르 근처의 산중에 있는 뮈조트의 성관(城館)에서 고독한 생활을 하였다. 「두이노의 비가」나 「오르페우스에게 부치는 소네트」 같은 작품이 여기에서 집필되었다.

1926년 가을 어느 날 그를 찾아온 이집트의 여자 친구를 위하여 장미꽃을 꺾다가 가시에 찔려 패혈증으로 고생하다가 그 해 12월 29일 51세를 일기로 생애를 마쳤다.

세·계·명·단·편·선

고독

Rilke, Rainer Maria

나는 갑자기 왔다가 사라져 가는 시간을 사랑합니다. 아니, 시간이라고 말하는 것보다는 이 시간이라고 말해야겠습니다. 그렇게 조용한 순간을 사랑합니다. 이렇게 시작되는 순간과 정적을, 첫별을, 이 처음을 말입니다.

이럴 즈음, 내 마음에는 소녀가 자기만의 방에서 혼자 일어날 때처럼 그런 고요가 깃듭니다. 철이 들기 시작하면서부터 자기 혼자만 차지해 온 밤, 그렇습니다. 소녀는 어느 날인가부터 철이 들기 시작했고, 그렇게 되자 집 안은 이미 전부 변해 버렸습니다. 이제 소녀의 새하얀 방에 삶이 모습을 보이기 시작했습니다.

아침에 일어나 소녀가 언제나 그렇게 열린 창가에 다가 갈 때면 세상이 눈앞에 펼쳐집니다. 거기에는 계속해서 자라는 거목들이 있고 새들도 있습니다. 커다란 나뭇가지를 스쳐 가는 바람은 고요 속에 사라지는 듯합니다.

나는 이 바람을 좋아합니다. 속성을 모두 잃어버리고 봄을 스쳐 가는 변형된 이 바람이 내는 소리와 의젓하게 삼라 만상을 헤치고 가는 그의 몸짓을 좋아합니다.

나는 이 밤을 좋아합니다. 아니, 이 밤이라고 하기보다는 이 밤이 시작되는 시의 구절을 좋아합니다. 그러나 나는 미숙하기 때문에 이 시의 구절을 읽을 수가 없습니다. 이제는 이미 사라져 버린 이 순간을 사랑하나 내 마음에는 지금에야 비로소 이 순간도 오는 것 같습니다.

천민이여! 그대는 언제인가 사라져 갈 것입니다. 제왕이여! 그대도 마침내 무덤으로, 한 줌의 흙으로 변해 버릴 것입니다. 화려하고 사치스런 여인들이여, 그대가 땅에 묻힌 날, 어느 누가 그대에 대한 기억을 떠올리겠습니까. 그 무엇이 영원한 세월로 이어질 수 있다는 것입니까. 역사는 쉽게 망각됩니다. 기억의 찌꺼기를 정리하게 되는 어느 날, 편지와 사진첩과 리본과 꽃들은 오래 된 서랍에서 일어난 몸으로 불꽃 속에 던져져 사라져 버릴 것입니다.

전쟁과 평화 조약, 섭리와 우연, 그리고 만났다가 헤어

지는 우리, 이런 거창한 사건들에게도 잊혀지는 세월은 있는 것입니다. 한때 많은 관객들 앞에 화려하게 나타났던 그대들도 언젠가 최후의 막이 내릴 때면 관객이 떠난 무대 위에 쓸쓸히 서 있게 될 것입니다. 그대들은 호기심에서 굶주린 사람 앞에서 춤을 추었습니다. 비극의 춤을…….

그대들은 또한 장터에서 볼 수 있는 마술사로, 마법의 상자 속에 든 뱀을 그것도 독사를 기르고 있었을 것입니다. 그대들이 부는 피리 소리에 맞추어 뱀들은 한 방울의 점액으로 모든 종류의 생명체를 없앴던 것입니다.

그대들은 또 점술가였습니다. 시시하게 살아 온 어설픈 과거를 한 번 돌려놓고, 과거 속에 묻혔던 짤막한 단어들을 읊조리면서 그것이 미래라고 떠들어 댔던 점술가였습니다. 그렇지만 그대들은 매춘부의 몸뚱이처럼 시들어 버렸습니다. 사치의 껍데기 속에 만신창이가 되어 버렸음에도 불구하고 목숨은 여전히 오랫동안 버티고 있었습니다. 어린 생명들이 자라나기를 기다리느라고 말입니다. 그리하여 그대들은 어둠 속에서 그들을 만났고, 마침내는 자라난 아이들에게서 다시 향락을 취했습니다.

그대 거창한 사건들이여, 그대들은 이미 성병의 함정에 빠지고 말았습니다. 남자의 정액을 오염시킨 그대는 임신부의 자궁에 악의 형상이 싹트게 했습니다.

한 번 존재했었기 때문에 이제는 이미 사라져 버린 역사의 모습들이여, 그대들은 삶을 가진 인간들과는 절대로 거래할 수가 없게 되었습니다. 그대들은 거짓투성이인 데다가 생기까지 잃은 죽은 몸, 고독과 고난을 가지고 있는 썩은 몸뚱이이기 때문입니다. 그대 과거의 공존체들에게는 오늘의 그것과 같이 진실이 빠져 있었습니다. 말하자면 오해와 허식과 권태로 가득 찬 상태라고 하겠습니다. 부모에게서 따돌림당했던 소년이나, 아이들이 놀고 있는 모습을 정원 한구석에서 홀로 바라보고만 있었던 소녀라면 공존 체험은 절대로 있을 수 없으며, 따라서 인간은 낱낱으로 독립해 존재할 수밖에 없다는 사실을 조금은 알고 있을 것입니다.

그렇지만 전통을 이어받아 힘 있게 뻗어 가는 공존체의 지나친 횡포에 의하여 이 약한 어린 생명들은 말할 수 없이 박해를 받아 왔습니다. 지금 막 이루어져 가는 과정에 있는 조그맣고 약한 이 생명들은 자기들이 고이 지니고 있던 고독의 세계를 빼앗겼다는 것을 알았을 때에 그 아픔이 얼마나 컸겠습니까? 이렇게 순진한 그들이 뒤로 물러나고 있다는 사실에 대하여 우리는 이미 슬픔 따위는 생각하지 않게 되어 버렸습니다. 그렇게 해서 그들이 고이 지니고 있던 침묵은 어느 날 저녁의 소란스러움 속으로 가라앉고 말았습니다. 그들의 침묵이 그렇게 가라앉

는 동안, 소란스러움은 그들도 모르는 사이에 그들 속을
비집고 들어가 왕국을 건설했습니다.

　그러나 이제, 주위가 못살게 굴어 사라져 가야 했던 고
독이 차차 그들에게 똑같은 관심거리로 나타나기 시작했
습니다. 그들이 모두 고독이 있는 광장으로 몰려들자 이
런 움직임은 파도를 몰고 왔습니다. 파도는 고독을 어이
없게도 전락의 길을 걷고 있던 고독을 큰 소리로 부르짖
고 있습니다. 이제 그들은 파도에 대한 이야기를 다시 하
게 되었고, 또한 모든 서적에 파도에 관한 글을 싣기에
바빴는데, 이렇게 공허한 소란의 물결은 인간의 마음 속
에 살고 있는 것만 같습니다.

　하지만 인간은 이 세상에 고독이 존재하는 것을 절대로
원하지는 않은 것 같습니다. 그대가 마음의 문을 닫으면
그들은 반드시 그대의 창문 앞에 모이게 될 것입니다. 가
로수가 줄지어 늘어선 공원을 걷게 된다면 그 때 그들은

당신에게 한없는 관심을 갖게 될 것입니
다. 문 앞에 앉아 있는 이웃에게, 저녁이
그대의 마음을 적막으로 감쌌다고 하여
한 마디의 말도 없이 그대로 지나쳐 보십
시오. 그는 그대를 뚫어져라 하고 바라보면
서 가족들을 불러내서 그대에게 심한 저주를
할 것입니다. 더 심할 때에는 그의 자식들이

그대에게 상처가 나도록 돌을 던지기도 할 것입니다.

고독을 누리기가 이렇듯 어려운가 봅니다. 부모는 혼자 있기를 즐기는 자식들을 못마땅하게 여기는데, 부모에게는 그런 자식들이 몹시 걱정되기 때문입니다. 그렇지만 이런 자식들은 이미 자기의 기쁨과 슬픔을 느낄 줄 알고 있는데, 결국, 이런 자식들은 집에서마저 따가운 눈총을 받아 가며 이방인으로 취급되기도 합니다. 그리하여 이들에 대한 적개심이 날이 갈수록 커지면 이들은 가족들에게 증오의 대상이 되어 버리고 맙니다.

인생은 이렇게 하여 시작됩니다. 깊은 설움 속에서 이들의 운명이 시작되는 것입니다. 하지만 운명이 시작되는 소리가 우리의 귀에까지는 전달되지 못하는 까닭은 하녀들의 잡담 소리와 자동차의 소음이 한층 더 크게 들려오기 때문일까요? 그대들도 한 번쯤 이들의 창가에 다가가 보면 창 안에서 고독으로 뭉쳐진 하나의 생명이 설움을 가슴에 안고 흐느끼고 있을 것입니다. 마음 속에 불안으로 가득 찬 소녀의 낮은 흐느낌은 우렁찬 종 소리처럼 내 마음을 통째로 흔들어 놓습니다.

나는 잠을 이루지 못하는 이들 어린 생명의 세계를 이해하지 않고는 절대로 창가를 떠나지 못할 것 같습니다. 이들이 여는 창문 소리는 나의 온 몸에 두려움을 안겨 줍니다. 겁에 질린 이들의 손길이 내 마음에 와서 닿습니다. 그러나 나에게는 이들에게로 가까이 갈 마음의 여유가 생기지 않는데, 그것은 이들의 괴로움을 씻어 줄 수 있는 말을 아직 찾지 못하고 있으며, 또한 이들의 침묵보다 값진 그 무엇이 나에게는 없기 때문입니다.

나는 이들을 아무 이유도 없이 방해하고 싶지 않습니다. 내 머리 속에는 지금 저 고독한 무리들의 삶이 크나큰 힘을 가지고 있다는 생각으로 꽉 차 있습니다. 이들은 밤의 깊은 곳으로부터 나를 일깨워 주고, 승화시켜 주고, 껍데기를 벗겨 주고 있습니다. 내 마음 한구석에는 이들이 비추어 주는 밝은 불빛이 조용히 자리를 잡고 있습니다.

나는 또 하나의 다른 공존체가 있을 수 있다는 생각을 하지 않게 되었는데, 이들보다는 더 아리게 내 곁을 스치는 감동은 없을 테니까요.

그러나 때로는 이런 생각이 들기도 합니다. 슬픈 모습으로 창가에 서 있는 이들 어린 생명이 왜 그렇게 큰 힘으로 나에게 그토록 사랑하는 고독을 안겨 주는가를 말입니다. 내 마음에 이들이 안겨 준 고독은 삶의 세계에서 죽음의 세계까지 이어질 것입니다. 고독의 가는 길이 세월을 타는 공존체의 가는 길과 방향이 틀린 탓일까요? 과거 속에 쉽게 묻혀 버릴 수도 있는 것이 고독이겠지요.

고독의 역사에는 마지막이 없기 때문에 없어질 수도 없는 것입니다. 충분히 쉬고 나면 고독은 작은 몸짓으로 웃음을 띠며 다시 일어나서 미래로 향하여 걷기 시작합니다. 고독이 내뿜는 숨결은 우리를 감싸고 있으며, 그의 핏줄에서 흐르는 피의 고동 소리는 가까이에서 들려오는 물결 소리처럼 우리의 정적을 뒤흔들고 있습니다. 고독은 우리의 깜깜한 밤길을 비추어 주는 별빛입니다. 언제이던가 어느 곳에 한 사람의 창작자가 있었는데, 여러 날을 두고 모든 심혈을 기울인 끝에 마침내 하나의 작품을 완성했다고 합시다.

지금 우리가 창작자의 작품을 가지고 있지 않다고 하여, 또는 창작자와 같은 때에 살지 않는다고 하여 창작자가 우리 시대에 와서 완전히 사라져 버렸다고 할 수 있겠습니까? 하나의 작품이 새로 탄생되는 과정에서 일으켰던 바람은 오직 그 작품의 주위에만 머물러 있는 것이 아니라, 꽃을 스치고 나비의 날개를 이용하여 새 생명을 탄생시키는 여인에게까지 다가갑니다. 여기에 있는 그림이나 조작과 시가 그 당시에 작품을 만드는 과정에서 일어났던 바람이 몰고 온 변신일는지도 모르는 일이지요. 까마득한 시절에 살았던 고독한 창작자의 체취는 오늘날에도 우리 주위를 맴돌고 있는 것입니다.

우리가 비록 그 창조자에 대하여 직접적으로 아는 사실이 하나도 없다고 하더라도.

어느 누가 신에게 올리는 애절한 기도를, 어린 생명 하

나가 죽어 가던 날의 쓸쓸한 기억을, 그리고 사형수의 감방을, 값이 싼 유행가의 가락처럼, 대문을 여닫는 소음처럼 그렇게 쉽게 잊을 수 있겠습니까?

창작자의 세계에는 죽음의 공포가 절대로 존재할 수 없습니다. 나는 믿고 있습니다. 인간은 이미 사라졌어도 그들의 의지와 어느 뜻 깊었던 순간에 그들이 내밀었던 손은, 그리고 창가에 서서 띠던 고독한 미소는 우리의 마음 속에 영원히 살아 있으리라고. 고독은 이렇게 영원히 변하는 과정 속에서 살고 있는 불사조입니다.

우리가 비록 고독을 보이지 않는 곳으로 밀어 버렸다고 하더라도, 그러나 고독은 우리와 함께 살고 있습니다.

그렇습니다. 사물과 현상이 그처럼 존재하고 있듯이, 고독은 우리 생활의 한 부분으로 분명히 살아 있을 것입니다.

카프카

Kafka, Franz : 1883~1924

체코의 수도 프라하에서 출생. 부유한 유대 상인의 아들로 태어나 폐결핵으로 41세에 세상을 떠났다. 평범한 지방 보험국 직원으로 근무하였으며, 그가 죽기 직전 2개월 간의 요양 기간과 짧은 국외 여행을 제외하고는 잠시도 떠나지 않았던 프라하의 유대계 독일인이라는 특이한 환경의 소산이다. 프라하 대학에서 법률을 공부하였다. 그 사이 훗날 카프카 전집의 편집자가 된 M.브로트를 알게 되어 단편 「어떤 싸움의 기록」(1905), 「시골의 결혼 준비」(1906) 등을 썼다.

　1906년에 법학 박사의 학위를 받았고, 1908년부터 노동자 재해 보험국에서 1922년 7월까지 근무하면서, 잡지 「휴페리온」에 8편의 산문을 처음으로 발표하였다. 1912년 초에 「실종자」(후에 「아메리카」로 개조, 1927년 간행)를 착수하였고, 9월에 「심판」(1925년 간행), 연말에 「변신(變身)」(1916년 간행)을 써서, 이 해는 최초의 중요한 결실기가 되었다. 1914년에 「유형지에서」(1919년 간행)와 「실종자」를 완성하였고, 1916년에는 단편집 「시골 의사」(1924년 간행)를 탈고하였다.

　1917년 9월, 폐결핵 진단을 받아, 여러 곳을 전전하였고, 그 동안에 장편 소설 「성(城)」(1926년 간행), 「배고픈 예술가」(1924년 간행)를 비롯한 단편을 많이 썼다. 1924년 4월 빈 교외의 킬링 요양원에서 세상을 떠났다. 사르트르와 카뮈에 의해 실존주의 문학의 선구자로 높이 평가받은 그는 인간 운명의 부조리성, 인간 존재의 불안과 무근저성을 날카롭게 통찰하여, 현대 인간의 실존적 체험을 극한에 이르기까지 표현하였다.

세 · 계 · 명 · 단 · 편 · 선

변신

Kafka, Franz

어느 날 아침, 그레고르가 불안한 꿈에서
깨어났을 때, 자기가 침대 속에서 한 마리의 커다란 벌레
로 변한 것을 느꼈다. 그는 껍질이 딱딱한 등을 대고 침
대에 벌렁 누워 있었는데, 불룩한 배 위에는 이불이 덮여
있었으나 곧 흘러내릴 것만 같았다. 전날까지는 굵었던
두 다리에 비해 비참하게도 가느다란 여러 개의 다리가
힘없이 흔들리며 버둥거리고 있었다.

그레고르는 이것이 어떻게 된 일인가 하고 생각했다.
꿈은 아니었다. 그는 창문 쪽으로 시선을 향했다. 밖에서
빗방울 떨어지는 소리가 들렸다. 그레고르는 날씨가 음
산한 탓인지 기분이 우울해졌다. 그는 잠을 좀더 자고 쓸

데없는 망상을 모두 잊어버릴 수 있다면 좋겠다고 생각했다. 왜냐하면 그는 아무리 힘을 써서 움직이려고 해도 뜻대로 움직일 수가 없었고, 지금까지 느끼지 못했던 옆구리가 웬일인지 아프기까지 했다.

"제기, 나는 어째서 이런 고된 직업을 택했을까?"

그레고르는 외판 사원으로서 날마다 여행을 했고, 게다가 여행을 떠나면 항상 열차 접촉에 대한 걱정과 불규칙하고 질이 나쁜 식사, 낯선 여행객들과의 겉만 보이는 교제에 대한 근심을 벗어날 수가 없었다.

'지긋지긋하구나. 빌어먹을, 아무렇게나 되어라!'

하고 벌렁 누운 채 좀더 잠을 자야겠다고 생각했다. 사람은 잠을 자야 되는 거야. 다른 외판 사원들은 마치 자기들이 무슨 후궁의 궁녀들인 것처럼 살고 있지 않은가. 이를테면 내가 주문받은 것을 적어 두려고 오전 중에 돌아올 때에야 그들은 겨우 잠자리에서 일어나 아침 식사를 하고 있었다. 내가 이렇게 흉내를 냈다가는 곧바로 사장한테 미움을 받아 쫓겨나고 말 것이다.

그러나 나는 부모님을 생각해서 꾹 참아 왔다. 부모님이 주인에게 진 빚을 갚을 만큼 내가 돈을 모으려면 앞으로도 5, 6년은 더 걸리겠지만 이것이 끝나면 나는 내 희망을 한 번 실천해 볼 계획이다. 그것은 내 인생에 있어서 하나의 큰 전환점이 될 것이다.

기차는 5시에 떠난다. 그레고르는 시계를 보고,
'아이쿠, 큰일났구나.'
하고 생각했다. 벌써 6시 30분, 아니 6시 45분이었다.

자, 이제 어떻게 하면 좋을까? 다음 열차는 7시에 떠난다. 앞으로 남은 시간은 15분. 그 차를 타려면 바쁘게 서둘러야 하는데 견본들도 아직 꾸려 놓지 않았으며 기분이 좋지 않아서 몸을 가볍게 움직일 수가 없을 것 같다. 또 열차를 탈 수 있다고 해도 사장의 꾸지람을 벗어날 수가 없다. 왜냐하면 사환이 5시 차를 기다리고 있다가 내가 내리지 않은 사실을 알고 사장에게 보고해 버렸을 테니까.

6시 45분, 그레고르가 아직 침대에 늘어져서 떠나려는 결심도 못하고 모든 일을 심각하게 생각하고 있을 때 침대 머리맡의 문을 조심스럽게 두드리는 소리가 들렸다.

"그레고르야, 오늘은 출근하지 않니?"

어머니의 목소리를 듣고 대답하는 자기 목소리를 들은 그레고르는 깜짝 놀랐다. 이제까지의 자기 목소리와는 달리 어떤 신음 소리 같다는 것을 깨달았기 때문이다. 그런데 이번에는 아버지가 옆문을 두드렸다.

"그레고르야, 도대체 무슨 일이냐?"

또 다른 문 쪽에서는 누이동생이 애타게 물었다.

"오빠, 어디 아파요?"

그레고르는 양쪽 문을 향해서 될 수 있는 대로 자기의 이상한 목소리를 억제하려고 애쓰며 띄엄띄엄 말했다.

"예, 곧 나갈 겁니다."

그레고르는 사실 침대 속에서 꾸물거려 보았자 쓸데없다는 것을 알고 일어나려고 했다. 그런데 팔이 모두 없어진 지금 그의 가느다란 다리들은 제 마음대로 부산하게 움직일 뿐 말을 잘 듣지 않았다. 그레고르는 먼저 하반신을 침대 밖으로 내밀려고 했으나 하반신을 보지도 못했고, 어떻게 생겼는지 짐작할 수도 없었다. 그는 화가 불끈 치솟아 힘껏 사정없이 앞으로 몸을 내밀었다. 그런데 그의 하반신은 침대 다리에 부딪쳐 심하게 고통을 느꼈을 뿐 마음대로 움직여 주지 않았다.

그래서 그레고르는 하반신 대신에 상반신을 침대 밖으로 끌어내려고 했다. 하지만 어떤 큰 벌레 같은 그의 몸은 크고 무거웠기 때문에 몸뚱이를 움직이지 않으면 머리가 돌지 않았다. 그레고르는 상반신을 침대 밖으로 내밀어 보려고 했으나 힘들었기 때문에 이런 식으로 더 이상 계속했다가는 침대 밑으로 떨어져 머리가 다치게 되고 말 것이라는 불안감 때문에 잠깐 주저했다.

그러나 그레고르는 침대 속에서 계속 누워 있을 수는 없으며, 침대에서 빠져 나갈 희망이 없더라도 모든 희생을 각오하고 일어나려고 했다. 시계는 7시를 쳤다. 그는

몸 전체의 균형을 잡고 기를 써서 침대 밖으로 나가려고 했다.

그리하여 그레고르가 침대에서 몸을 반쯤 일으켰을 때 시계는 이미 7시 15분을 가리키고 있었는데, 현관에서 초인종이 울렸다.

상점에서 누가 왔다고 생각하니 몸이 굳어지는 것 같았는데, 그러는 동안에도 작은 발들은 더욱 바쁘게 움직였다. 하녀가 현관으로 나가서 문을 열었다. 그레고르는 방문객의 첫인사만 듣고도 그가 누구라는 것을 알았는데, 바로 상점의 지배인이었다. 그레고르가 오늘 아침 출근하지 않았다고 해서 어떻게 된 일인지 알아보기 위해 사환을 보내도 될 텐데 지배인이 직접 온 것이다.

그레고르는 흥분해서 굳게 결심하고 온 힘을 다해 침대에서 뛰어내렸다. 쿵! 하는 소리가 났으나 사실은 큰 소리가 아니었다. 바닥에 양탄자가 깔려 있어서 떨어지는 소리가 약했고 등도 별로 아프지 않았으며, 또 큰 소리가 난 것도 아니었는데,

"저 방에서 무엇이 떨어진 것 같습니다."

하고 지배인이 옆방에서 말했다. 그레고르는 언제인가 지배인에게도 오늘 자기에게 일어난 것과 같은 일이 일어날지도 모른다고 상상해 보았다. 사실 그런 일이 일어날지도 모른다. 그런데 그의 이러한 상상에 대한 솔직한

대답이라는 듯이 옆방에서 지배인이 발에 힘을 주어 몇 발자국 걸어 다니며 에나멜 구두 소리를 냈다. 오른쪽 옆방에서는 그레고르에게 알리려고 누이동생이 속삭였다.

"오빠, 지배인이 오셨어요."

"알고 있어."

그레고르는 중얼거렸으나 누이동생이 알아들을 정도로 큰 소리는 아니었다.

이번에는 옆방에서 아버지가 말했다.

"그레고르야! 지배인께서 오셨는데, 네가 오늘 아침에 어째서 출근하지 않았느냐고 궁금해 하신다. 방문 좀 열어라."

"여보게, 잠자고 있나?"

지배인이 정답게 물었다.

"얘가 몸이 좀 불편한 모양이에요. 그렇지 않으면 열차를 놓칠 리가 없죠."

어머니가 지배인 앞에서 아들을 두둔했다.

"곧 나가겠습니다."

그레고르는 천천히 말했다. 아버지는 그에게,

"지배인께서 네 방에 들어가셔도 좋으냐?"

하고 문을 두드렸다.

"안 됩니다."

그레고르가 거절했다. 왼쪽 방에는 숨이 막힐 듯한 침

묵이 흐르고, 오른쪽 옆방에서는 누이동생이 흐느껴 울기 시작했다. 그 애는 도대체 무엇 때문에 울까? 내가 나가지도 않고, 내 방에 지배인을 들여놓지도 않기 때문일까? 내가 실직하거나 상점 주인이 옛날 빚을 독촉할지도 몰라서 그러는 것일까? 그런 것은 미리 걱정할 필요도 없는 것이다.

그래도 그레고르는 아직 여기 있을 뿐만 아니라, 부모를 저버릴 생각은 절대로 해본 일조차 없다. 그레고르는 잠깐 동안 양탄자 위에 누워 있었다. 이 때 그가 어떤 모습으로 변해 있는지 알고 있는 사람이라면 지배인을 그 방으로 들여 보내라고 권하지는 않았을 것이다. 그러나 다음에라도 어렵지 않게 변명할 수 있는 이런 작은 일로 그레고르가 상점에서 곧바로 쫓겨나는 일은 없을 것이다. 이 때, 지배인이 목소리를 약간 높였다.

"도대체 어떻게 된 일인가? 어째서 방 안에서 나오지 않으며 또 직업상의 의무에 게으르고 자네 부모를 괴롭히고 있나? 내가 이해할 수 있도록 설명을 해주게. 그래도 나는 항상 자네를 침착하고 분별 있는 사람으로 생각해 왔는데 이런 법이 어디 있나? 나는 상점에서 사장한테 자네를 적극적으로 두둔해 놓고 나왔는데, 자네가 지금 이상하게 행동하는 것을 보니 이제는 자네를 두둔하고 싶은 마음이 없어졌네."

그레고르는 지배인의 말에 흥분하여 자기도 모를 소리를 변명이라고 한참 동안 늘어놓았다. 그는 사실 방문을 열고 나가 지배인한테 자기 모습을 보여 주며 직접 말하려고 했다.

저렇게 방 안으로 들어오고 싶어하는 사람들이 나의 변한 모습을 보면 무엇이라고 할까? 그들은 기절할 것처럼 깜짝 놀랄 것이다. 그 때 더 이상의 변명은 필요없으니 그저 잠자코 있으면 된다. 그리고 만일 그들이 나의 모든 것을 아무렇지도 않게 생각한다면 그 때에는 나도 더 이상 흥분할 필요가 없으니 바쁘게 서두르면 8시 차를 탈 수 있을 것이다.

그레고르는 몸을 일으키려고 하다가 처음에는 몇 번이나 반들반들한 머릿장에서 미끄러졌다. 그러나 이윽고 몸을 뒤흔들며 꼿꼿이 일어날 수 있었다. 이 때 그는 가까이 있는 의자 뒤로 몸을 던져 등받이를 조그맣고 가느다란 발들로 꽉 붙잡았다. 그 때 지배인의 목소리를 들을 수 있었다.

"한 마디라도 들으셨습니까? 저희들을 놀리고 있는 것은 아니겠지요?"

"그렇지는 않습니다."

그레고르의 어머니는 울먹였다.

"저 아이는 틀림없이 병이 무거워서 신음 소리를 낸 거예요. 얘야, 그레테야!"

"네!"

옆방에서 그레고르의 누이동생이 대답했다.

"빨리 의사 선생님을 모셔 오너라. 네 오빠가 병이 났구나. 그러니 빨리……."

지배인은 이 때 그레고르의 목소리를 짐승의 것이라고 단정했다. 그레고르의 아버지가 부엌에다 대고 손뼉을 치며 말했다.

"애 안나야. 어서 자물쇠 장수를 불러 오너라."

이처럼 옆방에서는 그레고르를 구출할 준비를 하고 있었다. 그레테와 안나가 지시를 받고 밖으로 사라지자 그레고르는 그런 것에 대해 기분이 좋아지는 것을 느꼈다. 자기가 다시 사람 축에 든 것 같아서였다. 그리고 의사와 자물쇠 장수에 대해서는, 이들이 어떤 커다란 성과나 비상 수단 같은 것이라도 가르쳐 주지 않을까 해서 기대하고 있었다.

옆방은 다시 잠잠해졌다. 그레고르는 의자를 천천히 문쪽으로 밀고 나갔다. 거기서 의자를 떠나 문짝으로 가서 매달리듯 문을 붙잡고 꼿꼿이 섰다. 그의 발바닥에서 약간 끈적거리는 액이 나왔다. 그레고르는 과격한 운동과 긴장을 풀고 잠깐 쉰 다음 문에 선 채로 입으로 열쇠 구멍의 열쇠를 돌리기 시작했다. 치아가 하나도 없다는 것

이 유감스러웠다. 그러나 옆방에서 지배인이,

"가만, 그레고르의 방에서 자물쇠를 돌리는 소리가 들립니다."

하는 말을 듣고 그레고르는 기운이 솟는 것을 느꼈으나, 그래도 모두가 자기에게 기운을 내라고 성원을 보내 주기를 바랐다. 어쨌거나 모든 사람들이 그가 지금 애쓰는 것을 긴장한 모습으로 주목하고 있다는 생각이 들자 그는 있는 힘을 다해서 정신없이 자물쇠를 물고 늘어졌다. 자물쇠가 돌아가자 그의 몸도 그 주위를 빙빙 돌았다. 이윽고 '찰칵!' 하고 자물쇠가 열리는 맑은 소리에 그레고르는 제 정신으로 돌아왔다. 숨을 돌리며 자물쇠 장수가 다 무슨 소용이 있느냐고 중얼거렸다. 그리고 문을 활짝 열려고 문의 손잡이 위에 고개를 올려 놓았다.

이윽고 문이 열렸다. 그러나 그레고르가 계속해서 문에 매달려 있었기 때문에 그의 모습이 밖에서는 아직 보이지 않았다. 그레고르는 먼저 문의 모서리를 따라서 바깥쪽으로 천천히 돌려야 했다. 더욱이 방 안으로 들어가는 문 앞에 벌렁 누워 있게 될 추태를 보이지 않기 위해서는 특별히 조심해야 했다. 그는 그 때까지도 이런 어려운 동작에 마음을 빼앗겨 다른 것에 주의를 기울일 수가 없었다.

"오오!"

지배인의 신음하듯 내뱉는 놀라운 소리가 바로 옆에서

들렸다. 그레고르를 바로 문 가까이에서 본 지배인은 주책없이 딱 벌린 입에 한 손을 대고 뒤로 슬슬 물러나기 시작했다. 그레고르의 어머니는 두 손을 마주 잡고 처음에는 아들 쪽으로 두어 걸음을 걸어가다 갑자기 쓰러지고 말았다. 그리고 그레고르의 아버지는 증오에 가득 찬 표정으로 마치 그레고르를 방 안으로 몰아 넣으려는 듯이 주먹을 불끈 쥐었으나 여러 사람이 있는 거실을 불안스럽게 두리번거리다가 두 손으로 눈을 가리더니 뚱뚱한 가슴을 들먹이며 울기 시작했다.

그레고르는 그 방으로 들어갈 생각도 못하고 빗장이 걸린 한쪽 문에 기대고 있었기 때문에 몸을 밖에다 반쯤 드러내 놓고 머리를 갸우뚱 기울인 자세로 여러 사람들을 살피고 있었다.

밖에서는 비가 내리고 있었으며 거실의 식탁 위에는 아침을 먹은 접시들이 가득히 놓여 있었다. 그레고르 아버지에게는 아침 식사가 하루 중에서 가장 중요했던 것이다.

"그런데……."

그레고르가 입을 열었다. 그는 자기만 냉정한 태도를 유지하고 있다는 사실을 알고 있었다.

"곧 옷을 입고 견본을 가지고 출발하겠습니다. 지금 출발해도 괜찮겠습니까? 지금 당장은 일할 능력이 없습니다만 이제까지 제가 잘한 것을 생각해 주신다면 앞으로 더욱 부지런히 일하겠습니다. 부디 상점에서는 저를 두둔해 주십시오.”

그러나 지배인은 그레고르의 말을 듣자마자 몸을 옆으로 돌려 버리더니 가끔 그를 어깨 너머로 쳐다보다가 그에게서 시선을 떼지 않은 채 문 쪽을 향해 뒷걸음질쳤다. 그리하여 현관 입구에 있는 방으로 들어가 버렸다.

그레고르는 이런 일 때문에 상점에 있어서의 자기 지위가 몹시 위험하게 되는 것을 벗어나려면 지배인에게 이와 같은 기분을 간직한 채 떠나게 해서는 절대로 안 된다는 것을 깨달았다. 그레고르의 부모는 오래 전부터 그레고르가 그 상점에서 착실히 일만 하면 자기네 생활에 부족함이 없다고 생각하고 있었으며, 그레고르가 판매 여행에서 얼마나 피로를 느끼는지 잘 모르고 있었다.

게다가 지금은 눈앞의 놀라운 일 때문에 앞으로의 일까지는 생각하지 못하고 있었다. 그러나 그레고르는 바로 그 앞으로의 일을 걱정하여 지배인을 붙들어 놓고 마음을 차분히 가라앉혀 설득시킨 다음, 그의 환심을 사지 않으면 안 된다. 그레고르와 가족들의 앞날은 바로 그 일의 성패에 달려 있는 것이다.

그레고르는 문을 떠나서 슬슬 문틈으로 빠져 문지방을 넘어 지배인 쪽으로 가려고 했다. 지배인은 그 때 우스꽝스럽게도 현관 계단의 난간을 두 손으로 꽉 붙잡고 있었다. 그레고르가 움직이기 시작했을 때 자기의 발들이 이제는 그의 뜻대로 잘 움직여 주는 것을 알고 기뻐했다. 그런데 마치 얼빠진 사람처럼 멍하니 앉아 있던 그레고르의 어머니가 벌떡 일어나면서 외쳤다.

"사람 살려요! 아이고, 살려 주세요!"

그리고는 정신없이 뒤로 물러섰다.

그레고르는 어떻게든 지배인을 붙들기 위해 앞으로 나아갔으나 지배인은 벌써 눈치를 채고 한꺼번에 계단을 몇 개씩 뛰어내려 사라지고 말았다.

그러자 그레고르의 아버지는 긴 의자에 있던 지배인의 지팡이를 오른손에 들고 왼손으로는 탁자 위에 있던 신문을 들고 와서 휘두르고 발을 굴러 그레고르를 도로 제 방에 몰아 넣으려고 했다. 그레고르가 아무리 애원해도 소용이 없었고 애원하는 말 따위는 통할 것 같지가 않았다. 그러나 그레고르는 그 때까지 뒷걸음질치는 방법을 몰랐기 때문에 동작이 매우 느렸다. 만일 재빠르게 돌아설 수 있었더라면 곧 자기 방으로 들어갔을 것이다.

그러나 몸을 돌리느라고 시간이 걸려서 아버지의 지팡이에 몹시 얻어 맞지 않을까 하고 걱정했다. 그레고르의 아버지는 이윽고 그가 방향을 돌리기 시작하자 태도를 조금 누그러뜨리고 계속해서 그의 방으로 몰았다. 그레고르는 있는 힘을 다해 문턱을 넘어 다시 제 방으로 돌아왔다. 그러자 방문이 닫히고 주위는 갑자기 조용해졌다.

그레고르는 어둠이 깔릴 무렵에야 비로소 실신 상태와 같은 잠에서 깨어났다. 밖의 가로등 불빛이 방 안의 가구와 천장을 푸르스름하게 비추고 있었다. 그러나 그레고르의 침대 부근은 깜깜했다. 그레고르는 그 때야 비로소 귀중하게 생각한 촉각으로 바닥을 더듬어 가며 기어서 문 쪽으로 갔다.

그 곳에는 구미를 돋우는 달콤한 우유가 가득 들어 있고, 또 빵 조각이 들어 있는 그릇도 있었다. 몹시 배고픔을 느꼈던 그는 기뻐서 웃을 뻔했다. 그레고르는 눈 위까지 잠기도록 우유 속에 머리를 처박았다. 우유는 그레고르가 언제나 좋아하는 음료였으므로 그의 누이동생이 일부러 갖다 놓은 것이 분명한데 전혀 맛이 없었다. 그것을 느끼자마자 우유가 싫어져서 몸을 돌려 방 한가운데로 기어가 버렸다. 집 안은 아주 조용했다. 그레고르의 어머니나 누이동생한테 저녁 신문을 읽어 주곤 하던 아버지의 목소리도 지금은 전혀 들리지 않았다.

"집 안이 오늘따라 왜 이리 조용할까?"

그레고르는 혼잣말을 하며 눈앞의 어둠 속을 가만히 바라보면서 자기가 식구들을 위해서 이런 훌륭한 집에서 살림을 장만해 줄 수 있었다는 것을 무엇보다도 자랑으로 생각했다. 그런데 모든 평화와 행복과 만족이 이제는 왜 이렇게 무서운 상태를 가져왔을까? 그레고르는 이런 상태를 잊어버리기 위해 캄캄한 방 안을 이리저리 기어 다녔다.

시간이 한참이나 흐르는 동안에 한 번은 옆문이, 또 한 번은 다른 쪽 문이 조금 열렸다가 닫혔다. 누가 방 안으로 들어오려고 하면서도 망설였던 모양이었다. 다음날 아침까지도 그의 방에는 아무도 들어오지 않았다. 그래서 그레고르는 이제부터 자기의 생활을 어떻게 꾸려 나갈까 하고 혼자서 조용히 생각해 볼 수 있었다. 하지만 어쩔 수 없이 바닥에 벌렁 누워 있어야 할 높고 텅 빈 방 안이 이제는 아무런 이유도 없이 은근히 싫어졌다. 그래서 거의 무의식중에 몸을 돌려 소파 밑으로 기어들어갔으나 부끄러움을 떨쳐 버릴 수가 없었다. 등이 약간 눌리며 머리를 제대로 들 수가 없었으나 방 안의 다른 곳보다 나은 것 같았다.

밤새도록 소파 밑에 누워서 때로는 잠깐 졸다가 배가 고파서 잠이 깨기도 하고, 때로는 걱정과 어렴풋한 희망 속에 잠겨서 하룻밤을 보냈다. 하지만 그레고르가 얻은 결론은 끝까지 꾹 참고 견디는 것이었다. 그런데 채 밝지도 않은 이른 새벽에 그레고르는 자기의 결심을 시험해 볼 기회가 생겼다. 거실에서 옷을 다 입은 누이동생이 문을 열고 긴장된 모습으로 방 안을 들여다보았다. 누이동

생은 소파 밑에 있는 오빠를 발견하고는,

"어디거나 방 안에 있을 수밖에, 날아서 달아날 수도 없는 노릇이고!"

하더니 깜짝 놀라 어쩔 줄을 모르다가 밖에서 다시 문을 닫아 버렸다.

그러나 누이동생은 자기의 태도를 곧 뉘우친 듯이 다시 방 안으로 들어왔다. 그레고르는 소파 가장자리까지 머리를 내밀고 그녀를 올려다보았다. 누이동생은 남은 우유를 과연 발견할 수 있을까? 그것도 사실은 배가 불러 남겨 놓은 것은 아닌데 더 맛있는 다른 음식을 방으로 갖다 주면 얼마나 좋을까 하고 생각했다.

누이동생은 우유가 주위에 조금 쏟아져 있을 뿐 아직 그릇 안에 남아 있는 것을 보았을 때 무척 놀란 것 같았다. 그러나 누이동생은 곧 그릇을 들고 나가 버렸다. 그러더니 그녀는 자기 오빠가 무엇을 좋아하는지 알아보기 위해 이번에는 여러 가지 음식을 가져왔다. 그녀가 신문 위에 꺼내 놓은, 식구들이 먹다 남은 뼈다귀와 건포도, 아먼드 몇 알, 치즈, 아무것도 바르지 않은 빵, 버터를 바른 빵, 버터를 조금 바르고 소금을 뿌린 빵, 그 밖에 그레고르 전용으로 정해진 듯한 사발의 물 등이었다.

그리고 나서 자기가 보는 앞에서는 오빠가 먹지 않을 것이라고 판단하고 얼른 나가 밖에서 자물쇠를 채웠다.

식사를 하러 가는 그레고르의 상처는 다 나은 듯이 조금
도 불편을 느끼지 않았다. 그레고르는 이에 무척 놀랐다.
생각해 보니 한 달도 넘었지만 칼에 조금 벤 손가락이 2,
3일 전까지만 해도 아팠었다.

'혹시 감각이 무디어진 것은 아닐까?'

그레고르는 이렇게 생각하고 먼저 치즈로부터 시작하
여 야채 소스 등을 게걸스럽게 차례로 먹어 치웠으며, 신
선한 음식은 냄새도 맡기 싫어했다. 이윽고 그레고르가
음식을 다 먹어 치우고 신문지 옆에 누워 있을 때 누이동
생 그레테가 천천히 자물쇠를 돌리는 소리가 들렸다. 그
것은 그레고르에게 얌전히 제 자리로 돌아가라는 신호였
다. 막 잠이 들 뻔했던 그레고르는 부랴부랴 소파 밑으로
기어들어갔다. 그는 잠깐 동안이었으나 음식을 많이 먹
어 몸이 약간 뚱뚱해졌기 때문에 낮은 소파 밑은 제대로
숨을 쉴 수 없어 몹시 고통스러웠다.

방 안에 들어온 그레테는 남은 음식을 모두 모아 쓰레
기통에 넣어 가지고 방을 나가 버렸다. 그레고르는 그제
야 소파 밑에서 기어 나와 넓은 방바닥에
몸을 쭉 펴고 누웠다.

그레고르는 날마다 이런 식으로 식사
를 했다. 그리고 첫날 아침에 가족들이
의사와 자물쇠 장수한테 무엇이라고

말하여 그냥 돌려보냈는지 그는 전혀 알 수가 없었다. 그
레고르와 가족들 사이에는 얼마 전부터 대화가 사라졌던
것이다. 왜냐하면 아무도 그레고르가 하는 말을 알아들
을 수가 없었고, 누구나 그레고르가 다른 사람들의 말을
알아들을 수 있으리라고는 생각하지 않았기 때문이다.
그래서 그레고르는 그레테가 방 안에 들어와서,

"오늘은 식사가 맛있었는가 봐."

라든가,

"어머나, 또 그대로 남겼네."

하고 혼자 중얼거리는 소리를 듣는 것만으로 위안을 삼
아야 했다.

한편, 그레고르의 가족들은 2일 동안에 걸쳐 때때로 옆
방에 모여 그에 대해 의논했다. 하녀는 첫날에 가족들에
게 이 사건에 대해서 입을 다물고 있겠다고 엄숙히 맹세
하고 사라졌으므로, 그레테는 어머니와 함께 요리를 만들
어야 했다. 그런데 옆방에서 가족들이 말하는 것을 들어
보면, 5년 전에 사업에 실패하여 파산했을 때 간신히 건
졌던 물건이 있었다. 또 그 동안에 그레고르가 착실히 생
활비를 보탰기 때문에 재산이 조금은 남아 있는 듯했다.

그러나 모아 둔 돈은 있었다고 하지만 그 이자로 가족
들이 생활하기에는 너무나 보잘것없는 금액이었다. 아마
도 1년, 오래 간다고 해도 2년이나 버틸까 그 이상은 어

려웠다. 즉 그 돈은 만일의 경우에 대비해서 손대서는 안되는 적은 금액이었다. 그러니 그레고르 대신에 누구든지 나서서 생활비를 벌지 않으면 곤란한 처지에 놓이게 되었다.

그런데 그레고르의 아버지는 몸은 건강하나 이미 늙어서 5년 동안 아무 일도 못 했고, 어머니도 또한 늙은 데다가 천식까지 있고, 누이동생인 그레테는 이제 고작 17세였다. 그러니 생활비를 벌어들일 사람이 없는 것이나 다름없었다. 옆방에서 돈이 필요하다는 이야기가 들릴 때마다 그레고르는 부끄럽고 서러움에 몸이 후끈 달아 가죽 소파 위에 몸을 던졌다.

그레고르가 변신한 지 한 달이 지난 어느 날이었다. 그동안에 그의 식사 시중을 들고 때때로 방 청소를 해준 것은 그레테였기 때문에 그녀는 그레고르의 모습을 보고도 놀라지 않았다. 언제인가 누이동생이 다른 때보다 일찍 와서 그레고르가 창 밖을 바라보고 있는 모습을 보고 까무러치게 질겁을 하면서 나가 버렸다. 그래서 그레고르는 자기의 모습을 누이동생에게 보이지 않으려고 4시간에 걸쳐 아마포 홑이불을 소파 위에 옮겨다 놓고 그 홑이불 속에 들어가 있기로 했다.

어느 날, 이 새로운 변화를 누이동생이 어떻게 생각하는지 살펴보려고 홑이불을 조금 들치고 바라보았더니,

누이동생은 감사의 뜻이 담긴 시선으로 힐끗 자기를 쳐다보는 것처럼 느껴졌다. 그 때까지 그레고르의 부모는 딸에게서 그레고르에 대한 소식을 전해 듣고 있었다. 그러던 어느 날, 그레고르의 어머니는 아들의 방에 들어가겠다고 처음으로 말했으나, 그레고르의 아버지와 그레테는 한사코 말렸으므로 그의 어머니는 큰 소리로 외쳤다.

"그레고르에게 가겠어요. 누가 뭐라고 해도 그는 불행한 내 아들이에요. 그러니 말리지 말아요."

그 때 그레고르는 어머니가 자기 방에 일 주일에 한 번만이라도 들어와 준다면 정말로 좋겠다고 생각했는데, 그의 소원은 곧 이루어졌다. 그레고르는 방에 가만히 누워 있으면 괴로움을 느낄 정도였기 때문에 쉬지 않고 벽이나 천장을 마음 내키는 대로 기어 다니면서 기분을 바꾸어 보려고 애썼다. 이것을 알게 된 그레테는 그레고르가 될 수 있으면 넓은 곳에서 기어 다닐 수 있도록 그레고르가 여기저기 찐득거리는 점액을 묻혀 놓은 가구를 치우기로 했다. 그래서 그레테는 어느 날, 아버지가 모르게 어머니를 동원했다. 그레고르의 어머니는 아들을 본다는 생각에 기뻐서 어쩔 줄을 모르고 달려왔으나. 그레고르는 변해 버린 자기의 모습을 보일 수가 없어서 소파 위의 홑이불 속으로 숨어 버렸다.

한편, 그레테를 따라온 그의 어머니도 얼마 전부터 아

들의 방에 와 보고 싶어했으면서도 아들의 모습을 볼 용
기가 나지 않는지 오히려 소리를 죽여 가며 딸과 함께 방
안의 가구들을 조심스럽게 옮기기 시작했다.

"이 머릿장은 그대로 남겨 두는 것이 좋겠다. 가구를
모두 옮겼다고 그레고르가 좋아할지 모르잖니? 머릿장이
없는 텅 빈 벽을 보니 몹시 허전하구나. 그레고르도 방
안이 텅 비게 되면 틀림없이 쓸쓸함을 느끼게 될 거야."

그레고르는 어머니의 목소리를 듣고 몹시 고민했다. 가
구가 모두 없어져 방 안이 텅 빈다면 기어 다니기가 훨씬
좋겠지만 인간이었던 자기의 과거를 모두 잊어버리게 될
지도 모르기 때문이었다. 그러나 누이동생의 생각이 그
렇지 않아 서운했다. 누이동생은 어머니의 충고를 따르
려고 하지 않았다. 그리하여 어쩔 수 없이 머릿장을 방
밖으로 옮기고 이번에는 책상을
옮기기 시작했다.

그레고르는 고민 끝에
결국 방 안의 자기 물건들
을 모두 빼앗길 수는 없다고
생각했다. 그래서 두 사람이
책상을 끌고 나간 틈에 그
레고르는 재빨리 소파 밖
으로 기어 나와서 어디로

갈까 망설이면서 방향을 4번 바꾸며 기어 다녔다. 그 때 텅 빈 방의 벽에 그림 하나가 걸려 있는 것이 눈에 띄었는데, 온통 털가죽으로 몸을 감싼 뚱뚱한 여자의 모습이었다. 그레고르는 재빨리 기어 올라가서 액자의 유리 위에 몸을 찰싹 붙였다. 후끈거리던 배가 시원해서 기분이 좋았다. 다른 것은 다 빼앗겨도 그림만은 빼앗기지 않을 생각에서였다. 두 사람은 오래지 않아 다시 돌아왔다.

"자, 이번에는 무엇을 끌어낼까요?"

그레테가 어머니의 몸을 한 팔로 껴안고 서서 방 안을 둘러보며 말했다. 그 때, 그림에 붙어 있던 그레고르와 그레테의 시선이 마주쳤다. 그러나 그레테는 어머니가 놀랄까 봐 마음을 차분히 가라앉히며 말했다.

"어머니, 잠깐 동안만 안방으로 들어가 계세요."

그러나 그레테의 말은 도리어 어머니를 불안하게 만들었다. 그레고르의 어머니는 방 안을 둘러보다가 꽃무늬 벽지 위에 크고 누런 반점을 보고 그것이 그레고르인 줄 알고,

"어머나, 아이고머니!"

하고 날카로운 비명을 울리며 소파 위에 쓰러지더니 그만 움직이지 못했다.

"어머나, 오빠!"

그레테는 오빠를 날카로운 시선으로 쏘아보면서 악을

쓰고는 약을 찾으러 옆방으로 뛰어갔다. 이것을 본 그레고르는 전처럼 누이동생에게 어떤 충고라도 해줄 수 있을 것 같아 그녀를 따라가기는 했으나 충고는커녕 그레테 뒤에 멍하니 서 있을 수밖에 없었다.

그런데 그레테가 아무 생각 없이 뒤를 돌아보고 또 한 번 깜짝 놀라 들고 있던 약병을 떨어뜨리는 바람에 약병이 산산이 깨어지고 말았으며, 깨어진 유리 조각 하나가 그레고르의 얼굴에 상처를 입혔다. 그러나 그레테는 아무것도 모른 채 곧 다른 약병을 찾아서 어머니에게로 달려갔다. 이렇게 되자 그레고르는 다시 자기 방으로 들어갈 엄두를 못 내고 객실의 가구 위를 기어 다녀 보았다. 그러다가 걱정과 가책으로 어지러움을 느꼈을 때, 큰 책상 위에 떨어져 잠깐 동안 누워 있었다. 그 때 초인종이 울리고 문이 열리며 그레고르의 아버지가 들어왔다.

"오빠가 기어 나오는 바람에 어머니가 기절하셨어요. 그러나 이제는 괜찮아요."

"내 그럴 줄 알았다. 내가 항상 말하지 않더냐? 그런데도 엄마와 너는 들을 생각을 않더니 이 꼴을 당했구나!"

그레고르는 자기가 난폭한 짓을 했다고 아버지가 오해하고 있다는 사실을 알게 되었다. 그는 자기 방으로 가야 된다고 생각하고 먼저 자기 방의 문에 몸을 바싹 붙였다. 그런데 이미 거실에 들어온 아버지가,

"아!"

하고 외쳤다. 그레고르는 그 소리에 아버지를 쳐다보았
다. 그럴 수밖에 없는 것이 아버지는 금단추가 달린 푸른
제복을 입고 제모에는 노란 금실로 큰 글자가 수놓아진
것으로 보아 어느 때부터인가 생활비를 벌기 위해 은행
의 수위나 사환으로 들어간 것이 분명했다. 제모를 내던
진 그레고르의 아버지는 못마땅하다는 듯이 얼굴을 찌푸
리고 그에게로 다가왔다. 아버지가 여느 때와는 달리 발
을 번쩍 들고 걸어왔을 때, 그레고르는 넓은 장화의 밑바
닥을 보고 깜짝 놀랐다. 그래서 그레고르는 아버지가 다
가오면 달아났으며, 아버지가 걸음을 멈추면 자기도 멈
추곤 하였다.

이렇게 그들은 별로 소동을 일으키지 않은 채 방 안을
빙빙 돌아다녔다. 그런데 얼마 안 되어 그레고르의 아버
지가 갑자기 아먼드를 계속해서 던졌는데, 겨누지도 않
고 던진 아먼드 한 알이 그만 그레고르의 등에 박혔다.
그레고르는 고통을 덜어 보려는 듯이 앞으로 몸을 움직
였다. 그리고 그는 자기 방의 문이 화닥닥 열리면서 어머
니가 뛰어나오는 것을 마지막으로 보았다.

그레고르의 등에 박힌 아먼드는 자기가 빼내지도 못했
고, 다른 누가 빼내 주지도 않았다. 그것은 한 달 이상이
나 그레고르를 괴롭히고 그의 모습을 훨씬 더 비참하고

징그럽게 만들어 놓았다.

그러나 그레고르가 아무리 징그러운 모습을 하고 있더라도 어디까지나 가족의 한 사람이 분명하고, 그를 원수처럼 대할 수는 없을 뿐만 아니라 그에게 불쾌한 감정이 있더라도 꾹 참는 것이 가족으로서 당연한 의무라고 아버지까지도 뼈저리게 느끼는 것 같았다.

그레고르가 부상으로 인해 활동력을 영원히 잃어버리고, 자기 방을 가기까지 시간이 오래 걸리기는 했으나, 자기 생각으로는 다음과 같은 방법으로 충분히 만족할 만한 보상을 받은 셈이다. 그것은 날마다 저녁에 거실로 통하는 문이 잠깐씩 열리고 가족들의 이야기를 좀더 잘 들을 수 있는 것이 어느 정도 묵인된 것이었다.

아버지는 저녁 식사를 끝내면 곧 안락의자에 앉아 잠이 들었고, 어머니와 그레테는 서로 조용히 하라고 했으며, 어머니는 어느 양장점의 일을 밤이 늦도록까지 했는가 하면, 그레테는 여점원보다 더 좋은 취직 자리를 얻기 위해 속기술과 프랑스어를 공부하고 있었다. 이렇게 모두 시달리고 지친 가족들 중에서 그레고르를 누가 돌보아 줄 수 있겠는가? 더욱이 살림은 날이 갈수록 어려워져서 하녀를 둘 수 없기 때문에 늙은 할머니 한 분이 아침저녁으로 잠깐씩 와서 힘드는 일을 도와 주고 가는 것 같았다.

그레고르의 아버지는 하급 은행원에게까지 아침 식사

를 날라다 주고, 그의 어머니는 모르는 사람들의 옷을 바느질하느라고 고생하고, 누이동생은 손님들의 요구를 들어 주느라고 카운터 뒤에서 종일 왔다갔다 해야만 되었다. 그레고르의 가족들은 그 이상 일할 기운은 없었다.

그레고르는 밤낮으로 잠을 자지 못하고 지냈다. 그는 때때로 문이 열리면 가족들의 여러 가지 일을 전처럼 도맡아서 해보려고 생각했다. 그런가 하면 그레고르는 가족들에 대해서 걱정이나 근심할 마음이 전혀 내키지 않을 때도 있고, 그럴 때에는 자기를 학대하는 데에 그저 화가 날 뿐이었다. 더욱이 요즈음에는 자기 방에 음식도 잘 들어오지 않았고, 방을 청소하는 일도 드물었다.

그레고르는 아무래도 가족이 너무 냉정하다는 생각이 들었다. 그도 어떻게 되었거나 가족의 한 사람이고 집에는 가족 외에 할멈이 있지 않은가. 그 할멈은 한평생 아무리 어려운 일이나 곤란한 경우도 그녀의 강한 체력으로 능히 감당할 수 있으리라고 생각했었고, 처음부터 그레고르의 징그러운 모습을 보기 싫어하는 기색은 전혀 없었다. 할멈은 우연히 그레고르의 방문을 열었던 적이 있었다. 그 때 그레고르는 무척 당황하여 사방으로 기어 다녔는데, 할멈은 놀란 기색으로 그를 바라보며 그 자리에 우두커니 서 있었다. 그 때부터 할멈은 아침저녁을 가리지 않고 살며시 들어와서 그레고르를 들여다 보았다.

처음 얼마 동안은 할멈이 그레고르에게 친절을 베푸는
듯한 말투로,

　"이리 온, 늙은 쇠똥구리야!"
라고 하거나

　"저 늙은 쇠똥구리 좀 봐!"
하고 그레고르를 자기 옆으로 오게 하려고 애썼다.

　그레고르는 그럴 때마다 제자리에서 꼼짝도 않고 가만
히 있었는데 한 번은 비 오는 날에 할멈이 제 멋대로 그
를 괴롭히는 바람에 그만 울화통이 터져 할멈에게 덤빌
것처럼 몸을 움직였다. 그러자 이 괴상한 할멈은 놀라기
는커녕 오히려 문 옆에 놓인 의자를 번쩍 들었기 때문에
그레고르로서는 그것을 당해 낼 자신이 없었다.

　"자, 덤빌 수가 없지?"

　할멈은 그레고르가 살며시 몸을 돌리는 것을 보고 의자
를 내려놓았다.

　한편, 그레고르의 부모는 아무리 노력해도 생활비가 부
족한지 요즈음에는 방 하나를 하숙을 구하는 세 사람에
게 빌려 주었다. 그레고르가 어느 날 문틈으로 확인한 세
사람의 하숙인은 모두 털보였다. 하숙인들은 저녁 식사
때에 때때로 거실을 이용했기 때문에 이제는 그 방문이
전처럼 열리지 않았다. 그런데 어느 때 할멈이 거실의 문
을 조금 열어 놓은 채 내버려 둔 적이 있었다. 거실의 문

은 저녁때 하숙인들이 거실에 들어와서 불을 켤 때까지 열린 채로 있었다. 바로 이 날 저녁에 부엌 쪽에서 바이올린 소리가 이쪽으로 들려 왔다. 그레고르가 변신한 후 처음으로 들어 본 소리였다. 하숙인들은 저녁 식사를 끝내고 한가운데 앉은 우두머리인 듯한 남자가 신문을 꺼내어 두 사람에게 한 장씩 나누어 주었다. 바이올린 소리가 들려 왔을 때, 그들은 그 소리에 끌린 듯 일어나 부엌 앞의 문 쪽으로 살금살금 걸어갔다. 이 때 그레고르의 아버지가 나타나더니,

"여러분은 바이올린 소리가 싫으신가요? 그러면 곧 그만두도록 하죠."

하고 물었다. 그러자 하숙인 하나가,

"천만에요. 아가씨께서 거실에 오셔서 연주해 주시면 더욱 좋겠습니다."

하고 말하자 그레고르의 아버지도,

"네, 그게 좋겠습니다."

하고는 침착하게 연주할 자세를 갖춘 그레테를 데려왔다. 그레테가 바이올린 연주를 시작하자 그레고르는 바이올린 소리에 이끌려 자기도 모르게 거실 쪽으로 머리를 내밀고 있었다. 그러나 거실에서는 모두들 바이올린 소리에 정신이 팔려 있어서 아무도 그레고르를 발견하지 못했다.

하숙인들은 처음에는 두 손을 바지 주머니에 넣고 그레테의 바로 뒤에 앉아서 듣고 있었으나, 곧 바이올린 연주에 싫증을 내더니 한눈을 팔기 시작했다. 그레고르는 그레테 옆으로 기어가서 그녀의 치맛자락을 끌어당겨, 바이올린을 가지고 자기 방으로 왔으면 하는 뜻을 알리려고 했다. 자기만큼 그레테의 바이올린 연주를 칭찬해 주는 사람이 없었기 때문이었다. 바로 그 때였다.

"잠자 씨!"

하숙인이 아버지를 부르더니 그들 쪽으로 기어간 그레고르를 손가락으로 가리켰다. 바이올린 소리가 뚝 그치고 하숙인들은 갑자기 화를 냈다. 그레고르 같은 벌레가 한집에 살고 있다는 사실을 꿈에도 생각지 않고 있다가 그제야 알게 되어 화를 냈는지도 모르지만 그들은 이렇게 말했다.

"이 자리에서 말하지만 나는 현재 이 집과 가족들 속에 감돌고 있는 불쾌한 환경을 생각하여 방을 해약합니다. 물론 지금까지의 방세는 한푼도 지불할 수 없으며, 어떤 손해 배상 청구를 당신에게 제기할 것인지 이 점을 신중히 생각해 볼 작정입니다."

하숙인들이 이렇게 말하고 사라진 후, 그레고르의 아버지는 힘없이 의자에 앉았다. 그레고르는 자기 계획이 실패한 것에 대한 실망과 오랫동안의 굶주림으로 몸이 쇠

약해져서 꼼짝하지 않고 조용히 누워 있었다. 그는 지금 당장이라도 자기 몸 위로 여러 가지 물건들이 한꺼번에 쏟아질 것 같은 기분을 느끼면서 그 순간을 기다리고 있었다.

이 때 그레테가 손으로 탁자를 치며 입을 열었다.

"아빠, 엄마! 이제는 더 이상 견디지 못하겠어요. 저런 괴물을 계속해서 오빠라고 부르지 못하겠어요. 저런 괴물은 빨리 없애 버려야 해요. 저런 것과 함께 먹고 살기 위해서 우리들은 할 수 있는 데까지 모든 노력을 다했잖아요. 이제는 저것을 없애도 아무도 우리들을 나무라지 않을 거예요."

"그래, 네 말이 맞다."

그레고르의 아버지가 중얼거리듯이 말했으며, 그의 어머니는 넋 빠진 시선으로 손을 입에 대고 기침을 했다.

그레테가 다짐하듯 말을 이었다.

"우리는 저것을 없애야만 해요. 저것은 어쩐지 아빠와 엄마의 목숨을 빼앗을 것만 같아요. 이처럼 골치 아픈 두통거리를 집 안에 두고 어떻게 더 이상 참을 수 있겠어요?"

"저놈이 우리들 마음을 조금이라도 알아 주었으면……."

그레고르의 아버지가 한탄하듯이 말했다.

"그렇게 하는 수밖에 없어요. 우리들은 저 괴상한 벌레를 오랫동안 그레고르 오빠로 생각해 왔어요. 만약에 정

말로 그레고르 오빠라면 우리들을 괴롭히며
하숙인들을 쫓아내는 짓을 했겠어요. 저것
은 내 오빠가 아니에요. 나중에는 우리들
까지 이 집에서 쫓아내고 말 거예요.
저것 좀 보세요. 아버지!"
그레테가 이렇게 외쳤으나 그레고르
로서는 자기 방으로 돌아가기 위해 몸
을 돌렸을 뿐 누이동생을 놀라게 해줄 마음은 털끝만치
도 없었다. 이윽고 그레고르가 방 안에 들어가자 문이 닫
히더니 자물쇠가 채워지고 그대로 방 안에 갇히고 말았
다. 문을 잠근 사람은 그레테였다.

그레고르는 누이동생의 말이 옳다고 생각했다. 그는 움
직이기 힘들 정도로 기운이 약해진 것을 느끼며, 교회의
탑시계가 3시를 칠 때까지 고요한 명상에 잠겨 있었다.
창 밖이 훤하게 밝아 오기 시작한 것을 그는 느낄 수가 있
었다. 그 때 그레고르의 머리가 자기도 모르게 푹 수그러
지면서 그의 콧구멍으로부터 마지막 숨이 흘러 나왔다.

다음날 아침이었다. 할멈이 일찍이 와서 여느 때처럼
그레고르의 방을 들여다 보았으나 아무런 이상도 발견하
지 못했다. 할멈은 마침 손에 들고 있던 기다란 빗자루로
그레고르를 건드려 보았다. 그런데 아무런 반응이 없자
할멈은 그레고르의 몸을 쿡쿡 쑤셔 보았다. 그래도 그레

고르가 아무 반응이 없이 밀려나자 할멈은 아무래도 이 상하다는 듯이 그레고르를 자세히 살펴보았다. 그리고는 곧 눈을 휘둥그렇게 뜨더니 그레고르 부모의 침실로 달려가 문을 열고 큰 소리로 외쳤다.

"저 방에 좀 가 보세요. 저것이 뻗었어요. 방바닥에 그대로 뻗어 버리고 말았어요."

그레고르의 부모는 기절할 듯이 놀라며 침실에서 나와 그레고르의 방으로 뛰어갔다. 그 때 거실에서 자던 그레테도 뛰어나왔다.

"자, 이제 우리들은 하나님께 감사의 기도를 올려야 한다."

그레고르의 아버지는 이렇게 말하고 성호를 그었다. 어머니와 그레테도 그가 하는 대로 가슴에 성호를 그었다. 죽은 그레고르의 몸은 이미 오래 전부터 굶어서 바싹 여위었으며, 뱃가죽은 등에 착 달라붙어 있었다. 그레고르의 어머니는 슬픈 미소를 띠며 죽은 아들을 내려다보다가 그레고르의 아버지와 함께 그레테를 데리고 거실로 나갔다.

하숙인들은 방에서 나와 아침 식사를 찾다가 어리둥절한 표정을 지었다. 그레고르의 아버지는 그들을 보자,

"당장 우리 집에서 나가 주시오!"

하고 외쳤다. 하숙인들은 그의 갑작스러운 요구에 잠깐

어리둥절하다가 고개를 끄덕였다.

"알았습니다. 곧 나가도록 하죠."

그리고 나서 그들은 즉시 자기네 방으로 돌아가 짐을 싸서 들고 무뚝뚝한 인사와 함께 떠나 버렸다. 그 날 그레고르의 아버지와 그레테는 하루를 쉬면서 산책이나 하기로 결정하고 곧 자기의 책상에 가서 결근계를 썼다. 할멈은 아침 일이 끝났으니 돌아가겠다고 하면서도 나가지 않고 우물쭈물하고 있었기 때문에,

"왜 가지 않고 꾸물거리고 있소?"

하고 그레고르의 아버지가 물었다. 할멈은 문 옆에 서서 마치 가족들에게 반가운 소식을 전해 주려는 듯이 미소를 띠었다.

"저, 옆방에 있는 그것을 치울 걱정은 하지 않으셔도 돼요. 제가 벌써 치웠습니다."

할멈은 이렇게 말했다. 할멈이 집을 나서자 그레고르의 아버지는,

"할멈이 저녁에 오면 아주 내보내 버려."

하고 말했으나 그레고르의 어머니와 그레테는 아무런 반응이 없었다. 애써서 얻은 마음의 안식이 할멈으로 인하여 다시 물거품으로 돌아갈 것처럼 생각되었기 때문이다. 그레고르의 어머니와 그레테는 창문 가까이 가서 서로 부둥켜안고 있었다.

그레고르의 아버지는 의자에 앉은 채 두 사람에게로 몸을 돌리더니 조용히 쳐다보고 있다가,

"자, 잊어버려. 지난 일을 생각해서 뭐하나. 이제는 나도 좀 편안해지고 싶어."
하고 사정했다.

그들은 모처럼 함께 집을 나섰다. 몇 달 만에 전차를 타고 교외로 향했는데, 전차의 손님은 그들 가족뿐이었다. 따뜻한 햇볕이 차창을 통해 그들을 비추어 주었다. 그들은 편한 자세로 몸을 기대고 앞으로의 일에 대해서 이야기했다. 가만히 생각해 보면 그들의 앞날에 희망이 전혀 없는 것도 아니었다.

왜냐하면, 이제까지 서로 물어 볼 기회가 없었지만 이렇게 서로 이야기해 보니 세 사람의 직업은 매우 훌륭했으며, 특히 앞으로는 더욱 희망이 있을 것처럼 느껴졌다. 우선 당장에 집안 환경을 바꾸는 것인데 그것은 이사를 함으로써 쉽게 해결될 것 같았다. 그들은 그레고르가 택한 현재의 집에서 계속 살아 왔던 것이다. 그런데 앞으로 현재의 집보다 싸고, 위치도 좋고 실용적인 주택을 택하기로 했다. 그들이 이렇게 이야기하고 있는 동안 그레고르의 부모는 딸이 점점 활기를 띠는 모습을 바라보다가 거의 동시에 같은 것을 눈치 챘다.

즉 그레테는 요즈음 얼굴빛이 창백해지도록 모든 고생

을 했지만, 이제는 제법 예쁘게 피어나는 모습이 되어 가는 것을 동시에 눈치 챘던 것이다. 그레고르의 부모는 말도 하지 않고 그레테에게 이제는 슬슬 좋은 신랑감을 얻어 주어야 할 때가 왔다고 생각했다. 전차가 마침내 목적지에 이르렀을 때 딸은 제일 먼저 일어나 젊고 싱싱한 육체를 뽐냈다. 딸의 모습이 그레고르의 어머니에게는 그들의 새로운 꿈과 아름다운 계획을 일러 주는 것처럼 보였다.

지드   Gide, André(-Paul-Guillaume) : 1869~1951

1869년 11월 22일 파리에서 출생하였다. 파리 법과 대학 교수인 아버지와 가톨릭 교도인 어머니 사이에서 태어났다. 11세 때 아버지를 여의고 어머니 밑에서 소년기를 보냈다. 18세경부터 문학에 대한 열정을 보이기 시작하였다.

1891년 종매(從妹)의 열띤 사랑의 표현을 짙게 담은 「앙드레 발테르의 수기」가 최초의 작품이다. 그 후 「나르시스론」(1893)을 비롯한 몇 편의 수상집·시·소설 등을 발표하였다.

그의 최초의 본격적인 소설인 「배덕자」(1902)도 모든 인습을 무시하고 새로운 생명의 기쁨을 끝까지 추구하려는 당시의 지드의 변신을 형상화한 것이다.

「좁은 문」(1909)과 「전원 교향곡」(1919)은 프랑스 특유의 모랄리스트들의 전통을 이은 작품으로서, 종교적 계율이 가져오는 위선과 비극을 그렸다.

그는 1909년 이후 「신프랑스 평론」지(誌) 주간의 한 사람으로서 프랑스 문단에 새로운 기풍을 불어넣어 20세기 문학의 진전에 지대한 공헌을 하였고, 그가 유일하게 '소설'이라고 지칭한 「사전꾼들」(1926)을 발표함으로써 현대 소설에 자극을 주었다. 이 작품은 종래의 소설 관념을 타파하고 새로운 형식과 구성을 시도한 획기적인 작품이다. 그의 「콩고 여행」(1926)은 프랑스에 시달리는 원주민의 참상을 폭로하여 큰 파문을 일으켰다. 그 후 그는 공산주의로의 전환을 선언하였으나, 1936년에는 「소련 기행」을 발표하여 그 나라의 문화적 폐쇄성과 획일주의를 통렬히 비난하였다.

1947년 노벨 문학상을 수상하였다.

세·계·명·단·편·선

탕아 돌아오다

Gide, André(-Paul-Guillaume)

다른 사람들이 모르는 내 자신만의
즐거움을 위해, 옛날의 세 폭 연속화 속에 사람들이 그려
놓은 사람들같이 주 예수 그리스도께서 우리들에게 말씀
하신 비유의 이야기를 나는 여기에 그려 놓았다. 내 생기
를 돋우어 주는 두 개의 영감은 흩어지고 서로 섞인 채로
그냥 내버려 두고 나에 대한 어떤 신의 승리도, 내 자신
의 승리도 증명해 보이려고 하지 않겠다. 그러나 독자가
만일 나에게 어떤 불쌍하고 가련하게 여기는 것을 요구
한다면 내 그림 속에서 그것을 찾으려고 해도 헛되지는
않을 것이다. 나는 마치 그림의 한쪽 귀퉁이에 있는 기증
자처럼 탕아와 대응하여, 그리고 탕아가 하는 것처럼 미

소를 띠며 이와 함께 두 뺨을 눈물로 적시며 무릎을 꿇고
있다.

*** 탕아 ***

　무척이나 오래 전에 집을 떠난 탕아는 자기가 찾고 있
었던 가난의 밑바닥에서 엉뚱한 생각에 지쳐 자신에 흥
미가 없어진 듯이 아버지의 얼굴과 그의 침대 위로 어머
니가 몸을 숙이던 시절의 너른 방, 맑은 물이 흐르는 정
원, 그러나 울타리가 쳐져 있어 언제나 그 곳에서 뛰쳐나
가고 싶었던 곳, 또 한 번도 그가 사랑해 본 일이 없는 인
색한 형상, 그렇지만 탕아가 낭비해 볼 수도 없는 많은
재산을 끌어안고 아직도 그를 기다리는 형상 등 이 모든
것을 생각할 때 이 아이는 그가 행복을 찾지 못했을 뿐만
아니라 행복 대신에 찾고 있었던 도취마저도 오랫동안
가질 수 없음을 스스로 인정했다. 아! 그는 생각한다. 처
음에는 아버지가 나에게 노여움을 크게 품고 내가 죽으
리라고 믿으셨겠지만, 나를 다시 보게 되면 내가 비록 죄
를 지었을 망정 기뻐하시겠지.
　아! 재를 뒤집어쓴 머리를 숙이고 몹시 초라한 모습으
로 아버지 앞에 가서 허리를 굽혀 절하며,

“아버지, 제가 하늘과 아버지에게 죄를 지었습니다.”
라고 말씀 드리면, 아버지는 나를 잡아 일으키며,
　“애야, 집으로 들어오너라.”
하고 말씀하시겠지. 그러면 나는 어떻게 해야 되는가? 그
러면서 이제 경건한 마음으로 발걸음을 옮겼다.

　언덕을 넘어서 마침내 연기가 피어오르는 굴뚝이 보였
을 때는 저녁때였다. 그러나 자신의 비
참한 모양을 조금이나마 감추
기 위해 그는 어두운 밤이
되기를 기다렸다. 멀리서
아버지의 목소리가 들려
왔다. 그는 자신도 모르는
사이에 그 자리에서 무릎을 꿇

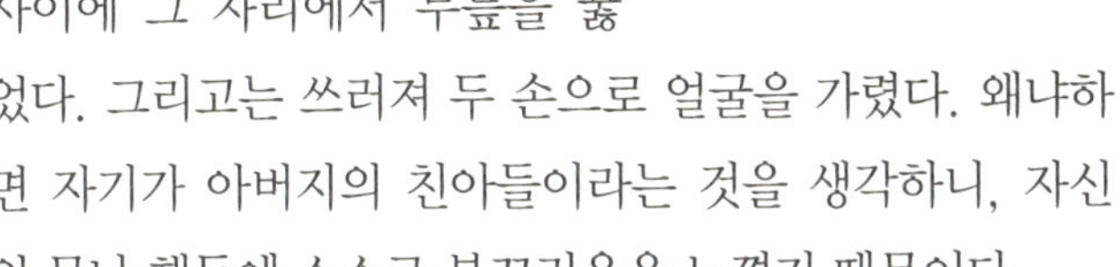

었다. 그리고는 쓰러져 두 손으로 얼굴을 가렸다. 왜냐하
면 자기가 아버지의 친아들이라는 것을 생각하니, 자신
의 못난 행동에 스스로 부끄러움을 느꼈기 때문이다.

　그는 배가 몹시 고팠으나 다 해진 주머니 속에 먹을 수
있는 것이라고는 그가 돌보아 주던 돼지가 먹던 것과 같
은 한 줌의 도토리밖에 없었다. 집에서 저녁을 준비하고
있는 것이 보이고 현관 앞 층계로 그의 어머니가 나오는
것을 분명히 알아볼 수가 있다.

　그는 그 자리에 더 이상 머물러 있을 수가 없어서 언덕

을 달려 내려가 뜰 안에 들어섰다. 개가 그를 알아보지 못하고 마구 짖어댔다. 그는 하인들에게 말을 걸어 보고 싶었으나, 의심이 많은 하인들은 슬슬 피하면서 주인에 게 알리러 가버렸고 곧바로 주인이 나왔다.

아마도 주인은 방탕한 아들을 기다리고 있었던 것 같다. 주인은 곧 그의 아들을 알아보았으니까. 아버지가 두 팔을 벌리자 그제야 아들은 그의 앞에 가서 무릎을 꿇었다. 그런 다음 왼손으로 얼굴을 가리면서 오른손은 용서를 받기 위해 위로 쳐들고 아버지에게 애원했다.

"아버지! 제가 하늘과 아버지께 용서받지 못할 죄를 지었습니다. 이제는 저에게 아버지께서 아들이라고 부르실 만한 가치조차 없습니다. 그렇지만 이 집의 제일 낮은 종으로 한구석에서 살게 해주십시오."

아버지는 그를 일으켜 힘껏 부둥켜안았다.

"내 아들아! 네가 나에게 돌아온 이 날이야말로 축복받는 날이다."

아버지는 기쁨에 겨워 눈물을 흘렸으며 팔을 껴안고 입을 맞추고 있던 아들의 이마 위로 머리를 들어 하인들에게 말했다.

"빨리 가서 제일 좋은 옷을 가져오너라. 이 아이 발에다 신발을 신기고 손가락에는 화려한 반지를 끼워 주어라. 외양간에 가서 송아지 중에서 제일 살찐 놈을 골라

잡도록 하여라. 죽었다고 생각했던 내 아들이 살아서 돌아왔으니 즐거운 만찬을 준비하여라."

아버지는 곧바로 아내에게 달려갔다. 다른 사람의 입을 통해 이 소식이 전해지는 것을 싫어했기 때문이다.

"여보, 당신이 죽었다고 믿고 슬퍼하던 아들이 지금 우리에게 돌아 왔소."

모든 사람의 마음 속에서 성가를 부를 때처럼 일어나는 기쁨은 형의 마음을 불안하게 했다. 형은 모든 사람들과 함께 식탁에 앉아 있었으나, 그것은 아버지가 억지로 식탁에 앉혔기 때문이다.

만찬에 참석한 모든 사람들 중에는 가장 천한 하인들까지 있었다. 모든 사람들이 즐겁게 만찬의 기쁨을 누릴 때 오직 형만 화가 난 표정을 짓고 있었다. 죄를 지어 본 적이 한 번도 없는 자기보다 죄를 뉘우치고 있는 아우를 무슨 까닭으로 환영하고 있는가? 형은 사랑보다는 이치에 맞고 올바른 질서를 더욱 좋아했다.

형이 만찬에 나오게 된 것은 아우에게 믿음을 줌으로써 하루 저녁이나마 즐거운 시간을 마련해 줄 수 있고, 또 부모가 다음날 아우를 꾸짖기로 약속했고 자기도 아우에게 훈계하기로 작정했기 때문이다.

횃불들은 밤하늘을 향하여 연기를 뿜었다.

하인들은 만찬이 끝나자 식탁을 정리했다. 바람을 잃어

버린 깊은 밤에 만찬에 지친 식구들은 모두 잠을 자러 갔다. 그러나 탕아의 옆방에는 새벽까지 잠을 자지 못하고 있던 그의 아우인 한 어린이가 있는 것을 나는 알고 있었다.

*** 아버지의 질책 ***

주여! 어린이처럼 저는 오늘 눈물에 젖은 얼굴로 당신 앞에 무릎을 꿇었습니다. 제가 당신의 절실한 비유를 다시 돌이켜 생각하여 여기 옮겨 놓은 것은 당신의 탕아가 어떤 처지에 있었는가를 저는 알고 있고, 그 아이에게서 제 자신을 보고 있기 때문입니다. 또한 그 아이의 비탄의 환경 속에서 당신이 그 아이에게 부르짖게 한 비유의 말씀을 제 자신 속에서 듣고 있으며, 그뿐만 아니라 때로는 남이 모르게 되풀이하고 있기 때문입니다.

"내 아버지 집에는 많은 일꾼들이 양식을 넉넉하게 가지고 있는데, 나는 이 곳에서 굶어 죽는구나!"

나는 아버지의 힘찬 포옹을 떠올려 봅니다. 나의 마음은 뜨거운 사랑에 녹아내립니다. 나의 지나간 슬픔까지 떠올려 봅니다. 아! 생각해 보고 싶은 것은 모두 떠올려 봅니다. 나는 그 모든 것을 옳다고 믿고, 언덕을 넘어 떠나 온 집의 파란 지붕들을 다시 보았을 때 가슴이 두근거리는 그런 남자이기도 합니다.

모두가 기다릴 텐데 나는 집으로 들어가지 않고 대체 무엇을 망설이고 있는가? 살찐 송아지가 보입니다. 그것을 잡아서 요리하려는 것인지…… 잠깐만 기다리세요. 너무 성급하게 만찬을 서두르지 마십시오. 탕아여, 나는 너를 생각하고 있다. 다음날 재회의 만찬이 있은 후 아버지가 네게 말씀하신 것을 먼저 나에게 말해 다오. 아! 비록 형이 자신의 생각을 아버지에게 강요한다고 하더라도 아버지, 형의 말을 통하여 때로는 아버지의 목소리를 들을 수 있게 해주시옵소서.

"아들아, 너는 어째서 내 곁을 떠났느냐?"

"제가 정말로 아버지 곁을 떠났다고 생각하십니까? 아버지! 아버지는 어디에나 계시지 않습니까? 저는 아버지를 변함없이 사랑해 왔습니다."

"필요하지 않은 말은 그만두자. 나는 너를 가두어 둘 집 하나를 가지고 있었다. 그 집은 물론 너를 위해 지은 집이었다. 너의 영혼이 그 집에서 안식을 찾을 수 있도록, 그리고 분수에 맞는 일자리를 구할 수 있도록 하기 위해 여러 세대가 일해 왔는

데, 그것을 물려받을 아들인 너는 어찌하여 그 집에서 도
망쳤느냐?"

"그 집은 저를 가두어 놓았기 때문입니다. 그 집이란
아버지가 아닙니다."

"그렇지만 그 집은 내가 너를 위해 지었다."

"그것은 아버지의 말씀이 아니라 형의 말입니다. 아버
지는 이 모든 땅을 만드셨으며, 그 집이 아닌 모든 것은
아버지가 만드셨습니다. 그 집은 아버지의 이름으로 되
어 있기는 하지만, 그 집을 만든 것은 아버지가 아닌 다
른 사람이라는 것을 알고 있습니다."

"인간이란 자기의 머리를 편히 쉬게 할 수 있는 지붕이
필요하지. 아들아, 너는 교만하구나. 너는 바람이 사납게
불어대는 들판에서 잠을 잘 수 있다고 생각하느냐?"

"제가 어떤 교만한 생각을 가지고 있습니까? 저보다 더
가난한 사람도 들판에서 잤습니다."

"그들은 가난한 사람들이다. 그러나 너는 가난한 사람
이 아니야. 누구나 자신의 부귀를 내버리지는 않는단다.
나는 누구보다도 너를 부유하게 해주었다."

"아버지, 제가 집을 떠나면서 저의 재물 중에서 가지고
갈 수 있는 것은 모두 가져갔다는 것을 잘 아시겠지요.
제가 가지고 갈 수 없는 재물이 저에게 무슨 소용이 있겠
습니까?"

"너는 가져간 모든 재물을 함부로 낭비해 버렸다."

"저는 아버지의 교훈을 환상으로, 아버지의 황금을 향락으로, 저의 순결함을 시로, 저의 엄격함을 욕망으로 바꾸었습니다."

"검소한 우리 부부가 그처럼 많은 미덕을 네 마음 속에 하나하나 넣어 주려고 애쓴 것이 그런 것들을 위해서였더냐?"

"제가 더욱 찬란한 불꽃으로 타오르기 위해서였겠지요. 제 마음 속에서 새로운 정열이 일어나기 때문입니다."

"성스러운 덤불 위에서 모세가 보았던 그 순수한 불꽃을 생각해 보아라. 그 불꽃은 타고 있었으나 아무것도 태우지 않았다."

"몸을 태워 버리는 사랑을 저는 알았습니다."

"나는 너에게 갈증을 없애 주는 사랑을 가르쳐 주려고 했다. 탕아야! 지금 네게 짧은 시간이 지난 후 무엇이 남았느냐?"

"향락에 대한 추억입니다."

"그럼 빈곤이 향락의 뒤를 따라오겠지."

"제가 그 빈곤 속에서 아버지 곁에 있다는 사실을 알았습니다."

"네가 내 곁으로 다시 돌아오게 하기 위해서는 빈곤이 필요했다는 말이구나."

"저는 모르겠습니다. 제가 갈증을 가장 좋아한 것은 메마른 들에서였습니다."

"너의 비참한 모습이 부귀의 가치를 알게 해주었구나."

"그렇지는 않습니다. 아버지는 저를 이해하시지 못합니다. 모든 것을 비운 후의 제 마음은 사랑으로 가득 채워졌습니다. 저는 제 재산을 모두 주고 열정을 샀습니다."

"그렇다면 내 곁에서 멀리 떠난 너는 행복했었느냐?"

"저는 아버지 곁에서 멀리 떠나 있다고 생각하지 않았습니다."

"그러면 무엇이 너를 다시 돌아오게 했느냐? 어디 말해 보거라."

"잘 모르기는 하지만 게으름이 아닌가 합니다."

"아들아, 게으름이라니 그게 무슨 말이냐. 사랑 때문이 아니었더냐?"

"아버지, 아버지께 제가 여쭌 바 있지만, 아버지를 황야보다 더 사랑해 본 적이 없습니다. 그러나 먹을 것을 찾아 매일 아침 해맬 때는 지치곤 했습니다. 집에서는 배가 부르게 먹을 수 있지만……."

"그럼 네 말이 맞다. 집에서는 하인

들이 먹을 것을 마련해 준다. 그러니까 굶주림이 너를 집으로 데려온 것이다. 그리고 겁도 나고 병에 걸리기도 했을 테니까.”

“그 위험성 있는 음식이 결국 제 건강을 쇠약하게 만들었습니다. 저는 야생 과실과 메뚜기와 꿀로 끼니를 이었으니까요. 저의 열정을 처음으로 불러일으킨 것은 고행을 겪어 보겠다는 것이었으나 그것도 차차 견딜 수 없게 되었습니다. 밤에 추울 때는 아버지 집에서는 제 침대가 이불로 따뜻하게 잘 덮여져 있다는 것을 생각하곤 했습니다. 먹을 것이 없어 굶을 때면 아버지 집에서는 푸짐하게 차려 놓은 요리들이 언제나 굶주린 제 배를 채워 주었음을 생각하곤 했습니다. 그래서 저는 결국 굴복하고 말았습니다. 더 이상 오래 싸우기 위해 용기와 강한 힘을 낼 수 없음을 스스로 느꼈습니다.”

“그렇다면 어제 잡았던 살이 찐 송아지는 맛이 있었겠구나.”

탕아는 땅에 엎드리며 흐느꼈다.

“아버지! 제가 양식으로 삼았던 달콤한 도토리의 야생적인 맛은 그래도 제 입 속에 남아 있습니다. 그 도토리의 맛은 어떤 음식도 이길 수가 없을 것입니다.”

“불쌍한 녀석.”

아버지는 그를 다시 일으키면서 말을 이었다.

“내가 심하게 말했나 보구나. 나는 네 형이 그렇게 하기를 바랐다. 우리 집에서는 네 형이 명령을 한다. ‘이 집 밖에서는 너를 위한 구원은 절대로 없다’는 말을 하라고 나에게 권한 것도 네 형이다. 그러나 내 말을 들어 보아라. 나는 너를 길러 냈으므로 네 마음 속에 있는 것을 잘 알고 있다. 더욱이 너를 길바닥으로 끌어낸 것이 무엇인지도 나는 알고 있다. 나는 길 끝에 기다리고 있었다. 네가 만일 나를 불렀더라면…… 나는 그 곳에 계속 있었을 것이다.”

“아버지, 그렇다면 제가 집에 돌아오지 않고도 아버지를 만날 수 있었으리라는 말씀이군요?”

“네 몸이 약해졌다고 느껴져서 돌아온 것은 참으로 잘한 일이다. 이제 그만 너를 위해 마련한 방으로 가거라. 오늘은 푹 쉬고 내일 네 형과 얘기해 보아라.”

*** 형의 질책 ***

탕아는 형을 교만한 태도로 대하려고 애썼다. 그는 말을 꺼냈다.

“형님! 우리는 서로 닮은 데가 거의 없습니다. 우리는 서로 닮지 않았습니다.”

294

형이 말을 꺼냈다.

"그것은 네가 저지른 큰 잘못이다."

"어째서 제 잘못이라는 것입니까?"

"왜냐하면 나는 너와 달라서 항상 질서 속에 있기 때문이다. 이런 질서가 아닌 모든 것은 오만의 열매이거나 그렇지 않으면 오만의 씨앗이다."

"그렇다면 제가 지니고 있는 것은 결점뿐이라는 것입니까?"

"너를 질서로 이끌어 주는 것만을 미덕이라고 생각해라. 그리고 그 밖의 모든 것을 줄이도록 해라."

"저는 그러한 것을 모두 삭제해 버리는 것이 두렵습니다. 형님이 강제로 없애 버리라고 하는 것 역시 아버지에게서 물려받은 것이 아닙니까?"

"뭐라고? 강제로 없애 버리라는 것이 아니다. 내 말은 다만 줄이라는 것이다."

"잘 알겠습니다. 저는 어쨌든지 그렇게 미덕을 줄였습니다."

"그래서 나는 지금 네 미덕을 다시 발견했다. 너는 그런 미덕을 과장할 필요가 있다. 내 말을 명심해 들어라. 내가 너에게 권하는 것은 네 자신을 작게 만드는 것이 아니라 네 자신을 키워 주는 것이다. 그렇게 되면 여러 가지 요소를 지니고 있는 네 정신과 육체의 반항적인 요소가 교향악처럼 조화를 이루게 되고, 너의 가장 나쁜 면은 가장 좋은 면을 길러 주게 되며, 또한 가장 좋은 면은 너에게 잘 복종하게 될 것이다.”

“제가 찾고 있던 것도, 그리고 황야에서 찾았던 것도 역시 일종의 그것이었습니다. 아마 형님이 저에게 이야기하는 그것과 조금도 다른 점이 없을 것입니다.”

“사실은 그것을 너에게 강요하고자 하는 것이다.”

“아버지는 형님처럼 그렇게 혹독하게 말씀하시지는 않았습니다.”

“아버지가 네게 무엇을 말씀하셨는지 알고 있다. 아버지는 언제나 막연하시지. 아버지는 이제 자신의 생각을 뚜렷하게 나타내지 못하신다. 그래서 사람들은 아버지에게 마음대로 말씀하시도록 한다. 그렇지만 아버지의 생각을 나만은 잘 알고 있다. 하인들 옆에서 오직 나만이 아버지의 생각을 알릴 수 있으며, 또 아버지를 이해하려는 사람은 오직 내 말을 들어야만 된다.”

“나는 형님이 없었어도 아버지의 말씀을 쉽게 이해하였습니다.”

“네가 쉽게 이해한 것처럼 생각했겠지만 그것은 너의 오해다. 아버지를 이해하는 방법은 여러 가지가 아니며, 아버지의 말씀에 귀를 기울이는 방법도 여러 가지가 아니다. 또한, 아버지를 사랑하는 방법도 여러 가지가 있는

것이 아니다. 우리가 아버지의 사랑 속에 한데 뭉치기 위해서는 그것을 잘 알고 있어야 한다.”

“아버지의 집 속을 말씀하시는군요.”

“우리를 아버지의 집으로 이끌어 가는 것은 바로 아버지의 사랑이야. 너는 그런 사실을 잘 알고 있다. 그 까닭은 네가 다시 집으로 돌아왔으니까. 자, 너를 떠나게 한 것이 무엇인지 이제는 말해 보아라.”

“저는 아버지의 집이 이 세상의 전부가 아니라는 사실을 잘 알고 있었습니다. 제 자신도 형님이 바라는 그런 완전한 인간이 아닙니다. 다른 경작지와 땅, 그리고 마음대로 뛰어 다닐 수 있고, 사람이 아직 밟아 보지 못한 길들을 제 자신도 모르게 머리 속에 그리고 있었습니다. 또한 그 곳으로 달려가는 것 같은 제 마음 속의 새로운 존재를 머리 속에 그리고 있었습니다. 그래서 저는 도망친 것입니다.”

“너처럼 내가 만일 아버지의 집을 버리고 갔더라면 어떻게 되었을까 생각해 보아라. 우리의 재산을 하인과 도둑들이 모조리 털어 갔을 것이다.”

“저는 다른 재산을 꿈꾸고 있었으니까 그런 것은 문제가 되지 않습니다.”

“무슨 오만이 저리 강할까. 규율이 서지 않았던 것은 이미 다 지난날의 이야기다. 인간이 어떤 혼란 속에서 나왔는지 아직도 모르고 있다면 너에게 가르쳐 주지. 인간은 그 혼란에서 완전히 빠져나올 수는 없었다. 성령이 인간을 더 이상 위로 끌어올리지 않으면 인간은 곧바로 성령의 무게로 인하여 혼란 속으로 다시 떨어지는 것이다. 자신을 희생시킨 다음에 성령을 알게 해서는 안 된다. 너를 이루고 있는 잘 정돈된 요소들이 혼란한 상태로 되돌아가기 위해서는 오직 동의를 한 번만 하거나 쇠약해지기만 하면 된다. 그러나 인간을 성질이 같아지게 하기 위하여 필요한 것은 오랜 시간이라는 것을 너는 아무리 애써도 모를 것이다. 그런 본보기가 주어진 지금 그것에 매달리도록 하자. ‘네가 가진 것을 단단히 붙잡고 놓지 마라’ 고 성령은 교회 천사에게 말했다. 그리고 덧붙여 ‘아무도 네 왕관을 빼앗아 가지 못하게’ 라고 말했다. 네가 가지고 있는 것은 네 왕관이며, 다른 사람들이나 네 자신에게 미치는 왕관이다. 찬탈자가 네 왕관을 노리고 있다. 그는 어디에나 있으며 네 주위와 마음 속에서도 돌아다니고 있는 것이다. 꿋꿋이 대항해라. 애야! 꿋꿋이 대항해라.”

“저는 이미 오래 전부터 손에 쥐고 있던 것을 놓아 버렸습니다. 이제 다시는 나의 재산을 더 이상 움켜쥘 수가 없습니다.”

“천만에, 너는 할 수 있다. 내가 도와 주마. 네가 떠나고 없는 동안에 네 재산을 꿋꿋이 지켰다."

"그런데 성서의 그 말씀은 저도 잘 알고 있습니다. 그 구절을 형님은 모두 인용하지 않았습니다."

"그것은 사실 이렇게 계속되지. '나는 승리한 자를 나의 성전의 기둥으로 삼을 것이며, 그것으로부터 그는 다시 나오지 않을 것이다' 라고."

"'그 곳으로부터 그는 나오지 않을 것이다' 라는 구절이 저를 두렵게 합니다."

"만일에 그것이 그의 행복을 위해서라면……."

"오! 저도 잘 알고 있습니다. 그러나 저는 바로 그 성전 속에 있었습니다."

"그 곳으로부터 네가 나오기는 했으나 별로 만족하고 있지 않아. 다시 또 그 곳으로 들어가고 싶어하니까."

"잘 알고 있습니다. 제가 돌아와 있다는 것으로 이미 시인되고 있습니다."

"네가 이 곳에서도 만족하게 여기지 않는데, 다른 곳에서 어떤 재산을 찾아볼 수 있겠니? 더 자세히 말하자면 네 모든 재산이 있는 곳은 여기뿐이다."

"형이 제 재산을 지켜 주었다는 것은 알고 있습니다."

"네가 낭비하지 않은 네 재산이다. 다시 말하면 우리의 소유인 토지 말이야."

"그럼 저의 개인 재산은 아무것도 없다는 말입니까?"

"아니야, 아버지가 아직도 네게 나누어 주기를 승낙하실지도 모를 특별한 몫이 있다."

"제 몫이 그것뿐이라면 그것만 갖기로 하겠습니다."

"건방진 녀석! 네 의견은 문제가 되지 않는다. 우리들 중에 운이 좋은 사람이 그 몫을 갖는 것이다. 너에게 충고하겠는데, 그것을 포기하는 것이 좋을 것이다. 각각 나누어 가진 재산은 너를 파멸로 이끌었으며, 너는 얼마 안 되어 그 재산을 모두 없애 버렸다."

"다른 것들은 가져갈 수가 없었습니다."

"그래서 너는 그것을 온전히 찾게 된 것이다. 오늘은 이쯤 해 두자. 안에 들어가 쉬도록 해라."

"저도 피곤하니까 그렇게 하죠."

"피곤한 네 몸에 축복이 있기를 …… 이제 그만 쉬어라 내일은 어머니가 네게 말씀하실 것이다."

✳✳✳ 어머니의 질책 ✳✳✳

탕아야! 네 형의 말에 따르면 네 정신이 반항하고 있다는데, 이제는 네 본심과 이야기하도록 해라. 앉아 있는 네 어머니의 발밑에 반쯤 엎드려서 어머니의 무릎 속에 얼굴을 파묻고, 어머니의 손길이 반항하는 네 목덜미를 쓰다듬는 것을 느끼는 것은 너에게 얼마나 흐뭇한가.

"왜 너는 그토록 오랫동안 나를 버려 두었느냐?"

어머니의 물음에 그는 눈물로 대답했다.

"무슨 일로 지금 눈물을 흘리느냐? 애야, 너는 나에게
돌아왔는데, 나는 너를 기다리는 동안에 눈물을 모두 쏟
아 버렸다."

"그래도 저를 기다리셨습니까?"

"한 번도 네가 돌아오기를 바라는 마음을 잊은 적이 없
었다. 나는 날마다 저녁이면 잠들기 전에 생각하곤 했다.
'그 아이가 오늘 저녁에 돌아오면 문을 열어 줄까?' 하
고. 그러면서 오랫동안 나는 잠을 잘 수가 없었다. 날마
다 아침이면 완전히 눈을 뜨기 전에 '그 아이가 오늘은
돌아오지 않으려나?' 하고 생각하고 기도를 드렸다. 내
가 그렇게 기도를 드렸으니 너는 다시 우리 곁으로 돌아
오고야 말았지."

"어머니의 기도가 저로 하여금 집으로 돌아오게 했습
니다."

"애야, 비웃지 마라."

"저는 어머니에게 매우 경건한 마음을 가지고 돌아왔
습니다. 보세요, 저는 어머니의 가슴보다도 낮게 고개를
숙이고 있습니다. 어제의 제 생각은 오늘에 와서 헛된 것
이 하나도 없습니다. 어머니 옆에 계시니까 제가 전날에

어째서 집을 떠났는지 알 수가 없습니다.”
“또다시 내 곁을 떠나지는 않겠지?”
“이제 다시는 떠날 수가 없습니다.”
“도대체 집 밖으로 너를 불러낸 것이 무엇이었느냐?”
“모르긴 해도 아마 제 자신이었을 겁니다.”
“그러면 우리들에게서 멀리 떨어진 너는 행복할 것이라고 생각했느냐?”
“저는 행복을 애써 구하려고 했던 것은 아닙니다.”
“그렇다면 너는 무엇을 찾고 있었더냐?”
“제 자신을 찾고 있었습니다. 다시 말하면 제가 어떤 종류의 인간인가를 알고 싶었던 것입니다.”
“너는 우리 부부의 아들이며 형제 중의 한 사람이 아니더냐?”
“저는 형제들과 다르게 생겼습니다. 이제는 제가 돌아왔으니, 그 이야기는 더 이상 하지 마세요.”
“아니야, 그 이야기를 조금 더 하자. 네 형제가 너하고 그렇게 다르다고 생각하는 것은 잘못이다.”
“제가 이제부터 신경을 써야 할 일은 모든 가족들과 닮도록 노력하는 것입니다.”
“너는 그것을 마치 체념이라도 해버린 듯이 말하고 있구나.”
“닮지 않은 것을 닮아 보려고 애쓰는 것보다 더 피곤한

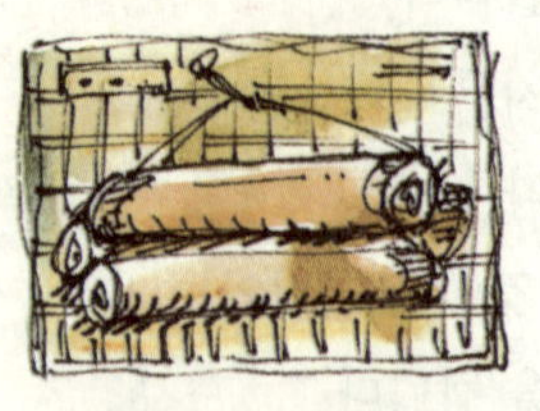

일은 없습니다. 결과적으로 그러한 거스른 행동은 저를 기진맥진하게 만들었습니다."

"정말로 너는 그 동안에 몹시 늙었구나."

"고생을 많이 했으니까요."

"불쌍한 애야! 네 잠자리는 매일 저녁 마련되지 않았을 테고, 식사 때마다 음식도 차려지지 않았을 테지."

"저는 닥치는 대로 먹었습니다. 그리고 때로는 상하거나 익지 않은 과실만 먹으며 굶주린 배를 채우곤 했습니다."

"고통스러운 것이 배고픔뿐이었느냐?"

"한낮의 햇볕과 가슴 속까지 스미는 찬바람, 발이 푹푹 빠지는 사막의 모래, 두 발을 피투성이로 만드는 가시덤불, 이런 모든 것도 나의 발걸음을 멈추게 할 수는 없었습니다. 그런데 저는 남을 섬겨야만 한다는 사실을 형님한테는 말하지 않았습니다."

"그런 사실을 왜 감추었느냐?"

"질이 나쁜 주민들은 저를 심하게 부렸고 자만심을 극도로 자극했으며, 음식이라고는 거의 주지 않았습니다. 그 때 생각했습니다. 아! 섬기기 위해서 섬길 바에야! 저는 꿈 속에서 집을 다시 보았기 때문에 이렇게 돌아왔습니다."

탕아가 고개를 다시 숙이자 그의 어머니는 부드러운 손
으로 쓰다듬었다.

"이제부터 무엇을 할 생각이냐?"

"제가 어머니께 말씀 드린 대로 형님을 닮도록 노력하
는 것과 우리 재산을 관리하는 것, 그리고 형님처럼 착한
아내를 맞이할 생각입니다."

"그렇게 말하는 것을 보니 네 눈에 드는 참한 처녀가
있는 모양이구나."

"아무도 없습니다. 어머니가 골라 주신다면 어떤 처녀
라도 괜찮습니다. 형님에게 하셨던 것처럼 저에게도 그
렇게 해주세요."

"네 마음에 드는 처녀를 골라 주고 싶었는데, 나한테
맡기는구나."

"제 마음은 일단 정해졌습니다. 어머니로부터 저를 멀
리 데려갔던 자만심을 버리기로 했습니다. 저는 어머니
께서 하라시는 대로 하겠습니다. 제 아이들도 저와 마찬
가지로 순종토록 하겠습니다. 그런데 제가 시도한 것도
헛되지는 않을 것 같습니다."

"애야, 네가 돌보아 줄 아이가 하나 있다."

"누구를 말씀하시는 것입니까?"

"네 동생 이야기야. 네가 집을 떠날 때 열 살도 채 안 되
었고, 네가 잘 알아보지도 못했던 그 아이 말이다. 그런

데 그 아이는……."

"어머니, 끝까지 말씀해 주세요. 이제 무엇을 걱정하고 계십니까."

"그러나 그 아이를 보면 마치 네 자신을 보는 것 같을 거다. 왜냐하면 네가 집을 떠날 때 그 아이의 모습이 너 하고 똑같았으니까."

"저와 똑같다고요?"

"그 당시, 지금 이렇게 된 너와는, 아니야. 아직은 말하는 것이 아니야."

"그렇게 되겠지요."

"곧 그렇게 되도록 해야겠다. 그 아이는 탕아인 네 말을 귀 기울여 들을 테니 그 아이에게 말해 보아라. 어떤 실망이 길 위에 있었는지를 그 아이에게 자세히 말해 주어라. 그 아이가 쓸데없이 고생을 하지 않도록 말이다."

"그런데 무슨 까닭으로 어머니는 그처럼 동생 걱정을 하고 계시지요? 단순히 얼굴 모습이 비슷하다는 것만으로 그러시는 겁니까?"

"그런 것이 아니다. 너희 두 형제 사이에 닮은 것은 더 깊은 것이다. 그 아이가 걱정되는 것은, 처음에 너에게 신경을 쓰지 않았던 일들이 지금 그 아이에게는 걱정되는 것이다. 그 아이는 많은 책을 읽는데, 항상 좋은 책만을 읽는 것은 아니다."

“……."
“그 아이는 가끔 정원의 제일 높은 곳에 올라가 있곤
하지. 너도 알 듯이 거기는 담 너머로 마을이 내려다보이
는 곳이야.”
“기억이 납니다. 그것이 전부인가요?”
“그 아이는 우리들 곁보다는 주로 농장에서 대부분의
시간을 보내지.”
“농장에서 무엇을 하나요?”
“못된 짓은 조금도 하지 않으나, 그러나 그 아이가 사
귀는 사람은 소작인들이 아닌 불량배들이란다. 그들은
이 고장 사람들이 아니고, 특히 그 중의 한 사람은 멀리
서 왔는데 그 아이에게 여러 가지 이야기를 들려 주는 모
양이야.”
“돼지를 치는 사람 말이군요?”
“그래 맞았다. 너도 아는 사람인 모양이구나. 그 사람
의 이야기를 듣기 위해 네 동생은 날마다 그 사람을 따라
돼지 우리로 가서 저녁 식사 때나 되어서야 역한 냄새를
풍기며 돌아온다. 꾸중을 해도 듣지 않고 억누르면 반항
하지. 어느 날은 아무도 일어나지 않은 새벽에 일어나서
그 녀석이 돼지를 몰고 나갈 때 그 집 대문 앞까지 쫓아
간 일이 있었다.”
“그 아이도 나가서는 안 된다는 것을 잘 알고 있을 텐

데요.”

“너도 알고 있지 않았니. 언제인가는 그 아이도 내 곁을 떠날 테지. 그 아이도 머지않아 내 곁을 떠나리라는 것을 확신하고 있다.”

“아니에요. 제가 말할게요. 어머니, 걱정하지 마세요.”

“네 말이라면 귀 기울여 들으리라는 것을 나도 알고 있다. 네가 돌아온 날 저녁에 그 아이가 너를 뚫어지게 쳐다보고 있는 것을 눈치챘겠지. 네가 입고 있던 누더기가 얼마나 사람들의 시선을 끄는 마력에 싸여 있었는지! 그리고 네 아버지가 너에게 입혀 준 붉은 옷, 나는 그 아이 머리 속에 그 두 가지 옷이 조금 혼동되지 않았나 두려웠다. 그리고 지금 그 아이의 마음을 끄는 것은 네가 입고 있던 그 누더기가 아닌가 하고 두려워했는데, 지금 생각하니 우스운 생각이 드는구나. 왜냐하면 만일 네가 그렇게 심한 곤궁을 겪으리라는 것을 미리 알았더라면 너는 우리 곁을 떠나지 않았을지도 모르지. 그렇지 않으냐?”

“제가 무슨 까닭으로 어머니 곁을 떠났는지 도저히 모르겠습니다. 이 따뜻한 어머니의 곁을 말이에요.”

“자, 그러면 그 아이에게 모든 것을 이야기해라.”

“내일 저녁에 그 아이에게 모든 것을 말해 주겠어요. 제 이마에 입맞춤을 해주세요. 제가 아주 어린 시절에 잠을 재우려고 어머니가 저를 바라보고 계셨을 때처

럼……. 졸리는군요.”

“그러면 가서 자도록 하려무나. 나는 너를 위해 기도하러 가겠다.”

✳✳✳ 동생과의 대화 ✳✳✳

탕아의 방 옆에 허름한 벽의 너른 방이 하나 있었다. 손에 램프를 든 탕아는 얼굴을 벽 쪽으로 돌린 채 있는 동생의 침대 곁으로 다가갔다. 탕아는 낮은 목소리로 이야기를 시작했다.

“얘야, 너와 이야기를 하고 싶은데…….”

“무슨 이야기인지 해보세요.”

“나는 네가 잠자고 있는 줄 알았지.”

“꿈을 꾸기 위해 일부러 잠을 청할 필요는 없어요.”

“도대체 무슨 꿈을 꾸고 있었니?”

“저도 제 꿈을 이해할 수가 없으니, 형님은 그 꿈에 대한 설명을 저에게 해주지 못할 거예요.”

“그렇게 이상야릇한 꿈이냐? 그 꿈을 나에게 말해 주면 설명해 보도록 하지.”

“형님은 자신의 꿈을 선택하나요? 제 꿈은 제멋대로이고, 저보다 더 자유스럽지요. 형님은 무엇 때문에 오셨어요? 왜 잠자고 있는 저를 방해하지요?"

"너는 잠을 자지 않고 있었어. 그래서 너와 조용히 이야기를 하려고 왔다."

"저한테 하려는 이야기가 무엇인데요?"

"네가 그런 식으로 나를 대한다면, 너에게 할 이야기가 아무것도 없다."

"그럼 안녕히 가세요."

탕아는 문 쪽으로 가서 방 한구석을 희미하게나마 비추고 있던 램프를 방바닥에 내려놓고 돌아와 침대 머리맡에 앉아서 돌아누운 동생의 이마를 한참 동안 쓰다듬었다.

"너는 내가 전에 형님에게 한 것보다 더 퉁명스럽게 대답하는구나. 하기는 나도 형님에게 대들곤 했지."

이 때, 침대에 누워 있던 동생이 벌떡 일어났다.

"형님을 저한테 보낸 것은 큰형님이지요?"

"아니야, 큰형님이 아니라 어머니야."

"그러면 그렇지, 형님이 스스로 올 리는 없지!"

"그렇지만 나는 친구의 입장으로 왔다."

침대 위로 상반신을 일으킨 동생은 탕아를 뚫어지게 바라보았다.

"우리 집 식구가 어떻게 제 친구가 될 수 있겠어요?"

"너는 큰형님을 잘못 알고 있다."

"저에게 큰형님 이야기는 제발 하지 마세요. 저는 큰형

님이 싫고 그에 대해서는 화가 치밀어요. 제가 형님에게
이렇게 대꾸하는 것도 큰형님 때문이에요.”

“왜 그러지?”

“형님은 이해를 못 하실 거예요.”

“그렇지만 이유를 말해 보아라.”

탕아는 동생을 품에 안고 달랬으며, 동생은 그가 하는
대로 가만히 있었다.

“형님이 돌아오던 날 저녁에 저는 잠을 잘 수가 없었어
요. 밤이 새도록 생각에 잠겨 있었지요. 저에게는 또 다
른 형님이 있었는데 그를 모르고…… 집 앞마당에서 형
님이 영광으로 가득 차 걸어오는 것을 보았을 때 제 가슴
이 흥분으로 뛰었던 것은 바로 그것 때문이었어요.”

“나는 그 때 누더기를 걸치고 있었는데…….”

“그래요. 저는 형님을 보았는데 영광스러운 모습이었
어요. 그리고 아버지가 큰형님도 갖지 못한 반지를 형님
의 손가락에 끼워 주시는 것
도 보았어요. 저는 형님에 대
해서 누구에게도 물어
보고 싶지 않았어
요. 다만 형님이
아주 먼 곳에서
왔다는 것만

312

은 알았지요.”

“너도 그 만찬에 참석했었느냐?”

“아, 그 때 형님은 저를 거들떠보지도 않았지요. 식사를 하는 동안 형님은 아무것도 거들떠보지 않고 계속해서 먼 곳을 바라보고 있었으니까요. 이튿날 저녁에 형님은 아버지와 말씀을 나누고 있었는데 그것은 좋았어요. 그렇지만 그 다음날 저녁에는……”

“끝까지 말해 보아라.”

“단 한 마디라도 사랑이 담긴 말을 저에게 해줄 수 있었을 텐데……”

“그래서 너는 나를 기다렸다는 말이냐?”

“얼마나 오래 기다렸는지 몰라요. 그 날 저녁 형님이 큰형님과 그렇게 오랫동안 이야기하지 않았다면 제가 큰형님을 이렇게까지 미워하지 않았을 거예요. 도대체 두 사람이 무슨 이야기를 나누었던 거예요? 형님이 저와 닮은 데가 있다면, 큰형님과는 공통되는 점이 조금도 없다는 것을 잘 알지 않아요.”

“나는 형님에게 잘못을 크게 저질렀다.”

“그럴 리가요.”

“적어도 부모님께 말이다. 내가 집에서 몰래 도망쳤다는 것을 너는 알 거야.”

“잘 알지요. 오래 전의 일이 아닙니까?”

“거의 네 나이 정도였지.”

“형님이 잘못이라고 하는 것은 그것을 의미하는 것인가요?”

“그래 바로 그것이 나의 잘못이자 죄였어.”

“형님이 집을 떠날 때에 나쁜 짓을 한다고 생각했던가요?”

“아니, 집 떠나는 것을 나는 하나의 의무처럼 마음 속에 생각하고 있었다.”

“그러면 그 다음에 무슨 일이 일어났지요? 그 당시에 형님이 진리라고 믿은 것을 잘못이라고 생각할 정도였으니…….”

“나는 고생했다.”

“그럼 ‘내가 잘못이었다’ 라고 형님으로 하여금 말하게 한 것은 바로 그것인가요?”

“꼭 그렇다는 것은 아니야. 나에게 있어서 곤란은 온갖 것을 생각하게 만들었지.”

“그러면 그전에도 깊이 생각하지 않았나요?”

“하기는 했었지. 그러나 약한 내 이성과 욕망이 내키는 대로 내버려 두었었다.”

“그 후, 형님은 고통을 이기지 못하여 이처럼 집으로 돌아왔군요.”

“그런 것은 아니고 체념한 것이지.”

"형님은 마침내 자신이 바라던 그런 사람이 되기를 체념했다는 말이군요."

"그렇게 되는 것을 내 자존심이 그만두게 한 것이었으니까."

어린 동생은 잠깐 동안 아무 말 없이 있다가 갑자기 흐느끼며 외쳤다.

"형님! 저는 형님이 집을 떠날 때와 변함이 없어요. 말해 주세요. 길에서 실망을 주는 것밖에는 아무것도 만나지 못했다는 거예요? 그러면 밖은 여기와 다를 것이라고 생각했던 것은 모두 헛된 상상에 지나지 않은가요? 제가 새로운 것이라고 느끼는 모든 것은 철없는 생각인가요? 형님은 방황하던 길에서 무슨 절망적인 것을 만났는지 말해 주세요. 무엇이 형님을 집으로 되돌아오게 했나요?"

"나는 내가 찾던 자유를 잃어버리고 말았다. 그리고 얽매인 몸으로 남을 모셔야만 했다."

"여기서는 저도 얽매인 몸이에요."

"그렇기는 하지. 그러나 나는 질이 나쁜 주인을 모셔야만 했는데, 여기에서 네가 모시는 사람은 부모님이 아니냐."

"봉사하기 위해 모시다니, 적어도 노예 생활을 택할 만한 그런 자유는 없나요?"

"나도 그러기를 바라고 내 발이 나를 이끄는 곳까지 걸었지. 마치 암당나귀의 뒤를 쫓아가는 사도 바울과 똑같이 욕망을 쫓아서 말이야. 그러나 왕국이 기다리고 있으리라고 생각한 곳에서 내가 본 것은 비참뿐이었다.”

“형님이 길을 잘못 택한 것이 아닌가요?”

“아니야, 나는 곧바로 내 길을 걸었다.”

“틀림없나요? 그렇지만 발견해야 할 왕국들과 왕이 없는 땅들이 있지 않아요.”

“그것을 누가 말해 주더냐?”

“저는 그것을 알고 또 느끼고 있어요. 저는 벌써 그 땅을 지배하고 있는 기분인걸요.”

“건방진 녀석.”

“그러면 그렇지, 큰형님이 형님에게 말한 것이 바로 그것이군요. 형님은 어째서 그것을 지금 저에게 되풀이하는가요? 어째서 자존심을 간직하지 못했지요? 그랬더라면 이렇게 되돌아오지는 않았을 텐데요.”

“그랬더라면 나는 너를 알 수 없었을지도 모르지.”

“그렇지는 않아요. 그 곳에서 형님을 제가 다시 만나게 되면, 형님은 제가 형님의 동생이라는 사실을 알게 되었을 거예요. 또 제가 집을 떠나는 것은 형님을 다시 찾기 위한 것 같은 생각이 들었지요.”

“네가 집을 떠나겠다고?”

“형님은 그것을 아직 모르고 있군요. 제가 집을 떠날 만한 용기를 심어 준 사람은 바로 형님이잖아요.”

“나는 네가 돌아오는 일이 없기를 바라지만, 그렇다고 떠나라는 뜻은 아니다.”

“안 됩니다. 형님이 하고 싶은 말은 그것이 아니니 그런 말은 하지 마세요. 형님도 역시 정복자의 한 사람으로 떠나신 것이지요. 그렇지 않은가요?”

“그것 때문에 노예의 신분을 더욱 쓰라리게 느꼈던 것 같다.”

“그렇다면 형님은 왜 굴복했습니까? 벌써 그 정도로 지쳤던가요?”

“아니, 아직 그렇게 지치지는 않았지만 의심을 품게 되었지.”

“무슨 뜻인가요?”

“나는 내 자신을 포함해서 모든 것을 의심했다. 나는 발걸음을 멈추고 아무 곳에나 몸을 붙이고 싶어졌다. 주인이 나에게 약속한 안락한 생활이 나를 유혹했지. 그래서 이제야 나도 잘못을 저지른 줄 알겠다.”

탕아는 고개를 숙이고 두 손으로 눈을 가렸다.

“그렇지만 처음에는 어떻게 지냈지요?”

“오랫동안 넓은 불모지를 헤매고 다녔지.”

“황야 말인가요?”

“언제나 황야만 헤맨 것은 아니야.”

“그런 곳에서 무엇을 찾고 있었어요?”

"이제는 나 자신도 모르겠다."

"침대에서 일어나 제 머리맡 책상 위의 찢어진 책 가까이에 있는 것을 좀 보세요."

"석류가 터져 있구나."

"돼지를 치는 사람이 사흘이나 돌아오지 않더니 며칠 전 저녁에 그것을 저에게 갖다 주었어요."

"야생의 석류로구나."

"지독하게 써요. 그러나 목이 몹시 마르게 된다면 마구 깨물 것 같은 생각이 들어요."

"그렇다면 이제 너에게 그것을 말할 수 있겠다. 내가 황야에서 찾고 있었던 것은 바로 그러한 갈증이었다."

"달지도 않은 이 석류만이 갈증을 해결해 주겠지요?"

"아니야, 석류는 갈증을 사랑하게 만든단다."

"형님은 석류를 어디서 딸 수 있는지 아세요?"

"그것은 아무도 돌보지 않는 작은 과수원으로 해가 지기 전에 닿을 수 있는 곳이지. 울타리가 없어 황야인지 과수원인지 분간할 수 없으며, 시냇물이 흐르고 절반밖에 익지 않은 과실이 나뭇가지에 몇 개 달려 있었어."

"무슨 과실이던가요?"

"우리 집 정원에서 볼 수 있는 과실과 똑같아. 그러나 야생의 과실이지. 그 날은 온종일 몹시 더웠었다."

"형님! 제가 오늘 저녁에 무슨 일로 형님을 기다렸는지 아세요? 저는 밤이 새기 전에 집을 떠나겠어요. 이 밤이 가고 동이 트기 시작하면 곧……. 저는 허리를 단단히 동여매고 오늘 밤에 신발도 벗지 않았어요.”

“뭐라고? 나도 하지 못했던 일을 네가 실행하겠다는 말이냐?”

“형님은 저에게 길을 열어 주셨어요. 그리고 형님을 생각하면 힘과 용기가 솟아날 거예요.”

“나로서는 너에 대하여 오직 감탄할 뿐이지만 그 대신 너는 나를 잊어야 한다. 너는 무엇을 가지고 떠날 생각이냐?”

“동생이기 때문에 저에 대한 유산이 조금도 없다는 것을 형님은 잘 아시잖아요. 저는 아무것도 갖지 않고 떠납니다.”

“그러는 편이 더 좋을 것이다.”

“형님! 도대체 창가에서 무엇을 보고 계십니까?”

“돌아가신 우리 조상들이 잠들어 계시는 정원을 보고 있다.”

동생은 침대에서 일어나 두 팔로 탕아의 목덜미를 감았다. 동생의 두 팔은 그의 목소리처럼 부드러워졌다.

“형님, 저와 함께 떠납시다.”

“나는 이대로 내버려 두어라. 내가 없으면 너는 더욱 용감해질 것이다. 이제 시간이 되었다. 벌써 날이 샌다. 소리 내지 말고 떠나거라. 자! 나를 껴안아 다오. 너는 나

의 희망을 모두 가지고 떠난다. 우리들을 잊어버리고 굳세어라. 다시 돌아오지 않도록……. 내가 램프를 들어 줄 테니 조용히 내려가거라.”
“형님, 대문까지 제 손을 잡아 주세요.”
“현관 계단을 조심해서 내려가거라.”

로렌스 Lawrence, David Herbert : 1885~1930

노팅엄셔주(州)의 탄광촌 이스트 우드 출생. 광부였던 아버지와 교사를 지낸 어머니 사이에서 태어났다. 부모의 계속적인 불화가 어린 시절의 그의 성격 형성에 많은 영향을 끼쳤다. 이러한 사정들이 뒷날 그의 문학에 흐르는 주제의 한 원형을 이루었다. 노팅엄 대학 사범부를 졸업한 후 1909년부터 3년 간 런던 교외 크로이든의 초등 학교 교사로 일했다. 1912년 봄에는 노팅엄 대학 시절의 은사 부인이었던 6세나 연상인 프리다와 사랑에 빠져 둘이서 독일·이탈리아 등을 떠돌았는데, 「아들과 연인」(1913)은 이 때에 쓴 것이다.

1914년에 영국으로 돌아와 프리다와 결혼하였고, 제1차 세계 대전 때는 아내가 적국인이라는 이유와 그 밖의 이유로 박해를 받아 영국 각지를 유랑하였다. 1915년에는 「무지개」를 발표하였는데 성(性)의 묘사가 문제되어 곧 발매 금지를 당하였다.

1919년 11월 이후 세계 각처를 방랑하였는데, 「아론의 지팡이」(1922), 「캥거루」(1923), 「날개 있는 뱀」(1926) 등의 장편에는 예언자적인 독특한 세계관이 담겨 있으며, 「채털리 부인의 사랑」(1928)은 그의 성철학(性哲學)을 펼친 작품이며, 외설 시비로 오랜 재판을 겪은 후 미국에서는 1959년에, 영국에서는 1960년에야 비로소 출판이 허용되었다.

세 · 계 · 명 · 단 · 편 · 선

장미원의 그림자

Lawrence, David Herbert

해변의 아담한 별장 창가에 작은 청년이 앉아서 신문을 억지로 읽으려고 노력하고 있었다. 아침 8시 30분경 별장 밖의 장미꽃들이 아침 햇살을 받고 마치 쏟아 놓은 화롯불같이 빨갛게 타오르고 있었다. 청년은 벽시계를 쳐다본 다음 자기의 손목시계로 시선을 옮겼다.

청년의 얼굴에 굳은 인내의 표정이 역력했다. 청년은 벌떡 일어나서 방 안의 사방 벽에 걸린 유화를 차근차근 쳐다본 후 〈쫓긴 사슴〉이라는 제목 밑의 그림을 유난히 적의가 어린 시선으로 노려보았다. 청년은 피아노 뚜껑을 열려고 했으나 잠겨 있음을 알고 포기해 버렸다. 청년은 작은 거울 속의 자기 얼굴을 의식하자 활기 띤 감동이

갑자기 두 눈에 감돌았다.

청년은 나무랄 데 없는 미남이었다. 체구는 작았지만 활기 있고 정력적이었으며, 거울에서 얼굴을 돌리자 그의 표정에는 자신의 얼굴에 대해 만족하는 빛이 보였다. 청년은 설레는 가슴을 감추면서 집 밖으로 나와 정원을 가로질렀다. 그가 입은 재킷은 비싼 것은 아니었으나 새것으로 단단한 그의 몸에 걸치고 보니 더욱 말쑥하고 차분하며 진득하게 보였다.

청년은 잔디밭 옆에서 흔들리는 나무를 찬찬히 눈여겨보다가 발걸음을 옮겼다. 그는 가지가 휘어지도록 붉은 열매가 주렁주렁 매달린 사과나무 주위를 한 번 둘러본 다음, 나무에서 사과 한 개를 비틀어 땄다. 별장을 등진 채로 그는 한 입 크게 베어 물었다. 사과는 뜻밖에도 달고 맛이 좋았다. 그는 또 한 개를 따서 정원을 내려다볼 수 있는 침실 창문을 살피려고 다시 고개를 돌렸다가 깜짝 놀랐다. 창가에 여자의 모습이 눈에 띄었기 때문인데 자세히 보니 자기 아내였다. 그녀의 시선은 바다 저쪽을 향하고 있었으며 분명히 자기를 못 본 것 같았다.

청년은 한참 동안이나 아내가 있는 곳을 눈여겨보았다. 그녀는 청년보다 나이가 더 많아 보였으나 아름다웠다. 하얀 얼굴에 건강했으나 그녀의 모습에는 무엇인지 모르

328

게 그리움의 정이 감돌고 있었다. 그녀의 이마 위에는 붉은 갈색의 머리카락이 탐스럽게 겹겹이 층을 이루고 있었으며 남편이나 남편의 세계와는 동떨어진 아득한 바다를 바라보았다. 남편 따위는 아랑곳없다는 것처럼 실컷 추상의 세계에 잠겨 있는 아내를 보자 청년은 화가 치밀어 견딜 수가 없었다.

청년이 양귀비 열매를 뜯어서 문 쪽으로 던지자 그녀는 놀란 듯이 청년을 한참이나 쳐다본 후 시선을 다시 바다 쪽으로 돌렸다. 그녀의 행동은 세련되고 몹시 거만스러웠으며, 흰색의 모슬린으로 만든 드레스를 입고 있었다. 청년은 집 안으로 들어갔다.

"얼마나 기다렸는지 알고 있소?"

청년이 아내한테 던지는 첫마디였다.

"저를 기다렸어요, 아침 식사를 기다렸어요? 아침 식사는 9시에 하기로 했잖아요. 여행을 마친 후에는 늦잠을 자도 괜찮을 테고요."

그녀가 가볍게 대꾸했다.

"당신도 알고 있듯이 나는 언제나 5시면 눈을 뜨지 않소. 아무리 노력해도 6시를 넘기지 못하겠어. 특히 이렇게 좋은 날씨에는 마치 지옥에 있는 것 같아서……."

"이런 곳까지 와서 지옥이라뇨, 이해가 안 돼요."

청년의 아내는 유리 속에 있는 장식품들을 들여다보며

방 안을 살피고 돌아다녔으며, 청년은 난로 앞 깔개 위에
선 채로 아내를 사랑하는 표정으로 쳐다보았다. 그녀는
이전의 아파트 생활에 질렸다는 듯이 어깨를 움츠렸다.

"자, 코스 부인이 아침 식사를 마련하는 동안 정원이나
산책해요."

그녀는 남편의 팔을 잡으며 달랬다.

"빨리 가져왔으면 좋겠는데."

청년은 콧수염을 만지며 말했다. 그녀는 잠깐 미소를
띠운 후 같이 걸어가다가 남편의 팔에 기댔다. 청년의 담
배 파이프에는 어느새 불이 붙어 있었다. 코스 부인은 그
들이 계단을 내려가고 있을 때 방 안에 들어왔다. 코스
부인은 몹시 쾌활하며 나이에 비해 아직 정정했다. 이 노
파는 방 안에 들어오자 곧 창가로 다가갔다. 손님으로 온
이 젊은 부부의 뒷모습을 보기 위해서였다.

물감처럼 파란 눈동자를 가진 노파는 젊은 부부가 뜰
저쪽으로 가로질러 산책하는 것을 두 눈을 반짝이며 보
고 있었다.

노파는 부드러운 요크셔 말투로 혼자 중얼거렸다.

"두 사람의 키가 같구만. 다른 것이야 그만두고라도 키
까지 같지 않았더라면 아마 저 청년과 결혼하지 않았을
거야."

손녀가 들어와서 쟁반을 식탁 위에 내려놓고 할머니 옆

으로 다가오며 말했다.

"할머니, 저 분이 조금 전에 사과를 따 먹었어요."

"그래? 따 먹으면 어때. 좋을 대로 하게 내버려 둬."

청년은 안에서 접시가 부딪치는 소리를 듣고 있으려니 입맛이 당겨 견디지 못하다가 마침내 아침 식사를 하기 위해 집 안으로 들어갔다. 그는 음식을 열심히 먹다가 바삐 움직이던 손을 잠깐 멈추고 아내에게 말했다.

"당신은 이 곳이 브리드링튼보다 조금 더 낫다고 생각하고 있소?"

"그래요. 월등히 나아요. 게다가 여기에 오면 마음까지 푹 놓아요. 여기는 다른 낯선 바닷가와는 달라요."

그녀가 대답했다.

"이 곳에서 얼마나 살았소?"

"2년 동안 살았어요."

청년은 무엇인가 골똘히 생각하며 식사를 하고 있었다.

"그럼 가 보지 않은 곳을 갔으면 더 좋았을 텐데……."

청년의 말에 그녀는 아무 말 없이 앉아 있더니 넌지시 남편의 뜻을 떠 보았다.

"왜요? 여기에서는 재미가 없으리라고 생각하세요?"

청년은 쾌활하게 웃으며 빵 위에 잼을 많이 발랐다.

"그럴 것 같군."

청년의 대꾸를 그녀는 못 들은 체했다.

“그렇지만 이 마을에서는 그런 말을 하지 마세요. 제 성분이나 제가 예전에 이 곳에서 살았다는 식의 이야기 말이에요. 제가 만나 보고 싶은 사람은 하나도 없어요. 마을 사람들이 저를 다시 알게 되면 우리 사이가 조금 서먹해질 테니까요.”

“그럼 여기는 왜 왔소?”

“그것을 몰라서 묻는 거예요?”

“당신은 아무도 만나고 싶지 않다고 하지 않았소?”

“사람을 만나기 위해 온 것이 아니에요. 다만 이 곳이 그리워서 왔어요.”

청년은 더 이상 묻지 않았다.

“여자는 남자와 달라요. 제가 왜 여기를 오고 싶어했는지 지금은 모르겠어요.”

그녀는 남편에게 커피 한 잔을 더 권했다.

“제발 부탁이에요. 제 이야기를 마을 사람들에게 하지 마세요.”

그녀는 이렇게 말하고는 미친 듯이 웃었다.

“아시다시피 제 과거가 다시 드러나는 것이 몹시 싫어서예요.”

그녀는 말을 끝내고 무릎에 덮인 헝겊 위에서 빵 부스러기를 손끝으로 털었다. 청년은 커피를 마시면서 그녀를 보고 차디찬 어조로 말했다.

"틀림없이 과거가 복잡했던 모양이군."

그녀는 죄의식을 조금 느끼며 탁자를 내려다보았다. 청년은 그러한 모습을 보고 마음이 흐뭇했다.

"글쎄요. 제발 저에 대해서 이야기하지는 마세요. 네? 부탁할게요."

그녀가 상냥스럽게 말하자,

"그야 물론이지."

하고 청년이 흐뭇해하며 대답했다. 그녀는 조금 후에 다시 고개를 들고 입을 열었다.

"코스 부인과 의논할 일도 있고 그 밖에 할 일이 너무 많아 오늘 한 나절만 혼자 계셨으면 좋겠어요."

"코스 부인과 무슨 할 말이 그렇게 많아서 한 나절이나 걸린다는 거요?"

"글쎄요. 그 일만이 아니라 편지도 몇 군데 써야 하고, 그리고 치마 얼룩도 지워야 하고, 하여튼 자질구레한 일들이 너무 많아서 한 나절은 걸릴 것 같아요."

청년은 아내가 자기를 귀찮게 여긴다는 것을 느꼈다. 아내가 이층으로 올라가자 청년은 화가 나서 해변 가 절벽으로 있는 곳으로 나갔다. 얼마 후 그녀도 밖으로 나왔는데, 그녀는 장미꽃이 꽂힌 모자에 기다란 망사 스카프를 흰 옷 위에 걸치고 양산을 펼쳤다. 양산의 그늘 속에 그녀의 얼굴이 반쯤 가려져 있었으나 불안한 표정이 뚜렷했다. 그녀는 어부들의 숱한 왕래로 인해 우묵이 팬 돌이 깔린 좁은 길을 걸어가고 있었는데, 마치 양산의 그늘이 도피처나 되는 것처럼 그것으로 사람들의 시선을 피하려고 했다.

그녀는 교회를 지나 길옆의 높은 벽에 이를 때까지 그 길을 계속 걸어가서 벽 밑에 다다르자 천천히 걷다가 마침내 한 폭의 그림처럼 찬란하게 보이는 열려진 현관 앞에서 발길을 멈추었다. 현관 안에는 마치 마술 나라처럼 마당에 깔린 푸르고 흰 자갈의 양지쪽에 그늘이 무늬를 이루었고, 저쪽의 녹색 잔디밭 끝에 한 그루의 월계수가 빛을 띠고 서 있었다. 그녀는 발끝으로 조심해서 걸어 들어가면서 그늘에 서 있는 집을 힐끗 쳐다보았다. 커튼이 드리워져 있지 않은 창문은 모두 어둠침침해 보였으며 부엌문은 열려 있었다.

그녀는 우물거리다가 정원 쪽에 마음이 끌려서 천천히 걸어갔다. 그녀가 집 모퉁이에 이르렀을 때 무거운 발자국 소리가 그녀 쪽으로 다가오고 있었는데 이 집의 정원사였다. 정원사의 손에는 버들가지로 엮어 만든 쟁반 하나가 들려 있었고, 쟁반 위에는 너무 익어 버린 검붉은 딸기가 놓여 있었다. 그는 천천히 다가오고 있었다.

"이 정원은 오늘 공개하지 않는데요."

정원사는 매혹적인 그녀를 보자 부드러운 어조로 말했

다. 그녀는 잠깐 놀란 듯이 아무 말도 못 했다. 어떻게 이 정원이 일반에게 공개될 수 있다는 말인가? 그러자 그녀는 웃음을 띠며 물었다.

"그러면 언제 공개하죠?"

"매주 월요일과 금요일에 목사님이 공개합니다."

그녀는 생각해 보았다. 목사가 일반인에게 자기 정원을 공개하다니, 도무지 이해할 수가 없었다.

"그런데 여기에는 아무도 살지 않죠? 그렇죠?"

그녀는 정원사를 향해 부드럽게 물었다.

"목사님은 새로 지은 목사관에서 살고 계십니다."

정원사의 대답에 그녀는 한층 더 부드러운 미소를 보내며 청했다.

"장미꽃을 조금 구경하고 싶어요."

정원사는 그녀를 내보내고 싶지 않은 눈치였다.

"오래 머물지만 않는다면 그것쯤이야 쉽지요."

그녀는 정원사가 옆에 있다는 것을 잊어버리기라도 한 듯이 활기찬 모습으로 걸어갔다. 그녀는 여기저기를 돌아보았으나 잔디밭이 내려다보이는 창문에는 커튼이 없고 오직 캄캄해 보였다. 사실은 아무도 살지 않았으나 아직도 사용하고 있는 것 같았다. 그녀는 잔디밭을 지나 진홍색 장미로 된 둥근

문을 지나 정원 쪽으로 발길을 옮겼다. 아침 안개가 서린 곳에는 바다가 가로놓여 있고, 파란 하늘과 바다 사이에는 검은 바위가 어렴풋이 솟아 있었다.

그녀의 얼굴은 고통과 희열이 겹쳐 빛을 내기 시작했고, 발밑에는 수많은 꽃으로 덮여 있는 정원이 잠들어 있으며, 멀리 아래에는 나무 때문에 개울이 가려 있었다. 그녀는 주위의 양지쪽에 꽃들이 아름답게 피어 있는 정원으로 눈길을 옮겼다. 그녀는 소박나무 밑의 아담한 자리를 잘 알고 있었다. 그 곳에는 수많은 꽃들이 핀 조금 낮은 축대가 있고, 이 축대에서 양쪽으로 통하는 두 개의 통로가 있었다.

그녀는 양산을 들고 천천히 꽃들 사이로 걸어갔다. 그 둘레는 모두 장미의 숲으로, 크고 탐스러운 기둥에 매달린 장미, 늘어진 장미, 숲 위에 고루 자리 잡은 장미와 빈 뜰 옆에 수많은 다른 꽃들이 시샘하듯 아름다움을 뽐내고 있었다. 그녀는 과거로 되돌아간 것처럼 한참을 서성거리다가 한 통로로 걸어가 우단처럼 부드럽고 탐스러운 분홍빛 장미를 마치 어머니가 아기의 손을 어루만지듯이 다정스럽게 만졌다.

그녀는 꽃향기를 맡기 위해 가볍게 고개를 숙였다. 그리고는 한동안 명상에 잠겨 있었다. 이따금 향기 없는 붉은 장미가 그녀의 마음을 사로잡는 듯했으며, 이해할 수

없는 것을 이해하려는 듯 그녀는 그 꽃을 뚫어지게 바라
보고 있었다. 그녀는 얼음처럼 한가운데가 파르스름한
백장미를 발견하고 또 한 번 감탄했다.

그리고 그녀는 한 마리의 흰나비처럼 정원을 춤추듯 걸
어서 온갖 장미가 가득 피어 있는 그 축대에 다다랐다. 장
미꽃들은 마치 기쁨에 취한 군중들이 축대를 에워싸고 있
는 것처럼 보였으며 꽃들은 서로 이야기를 나누며 즐겁게
웃고 있는 것 같았다. 그녀는 미지의 세계에 발을 들여 놓
은 나그네처럼 흥분했고, 꽃들은 나그네를 위해 황홀하게
꾸미고 온통 장미꽃 향기로 바꾸어 놓은 듯했다.

그녀는 백장미 꽃 사이에 주저앉았다. 그녀는 자신의
생존마저도 사라지는 느낌이었고, 활짝 피지도 못하고
꽃봉오리 상태로 머물러 있는 한 송이의 장미꽃에 지나
지 않았다. 그 때, 그림자 하나가 그녀 앞을 가로지르는
가 싶더니 어느새 사람이 되어 그녀 앞에 나타났을 때 소
스라치게 놀랐다. 리니에르 천으로 만든 코트를 입은 사
나이였는데 쥐도 새도 모르게 슬리퍼를 신은 채 갑자기
나타난 것이다.

잠깐 사이에 산산이 부서져 버린 아침 나절의 환상이었
다. 그녀는 사나이가 무엇을 물을 것 같아 두려웠다. 그는
겉으로 보기에는 군인 같았으나 아주 건강해 보이는 체구
의 청년이었고, 말끔히 빗어 넘긴 머리는 반짝였으며 콧

수염은 윤기가 흘렀는데 다리는 약간 저는 것 같았다.

그녀가 두려움을 억누르며 사나이의 두 눈을 무의식적으로 보고 있는데, 사나이는 그녀에게로 다가오더니 인사를 건넨 후 옆자리에 앉았다. 사나이는 신사다운 어조로 이렇게 말했다.

"저, 방해가 안 되겠습니까?"

그녀는 어쩔 줄을 몰라 아무 말도 못했다. 그녀는 꼼짝할 수가 없었는데, 사나이의 손가락에 너무나도 낯익은 반지가 끼어 있는 것을 보자 현기증이 날 것 같았다. 온 세상이 뒤집혔다. 그녀는 어쩔 도리가 없이 앉아 있을 수밖에 없었다. 그것은 정열적인 사랑의 상징인 그의 두 손이 힘찬 무릎 위에 놓여 있었을 때 그녀는 공포에 사로잡히고 말았기 때문이다.

"담배 피워도 되겠습니까?"

사나이는 다정하고 은근한 어조로 물었으나 그녀는 대답할 수가 없었다. 아니, 대답이 문제가 아니었다. 사나이는 다른 세계에 있었다. 이 사나이가 과연 자기를 알아볼 수 있을까, 그녀는 그저 안타깝고 궁금했으며 괴로움으로 파랗게 질린 채 앉아 있었다. 그렇지만 이것을 그녀는 극복해야만 되었다.

"담배를 갖고 오지 않았군!"

그녀는 사나이의 말은 못 들은 체하고 오직 사나이에게

만 신경을 썼다. 사나이가 과연 자기를 알아볼 수 있을지, 아니면 전혀 모르고 있는지, 그녀는 불 속에 잠겨 있었다.

"나는 존 코튼을 피우는데, 이제는 값이 좀 싼 것으로 피워야 될 것 같아요. 제가 요즘 소송 중에 있어서 쪼들리지요."

"무슨 소리지요?"

그녀는 마음이 차가웠고 냉혹해졌다. 사나이는 인사를 하고 그 자리를 떠났으나, 그녀는 움직이지 않고 그대로 앉아 있었다. 그녀는 사나이의 모습을 자세히 볼 수 있었다. 마음을 다 바쳐서 그토록 사랑했던 사나이의 모습을 똑똑히 볼 수 있었다. 군인답게 단정한 머리 모양, 이제는 옛날의 그 모습을 찾아볼 수가 없었다. 한참 동안 보고 있으니 말하기가 어려운 무서운 공포가 그녀의 마음을 가득 채웠다.

그 때, 사나이는 무슨 까닭인지 그녀가 있는 곳으로 되돌아왔다.

"담배 피워도 되겠죠? 담배를 피우고 나면 조금은 사리를 판단할 것 같군요."

사나이는 다시 그녀 옆에 앉더니 파이프에 담배를 넣고 있었다. 그러는 사이에 그녀는 사나이의 손을 유심히 보았다. 사나이의 손은 움직임이 고르지 못해 조금씩 떨렸으며 썬 담배가 파이프 밖으로 떨어지곤 했다.

"신경을 써야 할 재판 때문이죠. 그런데 그놈의 재판이 으레 믿을 수가 없더군요. 원하는 것을 정확히 변호사에게 부탁해도 마음대로 되지 않아요."

그녀는 조용히 사나이의 말을 듣고 있었으나 옛날의 그 사나이는 아니었다. 그렇지만 사나이의 손만은 옛날에 그녀가 키스하던 바로 그 손이었고, 빛나는 까만 눈은 그녀가 사랑하던 눈이었으나 옛날의 모습은 찾아볼 길이 없었다. 그녀는 공포와 침묵으로 조용히 앉아 있을 수밖에 없었다. 사나이는 담배쌈지를 떨어뜨리고 그것을 찾느라고 더듬거렸다. 그래도 그녀는 사나이가 자기를 알아볼 것이라는 은근한 기대를 품고 그 때까지 기다리기로 했다. 그녀는 어째서 그 자리를 떠날 수가 없다는 말인가. 잠시 후 사나이는 일어나면서 중얼거렸다.

"올빼미가 올 테니까 어서 가야겠다."

사나이는 그녀가 무슨 말인지 모를 것 같아 말을 이었다.

"그 친구 본명이 올빼미는 아니지만 그렇게 부른답니다. 그 친구가 돌아왔나 가 보아야겠습니다."

사나이가 일어나자 그녀도 따라서 일어났는데, 사나이는 불안한 표정이 되어 그녀 앞에 서 있었다. 그는 미남이었지만 정신 이상이었다. 그녀는 사나이를 뚫어져라 바라보고 또 바라보았다. 혹시 사나이가 자기를 알아보

지 않을까, 또한 자기도 사나이의 옛 모습을 찾을 수 없
을까 하는 기대에서였다.

"혹시 저를 모르시겠어요?"

그녀의 말에 사나이는 이상한 시선으로 쳐다보고 이상
한 빛을 띠었다. 그렇다고 어떤 뜻이 있는 것은 아니었
다. 사나이는 그녀 옆으로 가까이 다가갔다.

"네, 잘 알고 있지요."

사나이는 자기 얼굴을 그녀의 얼굴에 가까이 대면서 확
고하고 분명하게 말했다. 그녀는 사나이가 너무 가까이
자기에게 다가서고 있었으므로 큰 공포심을 느꼈다. 이
때 정원사가 급히 다가와서 말했다.

"이 정원은 지금 공개하지 않습니다."

정신 이상의 사나이는 정원사를 바라보며 발길을 멈추
었고, 정원사는 그가 앉았던 자리로 가서 떨어진 담배쌈
지를 주웠다.

"선생님, 여기다 담배를 떨어뜨리지 마세요."

사나이가 정중하게 말했다.

"내 친구인데."

그녀는 몸을 돌려 장미꽃 사이를 지나 정원을 빠져 나
와 별장에 이르자 2층으로 올라가 침대 위에 걸터앉았다.
그녀는 자기 몸의 모든 기능이 완전히 마비되어 버린 것
같았다. 그녀는 완전히 허탈 상태에 빠져 있었으며 이러

다가 병이 나는 것은 아닐까 하고 생각했다.

얼마 후, 그녀의 남편인 청년의 발소리가 아래층에서 묻고 대답하는 소리와 함께 들리더니 방문이 열리며 청년이 들어왔다. 청년의 활기에 찬 표정에는 어딘지 모르게 자기 만족의 빛이 서려 있었다. 그녀는 마지못해 일어나 비틀거리며 청년에게 다가갔다.

"왜 그러지? 어디가 불편하오?"

청년의 물음은 그녀에게 고통이었다.

"아무렇지도 않아요."

아내의 대꾸에 청년의 갈색 눈에 노기가 서렸다.

"도대체 왜 그러는 거야?"

"아무렇지도 않다니까요."

청년은 창가로 걸어가 밖을 내려다보다가 무뚝뚝한 표정으로 물었다.

"누구하고 다투기라도 했소?"

"아무도 나를 모르는데요."

아내의 대꾸에 청년의 두 손이 불끈 쥐어졌다. 남편이 앞에 있는데도 불편한 기색을 보이니 화가 나서 못 견딜 것 같았다. 마침내 청년은 아내에게로 얼굴을 돌리며 물었다.

"어떤 충격이라도 받은 건 아니오?"

"천만에요, 왜 그런 말을 하세요?"

그녀는 퉁명스럽게 대꾸했다. 그녀에게 있어서 남편은 자극적인 존재에 지나지 않았다. 청년의 노여움은 점점 더해 갔다.

"아무래도 그런 것 같군!"

청년은 될 수 있는 대로 눈치를 보이지 않으려고 애를 쓰며 말했다. 노여움을 나타낼 만한 이유가 없는 것 같았기 때문이다. 청년은 아래층으로 내려가 버렸다. 그녀는 조금도 움직이지 않고 그대로 앉아 있었다. 그녀는 남편이 자기를 괴롭히기 때문에 아직도 가시지 않은 증오감으로 남편을 몹시 미워했다. 시간이 흘렀다. 그녀는 정원에서 남편이 피우는 담배 냄새를 맡을 수는 있었으나 움직일 수가 없었다. 기운을 잃어버렸기 때문이었다.

초인종이 한 번 울리더니 남편이 집 안으로 들어와 2층으로 올라왔는데, 남편의 발소리를 들을 때마다 그녀의 마음은 굳어져만 갔다. 남편이 문을 열고 들어왔다.

"식사가 준비되었군,"

그녀는 남편이 자기의 자유를 너무 간섭하려고 했기 때문에 남편이 정말로 꼴 보기 싫을 정도였다. 그녀는 몸을 벌떡 일으켜 아래층으로 내려갔으며, 의식을 찾을 수 없을 만큼 마음이 허전하여 허공에 앉아 있었다. 남편은 평범하게 아내를 대하려고 애썼으나 결국 울화통이 터져 입을 다물어 버릴 수밖에 없었다. 그녀는 혼자 있고 싶었기 때문에 2층으로 올라가서 침실 문을 잠가 버렸다.

청년은 파이프를 가지고 정원으로 나갔다. 청년은 우월감을 가진 아내에 대한 분노를 삭이지 못해 마음은 점점 어두워졌다. 청년은 아내를 진정한 자기 사람으로 만들지 못하고 있었기 때문에 아내 또한 남편을 참으로 사랑하지 않고 있었다. 이를테면 남편에게 무조건 자기 말에 따르도록 강요한 셈이었다. 그래서 그는 언제나 기를 펴지 못했다. 남편이 광산에서 전기공으로 일하고 있었기 때문에 그녀는 남편에 대해 일종의 우월감을 가지고 있었고, 남편은 언제나 아내를 다정하게 대하였다.

그렇지만 아내가 자기를 하찮은 사람으로 여겼으므로 청년은 언제나 모욕과 수치심을 느끼고 있었다. 이렇게 오늘날까지 살아왔기 때문에 청년의 울화통이 터지는 것은 당연했다. 청년은 몸을 돌려 침실 쪽으로 가서 문을 열기 위해 손잡이를 돌렸으나 굳게 잠겨 있어서 다시 힘을 주어 열어 보려고 했다. 한편, 그녀는 남편이 2층으로 올라오는 소리를 듣자 심장이 멎어 버리는 것 같았다. 그녀의 심장은 정말로 멎어 가고 있었다.

"문을 잠갔소?"

청년은 안주인이 들을까 봐 작은 목소리로 물었다.

"네, 잠깐 기다리세요."

그녀는 벌떡 일어나 자물쇠를 끌렀다. 그렇지 않으면 문을 부수고 들어올 것 같아서였다. 청년이 파이프를 입에 물고 들어가 문을 닫은 후 아내에게 단호한 어조로 물었다.

"도대체 나한테 왜 이러는 거요?"

그녀는 남편에게 싫증이 나서 쳐다보기조차 싫었다.

"제발, 저를 좀 조용히 있게 해줄 수 없어요?"

아내가 남편을 외면한 채 대꾸하자 남편은 모욕감에 몸을 떨며 아내를 쏘아본 다음 잠깐 동안 생각에 잠겼다.

"당신한테 분명히 무슨 일이 있었지?"

"그래요. 그렇다고 하여 저를 괴롭힐 이유는 없잖아요. 그렇지 않아요?"

"괴롭히는 것이 아니야. 도대체 무슨 일이 있어서 그러는 거야?"

"무엇 때문에 자꾸만 알려고 하세요?"

그녀는 증오와 절망을 느끼며 소리를 버럭 질렀다.

"나는 그 이유를 꼭 알아야겠소."

청년의 얼굴은 분노로 보기 흉하게 굳어 버렸다. 두 사람은 시선을 피했는데, 이 때 그녀는 남편이 몹시 흥분했다는 것을 알았다. 그녀는 남편을 매우 미워했으나 맞설 수는 없었다. 그녀는 고개를 들고 남편에게 시선을 향한 채 물었다.

"무슨 권리로 이유를 알겠다는 거예요?"

청년은 그녀를 쳐다보았다. 그녀는 남편의 눈에 괴로운 빛이 스며 있고 표정이 굳어 있는 것을 보자 놀라움과 함께 고통을 느끼지 않을 수 없었다. 하지만 그녀의 마음은 이내 냉정하게 변해 버렸는데, 그녀는 남편을 사랑해 본 적이 없었고 지금도 그 감정이 아직도 사라지지 않고 있었기 때문이다. 그녀는 갑자기 고개를 쳐들었다. 자유로운 몸이 되기 위해 발버둥치는 사람처럼 그녀는 오직 속박의 굴레에서 벗어나고 싶었다. 그러나 그녀를 끔찍하게 속박하는 것은 남편이 아니라 사실은 그녀가 자기에게 씌운 어떤 멍에였다.

자기가 스스로에게 씌운 굴레에서 빠져 나간다는 것은 몹시 어려운 일이었다. 그러나 이제 와서 그녀가 생각할 수 있는 모든 것이 다 미웠고, 느끼는 것은 오직 파멸뿐이었다. 청년은 마치 언제까지나 아내와 맞서려는 듯이 문을 뒤로 하고 그녀가 수그러질 때까지 바위처럼 선 채로 있었다. 그녀는 남편을 쳐다보았다. 남편의 시선은 싸늘했고 적개심이 가득한 표정이었으며, 거친 손은 뒤에 있는 널빤지를 짚고 있었다.

"제가 예전에 여기서 살지 않았다는 것을 당신도 알고 있잖아요."

그녀는 마치 의식적으로 남편에게 상처를 주려는 듯이

입을 열었다. 청년은 그제야 알았다는 듯이 고개를 끄덕였다.

"저기 토릴 홀에 근무하는 버치 양은 제 단짝이었어요. 그녀와 목사는 친구였고 아치 목사의 아들이었어요."

말이 중단되자 청년은 무슨 일이 일어날지 몰라서 조심스럽게 귀를 기울이면서 아내를 쏘아보았다. 그녀는 침대 위에서 흰 드레스 차림으로 웅크리고 앉아 있었다. 그녀의 목소리는 적의에 가득 차 있었다.

"그이는 소위였어요. 그런데 대령과 다툰 일로 해서 쫓겨났지요. 어쨌거나……."

그녀의 말에 남편은 몸이 굳어져서, 혈관이 온통 광기로 가득한 아내의 동작을 지켜보고 있었다.

"그이는 저를 몹시 좋아했고 저도 역시 그이가 미칠 듯이……."

"몇 살이었는데."

"제가 그이를 처음 만났을 때 말인가요, 아니면 헤어졌을 때 말인가요?"

"처음 만났을 때 말이야."

"그 때 그이는 26세였어요."

그녀는 고개를 들고 반대편 벽을 바라보았다.

"그래서?"

남편이 다시 묻자 그녀는 굳은 표정과 말투로 대답하였다.

“그이와 저는 약 1년 동안 약혼한 거나 다름없이 지냈죠. 공개된 사실이 아니었기 때문에 주위에서 더러는 수군거리는 사람들이 있었어요. 그런데 어느 날, 그이는 갑자기 떠나 버리고 말았어요.”

“배반당한 셈이군.”

청년은 아내가 그 남자와 지냈다는 사실에 약이 올라서 그녀에게 마음의 고통을 주려는 듯이 말투가 무척 거칠었다. 그러자 그녀는 속이 몹시 상한 나머지,

“그래요.”

하고 냉랭하게 대답했다. 한동안 무거운 침묵이 흐른 다음,

“그 후……”

하고 그녀가 말을 계속했다. 그녀의 말에는 마음 속의 깊은 상처 때문에 더욱 조롱이 섞여 있었다.

“그이는 아프리카의 싸움터로 나가게 되었어요. 아마도 당신을 처음 만난 그 날일 거예요. 버치 양의 말에 따르면 그이는 싸움터로 떠나던 그 날 일사병에 걸려서 두 달 후에 죽었다는 거예요. 이것이 당신과 제가 결혼하기 전의 모든 사연이에요.”

남편은 아내의 이런 과거를 전혀 알지 못했다. 남편의 양미간은 잔뜩 찌푸려져 있었다.

“그래, 이 곳에 온 것이 옛날 추억을 회상하기 위해서

였군. 오늘 아침에 혼자 나간 것도 그것 때문이었겠지.”

청년의 이 말에 그녀는 아무 대꾸도 하지 않았다. 청년은 문 앞에서 창가로 걸어가 그녀를 등지고 뒷짐을 진 채로 서 있었다. 청년은 본의는 아니었으나 몸을 돌려 그녀에게 다시 물었다.

“그 사람과 얼마 동안이나 관계가 있었지?”

“무슨 말이에요?”

그녀가 차갑게 대꾸했다.

“그 사람과 어느 정도로 관계가 깊었느냐 말이야?”

그녀는 고개를 들었지만 남편을 외면해 버렸다. 그녀는 대답을 하지 않으려다가 다시 입을 열었다.

“관계란 무슨 뜻이지요? 버치 양과 같이 있게 된 두 달 후의 일이지만, 처음 만났을 때부터 그이를 사랑했어요.”

“그도 역시 당신을 사랑했다고 믿고 있소?”

청년은 빈정거리는 어조로 말했다.

“네, 그렇게 믿어요.”

“앞으로는 그와 만날 수가 없을 텐데 사랑했노라는 말을 할 수 있을까?”

또다시 오랫동안의 침묵이 흐른 끝에 청년이 무뚝뚝하게 물었다.

“두 사람 사이는 어느 정도로 깊었는데?”

“저는 당신의 빈정대는 말투가 지긋지긋해요.”

그녀는 미칠 듯이 화를 내며 쏘아붙였다.

"우리는 서로 사랑했어요. 우리는 그야말로 사랑하는 사이였다고요. 당신이 어떻게 생각해도 좋아요. 당신과는 상관없는 일이니까요. 저는 당신을 알기 전에 이미 사랑하는 사람이 있었어요."

"사랑하는 사람…… 애인이라고?"

청년은 분노를 참느라고 얼굴빛이 새하얗게 변해서 말했다.

"군인하고 바람을 피웠다는 말이지. 그래 놓고 나한테 시집을 와?"

그녀는 이런 모욕을 꿀꺽 삼켜야만 했다. 청년은 그 때까지도 못 믿겠다는 투로 물었다.

"갈 데까지 다 가 보았다는 거지?"

"그럼 그게 아니고 무엇이겠어요?"

그녀는 성난 사자처럼 외쳤다. 청년은 몸을 움츠린 채 얼굴빛이 새하얗고 풀이 죽은 모습이었다.

"결혼하기 전에는 이런 이야기를 생각하지도 못했을 거야."

청년은 침통한 어조로 말했다.

"그럼요, 이제는 안 될 것이 없겠죠."

청년은 아무 표정도 없이 굳은 얼굴로 서 있었다. 그는 여러 가지 생각을 하는 동안에 괴로움으로 미쳐 버릴 것만 같았다. 이 때 그녀가 입을 열었다.

"그런데 오늘 그이를 만났어요. 그이는 죽은 것이 아니고 미쳐 있더군요."

청년은 놀란 표정으로 그녀를 쏘아보았다.

"미쳤다고?"

"그래요. 정신 병자 말이에요."

그녀는 이 말을 하면서 거의 이성을 잃을 뻔했다.

"당신을 알아봅디까?"

남편이 나직한 목소리로 물었다.

"아니오."

남편은 아내를 바라보았다. 그는 자기들 사이에 마침내 넓은 공간이 생긴 것을 알 수 있었다. 그녀는 여전히 침대 위에 웅크리고 앉아 있었다. 청년은 그녀에게 가까이 다가갈 수 없었다. 제삼자와 접촉하는 것은 그들에게 있어서 피차간에 배신이었다.

이 일은 스스로 풀어야 할 문제였다. 그들은 서로 충격이 너무 커서 얼이 빠져 버렸고, 이제는 서로 미워할 힘까지 없어져 버렸다.

그로부터 몇 분 후, 청년은 그녀 곁을 떠나 밖으로 나가 버렸다.

맨스필드 Mansfield, katherine : 1888~1923

뉴질랜드의 수도 웰링턴 출생. 영국 런던의 퀸칼리지에서 공부하고, 1906년 일단 귀국하였으나 이듬해 다시 런던으로 가서 작가를 지망하였다. 첫번째 결혼이 며칠 만에 깨어지자 남성에게 버림받은 고독한 여성을 그린 「독일의 하숙에서 (1911)」를 발표하였다. 이 작품으로 특이한 감성과 섬세한 스타일, 예술성이 높은 문체의 작가로 주목을 받기 시작하였다. 이 무렵 아직도 옥스퍼드의 학생이었던 J.M.머리와 사귀면서 그 때부터 그가 경영하고 있던 「리듬」과 「더 블루 레뷰」지에 작품을 발표했다.

「행복 (1920)」, 「가든파티 (1922)」, 「비둘기의 둥지 (1923)」, 「어린애다운 것 (1924)」 등의 작품으로 '의식의 흐름' 수법을 쓰는 단편 소설의 명수라 하여 자주 A.체호프와 비교되었다. 문체는 여성다운 감성에 바탕을 둔 시적 산문이었으나, 장르는 시와 산문의 경계선이었다.

머리와 1918년에 결혼하였다. 그러나 지병인 늑막염이 폐결핵으로 악화되어 남프랑스의 방도르를 비롯하여 여러 곳에서 휴양하다가 35세에 파리 근처 퐁텐블로의 한 요양원에서 세상을 떠났다. 그 동안의 작품 중 「일기」(2권, 1927), 「서간집 (1928)」은 머리가 편집·출판하였고, 이 밖에도 평론집 「소설과 소설가 (1930)」 등 90여 편의 단편을 발표하였다.

세·계·명·단·편·선

현대풍의 결혼

Mansfield, katherine

역으로 가는 길에 윌리엄은 아이들에게 아무것도 사다 주지 못했다는 것을 떠올리고 새삼스럽게 가슴이 아픔을 느꼈다. 귀여운 아이들! 아무것도 사다 주지 않다니, 그들에게는 절망일 것이다.

아이들이 인사하러 달려 나와서 하는 첫마디는 언제나,

"아빠, 뭐 사 왔어?"

하고 물어 보는데, 그는 아무것도 줄 것이 없다는 것이다. 윌리엄은 역에서 과자라도 사는 수밖에 없었다. 그러나 그것도 토요일마다 잇달아 4번이나 같은 것을 사다 주었던 것이다. 그래서 지난번에도 낯익은 상자가 나오는 것을 본 아이들의 안색이 흐려졌던 것이다.

패디는,

"지난번에도 내 것에는 붉은 리본이 있었는데."

하고 말했다. 그리고 조니는,

"내 것은 항상 분홍빛이야. 나는 분홍빛이 싫어."

하는 것이었다. 그러나 윌리엄은 어떻게 할 방법이 없었다. 문제는 까다롭게 되었다. 물론 그전 같으면 택시를 타고 웬만한 장난감 가게로 달려가면 5분 안에 무엇이던지 골라서 살 수 있었다.

그러나 요즈음 아이들은 러시아 장난감이나 프랑스 장난감, 세르비아 장난감 외에 어느 나라 것인지도 알 수 없는 여러 가지 장난감을 가지고 있었다. 게다가 이자벨의 헌 장난감인 당나귀나 기관차 등은 무섭게도 감상적이고, 또 아이들의 형태감을 이루는 데 좋지 않다는 이유로, 그런 장난감을 모두 모아 없애버린 것이 1년이 지났다.

"아이들이 어렸을 때부터 올바른 것을 좋아한다는 것은 아주 중요한 일이에요."

현대적인 이자벨은 이렇게 설명했다.

"그래야 자라서도 많은 도움이 되어요. 만일 그 불쌍한 아이들이 어린 시절을 이런 무서운 것들만 지켜보면서 자란다면 조금 커서는 미술관에 데려가 달라고 조를 것이 뻔하죠."

그리고 이자벨은 왕립 미술관에 가는 것이 마치 당장

에 죽으러 가는 것이나 되는 것처럼 말했던 것이다.

"글쎄, 나는 모르겠는데."

윌리엄은 차분하게 말했다.

"내가 저 아이들 나이 때는 매듭진 헌 수건을 가슴에 껴안고 자랐지!"

이자벨은 두 눈을 가느다랗게 뜨고 약간 입을 벌린 채 윌리엄을 바라보았다.

"여보, 정말로 당신은 그랬을 거예요."

이자벨은 전에는 보지 못했던 태도로 웃었다.

'그래도 사탕이라야 되겠지.'

윌리엄은 택시 운전사에게 치를 잔돈을 찾아 주머니를 뒤지며 우울하게 생각했다. 그러자 윌리엄은 선물 상자를 차례로 돌리고 있는 아이들이 떠올랐다.

'이자벨과 가까운 친구들은 염치도 없이 마구 집어먹지만 그놈들은 참 놀랄 정도로 마음이 너그러워!'

윌리엄은 역 휴게실 안의 매점 앞에서 서성거렸다. 과실은 어떨까? 멜론을 한 개씩 사면 어떨까? 그렇지 않으면 패디에게는 파인애플, 조니에게는 멜론을 줄까? 이자벨의 친구들도 아이들 식사 시간에는 그들 방으로 올라갈 수도 없을 것이고, 아무튼 멜론을 샀을 때 윌리엄은 이자벨의 젊은 시인들 가운데 한 명이 육아실 방문 뒤에서 멜론 한 조각을 핥아먹고 있는 괴상한 환상을 그려 보았다.

 윌리엄은 보기 흉한 두 개의 꾸러미를 들고 기차가 있
는 플랫폼으로 걸어갔다. 플랫폼은 혼잡했고 기차는 들
어와 굶주린 배를 계속해서 채우고 있었다. 문이 잇달아
열리고 닫혔으며 기관차는 '쉬익 쉬익' 하는 소리를 요란
스럽게 내고 있었다. 사람들이 이리저리 황급히 달리는
틈에 섞여 윌리엄은 1등실의 끽연실로 가서 작은 여행 가
방과 꾸러미를 제자리에 올려놓고 안주머니에서 신문 뭉
치를 꺼낸 다음 구석에 털썩 주저앉아 신문을 읽기 시작
했다.

 「우리들 변호인은 한층 더 적극적이고…… 우리들은
이 사건에 있어서…… 재고하고자 한다.」

 아! 그것이 더 낫겠다. 윌리엄은 흐트러진 머리카락을
다듬고 객차 바닥에 두 다리를 뻗었다. 가슴 속에 자리
잡고 있던 지루함이 차차 가라앉았다. '우리 측의 결정에
따라……' 그는 붉은 연필을 꺼내 이 기사 밑에 천천히
줄을 그었다.

 두 사람이 들어오더니 저쪽 구석에 자리 잡았다. 한 젊
은이가 골프 클럽(타구봉)을 시렁에 던져 올리고 맞은편
에 와서 앉았다. 기차는 가볍게 한 번 흔들리더니 곧 떠
났다. 윌리엄은 눈을 살짝 들어 뜨겁고 환한 정거장이 미
끄러지듯 스쳐 지나가는 것을 보았다. 얼굴이 빨간 한 소

녀가 객차 옆을 따라 달리면서 손을 흔들며 무엇이라고 부르짖는 것이 거의 절망적인 모습이었다. '히스테리구나!' 하고 윌리엄은 생각했다. 기름투성이의 시커먼 얼굴을 한 노동자가 플랫폼 끝에서 지나가는 기차에다 치아를 드러내며 히죽이 웃고 있는 것을 본 윌리엄은 그를 지저분한 인생이라고 생각했다.

신문에서 눈을 떼고 창 밖을 보았을 때는 들판과 무성한 나무 아래 서 있는 가축들이 보였다. 벌거벗은 아이들이 얕은 곳에서 물놀이를 하고 있는 넓은 강물이 미끄러지듯 시야에 들어왔다가 다시 사라졌다. 하늘은 흐릿했고 새 한 마리가 옥에 티같이 하늘 높이 날고 있었다.

'우리는 변호인의 사신철을 검토했는데……' 그가 읽었던 마지막 문장이 가슴 속에 메아리쳤다. 윌리엄은 그 문장에서 헤어나지 못하고 매달렸으나 아무 소용도 없었다. 들판과 날아다니는 새, 물, 그리고 이자벨 등 모든 것이 한가운데 불쑥 튀어나와 물고 늘어졌다.

이와 똑같은 일이 토요일 오후마다 일어났었다. 이자벨을 만나러 가는 도중에는 으레 헤아릴 수조차 없는 이런 상상적인 대면이 떠오르기 시작했다. 이자벨은 역에 나와 다른 사람들과 조금 떨어져 있는지, 역 바깥 뚜껑 없는 택시에 앉아 있는지, 아니면 바싹 마른 잔디밭을 거닐고 있는지, 문간이나 홀 안에 있겠지. 그리고는 맑고 명

랑한 목소리가 들려 오겠지.

"윌리엄!"

이나 혹은,

"어머나! 윌리엄!"

이나 혹은,

"오시는군요!"

하면, 나는 아내의 차디찬 손과 뺨을 어루만진다.

오! 이자벨의 더할 수 없는 아름다운 신선미! 그는 어렸을 때 소나기가 쏟아지면 정원으로 달려가 머리 위의 장미 덩굴을 잡아 흔드는 것이 즐거움이었다. 그리고 윌리엄은 아직 나이 어린 소년이었으나, 지금은 그 정원으로 뛰어가는 일도, 웃으며 장미의 가지를 흔드는 일도 없다. 그의 가슴 속에 지루하고도 끈질긴 고민이 다시 시작되었다. 두 다리를 끌어 올려 곧게 세우고 신문을 한쪽으로 치운 다음 살며시 눈을 감았다.

"무엇이라고, 이자벨? 이것이 무엇이라고?"

윌리엄은 부드럽게 말했다. 그들은 새로 이사한 집의 침실에 있었다. 이자벨은 까만 빛깔의 조그만 상자와 초록빛 상자가 몇 개 흩어져 있는 화장대 앞의 색칠한 의자에 앉아 있었다.

"다 알고 있으면서, 뭐가 뭐예요?"

이자벨이 앞으로 몸을 숙이자, 그녀의 아름답고 부드러

운 머리카락이 뺨 위로 흘러내렸다.

"그렇잖아요."

윌리엄은 낯선 방의 한복판에 서 있었는데 낯선 사람처럼 느껴졌다. 이자벨은 홱 돌아서더니 그를 마주 보았다.

"오, 윌리엄!"

이자벨은 애원하듯이 부르짖으며 머릿솔을 집어 들었다.

"제발, 그렇게 지독하게 숨이 멎을 듯한 비극적인 생각은 하지 마세요. 당신은 항상 내가 변했다고 말하고, 그렇게 보고, 또 그렇게 암시를 하는군요. 내가 정말로 마음에 드는 사람들을 사귀게 되고, 조금 돌아다니고, 또 모든 것에 무척 열심이라는 이유만으로 내가 마치……."

이자벨은 머리카락을 뒤로 넘긴 다음 입술을 깨물며 말을 이었다.

"당신은 우리들의 애정 같은 것을 죽이기나 한 것처럼 행동하는군요. 정말 어이없는 일이 아니고 무엇이에요. 그리고 그것은 너무나 광적이에요. 윌리엄, 당신은 이 새 집이나 하인들까지 탐탁치 않게 여기고 있어요."

"이자벨!"

"그럼요. 그것은 어느 모로 보나 사실이에요."

이자벨은 재빨리 윌리엄의 다음 말을 가로막았다.

"당신은 이 집이나 하인들이 무슨 나쁜 조짐이라고 생각하고 있죠? 저는 알고, 또 그렇게 느꼈어요. 당신이 계단을 올라올 때마다 그렇게 느껴져요. 그렇지만 초라하고 비좁고 굴 속 같은 그 집에서 살 수는 없잖아요. 윌리엄, 적어도 실질적이 되어야죠. 그 집에는 아이들의 방도 제대로 없지 않았어요?"

사실 그랬다. 아침마다 변호사 사무실에서 집에 돌아올 때면 아이들은 이자벨과 함께 응접실에 있는 것을 보았다. 아이들은 소파의 등에 걸친 표범 가죽 위에 올라타고 있거나, 이자벨의 책상을 카운터삼아 가게 놀이도 하며, 때로는 벽난로 앞의 깔개 위에 앉아서 조그만 부삽으로 노를 젓고 있으면 조니는 부젓가락으로 해적들을 쏘는 시늉을 하고 있었다. 그리고 저녁마다 아이들은 늙고 뚱뚱한 난니 어멈에게 하나씩 업혀 계단을 올라가는 것이었다.

윌리엄은 정말 숨이 꽉 막히도록 비좁은 집이라고 생각했다. 푸른 커튼이 쳐져 있고 창 밖에 붙여 만들어 놓은 나팔꽃 화분이 있는 작고 하얀 집이었다.

"우리 집의 나팔꽃을 봤어? 런던 같은 데서는 좀처럼 볼 수 없는 아주 놀랄 만한 것이지, 안 그래?"

윌리엄은 이렇게 말하며 문간에서 친구들을 맞아들이곤 했다. 그러나 이자벨이 자기만큼 행복하지 않았던 사실을 꿈에도 눈치 채지 못했으니 정말로 어리석고 놀라운 일이었다.

신이여! 그렇게도 눈이 어두웠을까? 윌리엄은 이자벨이 그 비좁고 불편한 집을 무척 싫어했으며, 뚱뚱보 난니가 아이들의 버릇을 나쁘게 만들고 있다고 생각했으며, 또 지독히 쓸쓸함에 젖어 새로운 친구나 새로운 음악이나 그림 같은 것을 무척이나 그리워하며, 절망적인 괴로움 속에 놓여 있었다는 것을 전혀 몰랐던 것이다. 만일 그들이 마라 모리슨네 집에서 열린 스튜디오 파티에 나가지 않았더라면, 만일 마라 모리슨이,

"제가 당신 부인을 살려야겠어요. 당신 부인은 아름다운 그리스의 여신 같아요."

하고 그들이 떠날 때 말하지 않았던들, 또 만일 이자벨이 마리와 함께 파리에 가지 않았던들, 만약에…….

기차는 또 다른 역인 베팅포드에 도착했다. 이제 10분만 더 달리면 도착한다. 윌리엄은 뒷주머니에다 신문을 간수했다. 맞은편에 앉았던 젊은이는 벌써 사라지고 보이지 않았고 두 사람도 내렸다. 늦은 오후의 햇살은 무명옷을 입은 여인들과 햇볕에 까맣게 그을린 맨발의 아이들을 내리쬐고 있었다. 햇빛은 바위 둑 위로 제멋대로 퍼져 있는, 거친 잎을 가진 명주 같은 노란 꽃잎을 비추고 있었다. 창문을 통해 파도가 밀리듯이 들어오는 공기는 바다 냄새를 풍겼다. 윌리엄은 이번 주말에도 이자벨은 같은 패거리들과 함께 지냈을까 하고 생각했다.

윌리엄은 아이들을 돌보아 주던 조그만 농부의 딸인 로즈와 함께 그들 넷이서 즐긴 휴일이 갑자기 생각났다. 이자벨은 깃을 세운 스웨터를 입고 머리를 땋고 있었지, 그래서 14세 소녀처럼 보였지. 그리고 그의 코는 껍질이 벗겨지곤 했지! 그들이 마음껏 먹었던 일과 다리를 꼼짝 못하게 서로 발을 꿰고 푹신한 새털 이불 속에서 같이 실컷 잤던 일들……. 만일 자기가 이같이 굉장한 정열에 잠겨 있는 것을 알면 그녀는 공포에 떨 것이라고 생각한 윌리엄은 쓴웃음을 금할 길이 없었다.

"여보, 윌리엄!"

이자벨은 역에 마중 나와 있었다. 윌리엄이 머리 속에 그려 온 그대로 이자벨은 다른 마중객들에게서 조금 떨어져 있었다. 윌리엄은 이자벨이 혼자 있는 것을 보자 가슴이 떨렸다.

"여보, 이자벨!"

윌리엄은 눈을 크게 떴다. 이자벨이 너무 예쁘게 보였기 때문에 무엇이라고 한 마디 해야겠다고 생각했다.

"여보, 아주 시원하게 보이는구려."

"정말로 그렇게 보여요? 그다지 시원하지도 않아요. 이리 오세요. 당신이 타고 온 기차는 오랫동안 연착했어요. 택시는 밖에 기다리고 있어요."

　이자벨은 개찰구를 지나갈 때 자기 손을 남편의 팔에 살며시 얹었다.

　이자벨이 말했다.

　"우리는 모두 마중 나왔어요. 보비 케인만은 갈 때 데리고 가려고 과자집에 맡기고 왔어요."

　"그래?"

　윌리엄이 할 수 있는 말은 고작 이 정도뿐이었다. 눈부시게 빛나는 햇빛 속에서 택시는 기다리고 있었는데, 한쪽에는 빌 한트와 데니스 그린이 모자로 얼굴을 가리고 다리를 뻗은 채 누워 있었고, 다른 쪽에는 큰 딸기 모양의 보닛 모자를 쓴 마라가 펄쩍펄쩍 뛰고 있었다.

　"얼음이 없어, 얼음이!"

　그녀는 이렇게 소리쳤다. 그러자 데니스가 모자 아래에서 맞장구쳤다.

　"그렇다면 생선 장수에게서 얻어 올 수밖에 없지!"

　그러자 빌이 얼굴을 내밀며,

　"그런 얼음은 생선 냄새가 나지."

하고 말했다.

　"정말 따분한 소리야."

　이자벨이 비명을 올렸다. 그리고 나서 이자벨은 자기가 윌리엄을 기다리고 있는 동안에 그들이 얼음을 구하기 위해 마을을 얼마나 샅샅이 돌아다녔는가를 설명했다.

“버터를 비롯하여 모든 물건이 가파른 벼랑에서 미끌어져 바다 속으로 들어간 것 같아요.”

“버터를 우리들 온 몸에 발라 놓아야 될까 봐.”

데니스가 말했다.

“윌리엄, 자네 머리 위에 기름 붓는 것을 잊어서는 안 돼.”

“이봐! 어떻게들 앉을 텐가? 나는 조수석이 좋겠군.”

윌리엄의 말에 이자벨이 반대했다.

“아니에요, 보비가 조수석이에요. 당신은 마라와 내 중간에 앉으세요.”

택시는 이들을 싣고 떠났다.

“이 이상한 꾸러미 속에 무엇이 들어 있어요?”

“잘려진 목.”

빌이 모자 아래에서 몸을 떨며 말했다.

“오, 과실이군요.”

이자벨이 매우 기뻐하면서 소리쳤다.

“현명한 윌리엄! 멜론과 파인애플을 샀군요. 아이, 좋아라!”

“아니야, 잠깐만…….”

윌리엄은 미소를 띠며 말했으나 사실은 걱정이 되었다.

“아이들 주려고 사 온 거야.”

“아이, 당신도 참!”

이자벨은 방긋 웃으며 윌리엄의 팔에서 손을 살며시 뺐다.

"아이들이 이것을 먹고 배탈이 나서 펄쩍펄쩍 뛰게요? 안 돼요. 여보, 아이들에게는 이 다음에 다른 것을 사다 주세요. 나는 내 파인애플을 나누지 않겠어요."

이자벨은 남편의 손등을 가볍게 두드리며 말했다.

"깍쟁이 이자벨! 어디, 냄새 좀 맡아 보자꾸나."

마라는 애원하듯이 이자벨에게 팔을 뻗다가 딸기 모양의 보닛 모자가 앞으로 떨어졌기 때문에 기절할 것 같은 가냘픈 소리를 냈다.

"어머나!"

그러자 데니스가,

"파인애플과 연애하는 숙녀."

라고 놀렸다. 택시가 줄무늬 차양이 달린 조그만 가게 앞에 이르렀을 때 보비가 작은 꾸러미를 한 아름 안고 뛰어 나왔다.

"좋은 것인지 모르겠어. 빛깔 때문에 이런 걸 골랐으나 그 중에는 정말 훌륭하게 보이는 동그란 것들도 더러 있어. 그리고 이 사탕 좀 봐요."

보비는 황홀한 듯이 외쳤다.

"이것 좀 보라니까. 이것은 아주 완전한 꼬마 발레 같은데……."

바로 그 때 가게 주인이 나타났다.

“참, 값을 치르지 않았구나.”

보비는 깜짝 놀란 표정을 지으며 말했다. 그래서 이자벨이 가게 주인에게 지폐 한 장을 주자 보비의 표정이 밝아졌다.

“안녕, 윌리엄! 나는 운전사 옆에 앉을 거야.”

보비는 모자도 쓰지 않고 흰옷에 소매를 걷어 올린 채 운전사 옆으로 들어가더니,

“자, 갑시다!”

하고 소리쳤다.

차를 마신 후 모두 수영하러 나갔으나 윌리엄은 남아서 아이들과 화해한 뒤에 장난을 치며 놀았다. 그러나 조니와 패디는 곧 잠이 들었고, 장미꽃처럼 붉던 저녁놀도 연해지고, 박쥐들이 날고 있어도 수영하러 간 사람들은 돌아오지 않았다. 윌리엄이 아래층에서 서성대고 있을 때 하녀가 램프를 들고 홀을 지나갔다. 그는 하녀를 따라 거실로 들어갔다. 노랗게 칠한 기다란 방의 맞은편 벽에는 윌리엄인가 누군가가 그린 그림이 걸려 있었는데, 그것은 실물보다 더 큰 한 청년이 다리를 떨면서, 두 팔의 길이가 눈에 띄게 다른 가냘픈 젊은 여인에게 활짝 핀 실국화 한 송이를 바치고 있는 내용이었다. 안락의자와 긴 의자 위에는 깨어진 달걀과 같은 커다란 얼룩점이 있는 검은 천 조각이 널려져 있고, 담배꽁초가 가득한 재떨이가

이곳저곳에 있는 것이 눈에 띄었다. 윌리엄은 안락의자에 앉았다.

오늘날에는 사람들이 한 손으로 옆구리를 만져 보더라도 세 발 달린 양, 뿔이 하나밖에 없는 암소, 혹은 노아의 방주에서 날아왔다는 그 살찐 비둘기 같은 것에는 부딪치지 않는다. 그 대신 종이로 포장한 더러워 보이는 시집 한 권을 낚을 수 있었다. 윌리엄은 기차 안에서 읽던 신문 뭉치 생각이 났으나 배가 고프고 피곤하여 읽을 수가 없었다. 부엌에서 목소리가 들려 왔다. 하녀들은 마치 집 안에 자기들만 있는 것처럼 떠들고 있었다. 그러자 갑자기 날카로운 웃음소리가 크게 들리더니 잇달아,

"쉬! 쉬!"

하는 큰 소리가 들렸다. 하녀들은 윌리엄이 있다는 것을 잊고 있었던 것이다.

윌리엄은 일어나 프랑스식 문을 통해 마당으로 나가 서 있을 때 수영을 끝낸 사람들이 모랫길을 올라오는 소리가 들렸다. 그들의 소리는 적막을 헤치고 들려 왔다.

"기술이나 잔재주를 부리는 것은 마라에게 달렸다고 생각해."

그러자 마라는 슬프게 소리쳤다.

"우리는 주말에 '산록의 처녀'를 들을 수 있는 축음기가 필요해."

"오! 안 돼! 그것만은 안 돼! 그건 윌리엄에게 실례되는 일이야. 여러분은 윌리엄에게 친절히 대하세요. 그이는 내일 하루만 있게 될 테니."

이자벨의 말에 보비가 나섰다.

"윌리엄은 나에게 맡겨요. 이래봬도 나는 사람들 뒤를 보살피는 데 도가 튼 명수거든."

문이 활짝 열렸다가 닫혔다. 윌리엄이 테라스로 가자 수영객들은 그를 향해,

"핼로, 윌리엄!"

하고 일제히 소리쳤다. 그러자 수건을 펄럭이고 있던 보비가 바싹 마른 잔디 위에서 발끝으로 빙글빙글 돌기 시작했다.

"윌리엄, 자네가 오지 않아서 서운했네. 물이 아주 좋더군! 나중에는 조그만 술집에 들어가서 슬로 진을 마셨지."

보비는 이자벨에게 물었다.

"이자벨, 오늘 밤 니진스키 옷을 내가 입으려는데 어때?"

이자벨이 대답했다.

"아니야, 아무도 정장을 해서는 안 돼요. 모두 시장하고 윌리엄도 시장할 테니 이리들 오세요. 여보, 정어리 요리부터 먹읍시다."

"내가 정어리를 발견했어요."

마라는 이렇게 말한 후에 상자 하나를 높이 들고 홀 안으로 달려왔다.

"정어리 상자를 높이 든 숙녀!"

데니스가 엄숙히 말했다.

"그런데 윌리엄, 런던은 어떤가?"

빌이 위스키의 병마개를 뽑으면서 물었다.

"뭐, 별로 다른 것이라고는 없지."

윌리엄이 대답하자 보비가 정어리를 자르면서 힘차게 말했다.

"런던이야 정말 좋은 곳이지."

그러나 조금 지나자 윌리엄의 존재는 잊혀지고 말았다. 마라가 사람의 다리는 물 속에서 어떤 빛깔로 변하느냐고 물었다.

"내 다리는 버섯 빛깔이야."

빌과 데니스는 무척 많이 먹었다. 그래도 이자벨은 행복한 듯 미소를 띠며 술을 따라 주고 음식 접시를 바꾸어 주며 말상대를 했다.

"빌, 이것을 그려 주었으면 기쁘겠어요."

이자벨이 말했다.

"무엇을 그려요?"

빌이 입 안 가득히 빵을 쑤셔 넣으면서 물었다.

"우리들 말이에요. 식탁에 둘
러앉은 우리들을 그려요. 한 20
년이 지나면 그 그림은 퍽 매력
적인 것이 될 거예요."

이자벨이 말에 빌은 눈살을 찌푸
리며 빵을 씹고 있었다.

"불빛이 틀렸어. 노란빛이 너무 짙어요."

빌은 거칠게 내뱉고 여전히 먹고 있었다. 그런데 이것
이 또한 이자벨에게는 매력적인 것처럼 보였다. 그들은
저녁을 끝내자 너무 지쳤으므로 하품만 하다가 밤늦게
잠자리에 들었다.

이튿날 오후, 윌리엄이 택시를 기다리고 있을 때에야
비로소 이자벨과 단둘이라는 것을 알았다. 윌리엄이 조
그만 여행 가방을 들고 혼자 내려왔을 때 이자벨은 다른
사람들 곁을 떠나 그에게로 다가왔다. 이자벨은 허리를
구부려 여행 가방을 들었다.

"아이, 무서워! 제가 문간까지 들어다 드릴게요."

이자벨은 그렇게 말하고 조금 어색한 웃음을 흘렸다.

"아니야, 왜 당신이 들어야 해? 아무렴, 안 되지. 이리
줘요."

"제게 맡기세요. 정말로 들고 싶어서 그래요."

두 사람은 아무 말 없이 함께 걸었다. 윌리엄은 할말이

없다고 느꼈다.

"자, 여기 있어요."

이자벨은 가방을 내려놓으면서 의기 양양하게 말했다. 그리고는 모랫길을 걱정스럽게 바라보았다.

"이번에는 당신을 만난 것 같지가 않군요. 너무 짧은 시간이었어요. 그렇잖아요. 이 다음에는……."

이자벨이 숨 가쁘게 말하고 있는데 택시가 오고 있었다. 이자벨이 다시 말했다.

"그 사람들이 런던에서 당신을 잘 돌보아 주겠지요? 아이들마저 하루 종일 밖에 나가서 안됐군요. 하지만 미스 네일이 잘 데리고 있을 거예요. 아이들이 당신을 보지 못해 서운해 할 거예요. 여보, 윌리엄. 가셔야만 하는군요."

택시가 돌아섰다.

"안녕!"

이자벨은 윌리엄에게 재빨리 키스를 하고 가버렸다. 택시의 창 밖으로 들판과 나무와 생울타리 등이 스쳐 지나갔다. 택시는 공허해 보이는 마을을 지나 역으로 가는 가파른 비탈길을 기어 올라갔다.

기차는 플랫폼에서 여행객들을 기다리고 있었다. 윌리엄은 1등 끽연실로 가서 구석에 자리를 잡았다. 그러나 이번에는 신문을 버려 두었다.

윌리엄은 멍한 기분과 끈질기게 스며드는 마음의 괴로

움을 지워 버리려고 팔짱을 꼈다. 그리고는 마음 속으로
이자벨에게 한 장의 편지를 쓰기 시작했다.

우편은 여느 때처럼 늦었다. 그들은 집 밖에 오색 찬란
한 양산 밑의 긴 의자에 앉아 있었다. 보비만은 이자벨의
발 아래의 잔디 위에 누워 있었다. 활기도 없이 지루하고
숨이 막힐 듯한 답답한 날씨였으며, 사람들은 깃발처럼
축 늘어져 있었다.
"천당에도 월요일이 있을까?"
보비가 어린아이처럼 묻자 데니스가,
"천당에는 영원히 월요일만 있을 거야."
하고 중얼거렸다. 이자벨은 어제 저녁 식사 때 먹었던 정
어리가 어떻게 되었는지 궁금했다. 그녀는 점심 식사에
는 생선 마요네즈 요리를 만들 생각이었다.
마라는 잠을 자고 있었다. 잠은 그녀가 최근에 새로 발
견한 것이었다.
"참, 신기하기도 하지. 눈만 감으면 그만이고, 자고 나
면 정말 상쾌하지 뭐야."
혈색이 좋은 늙은 우편 집배원이 모랫길을 따라 세발
자전거를 삐거덕거리며 왔을 때 사람들은 자전거 핸들이
배를 젓는 노였어야 되겠다고 생각했다. 빌은 읽고 있던
책을 내려놓았다.

"편지가 왔다!"

빌은 제멋에 겨워 큰 소리로 말했다. 그러나 그들에게
온 편지는 없었고, 오직 이자벨에게만 두툼한 편지 한 통
이 왔을 뿐 신문조차 없었다.

"윌리엄한테서 벌써?"

"윌리엄은 하나의 부드러운 암시로 결혼 증명서를 도
로 보낸 것이겠지."

"아무나 다 결혼 증명서를 가지고 있나요? 그런 것은
하녀들에게나 필요한 것인 줄 알았는데."

"어휴! 길기도 해라. 저것 좀 봐요, 편지를 읽고 있는
숙녀."

데니스가 말했다.

'나의 사랑스럽고 소중한 이자벨'

편지의 장마다 이런 구절이 있었다. 이자벨이 편지를
읽어 감에 따라서 그녀의 놀라움은 숨이 막힐 듯한 기분
으로 변했다. 도대체 윌리엄은 왜 이렇게? 이 얼마나 엄
청난 일인가? 무엇이 그를 이렇게 만들었을까? 이자벨은
어쩔 줄을 모르고 당황했다. 당황함이 차차 흥분으로 변
했다. 게다가 무섭기까지 했다. 이것이 윌리엄다운 짓이
었을까? 물론 어리석고 어이없고 우스꽝스러운 짓임이
틀림없다.

"호호호, 내 참!"

어떻게 해야 할까? 이자벨은 침대 위에 벌렁 드러누우며 허리가 부러질 듯 자지러지게 웃었다.

"무슨 내용인지 얘기 좀 해 봐요."

"우리들에게 얘기를 하라니까."

다른 사람들의 성화에 이자벨은 똑바로 일어나 앉아 편지를 주워 모아 그들 앞에 흔들었다.

"자, 둥그렇게 앉아요. 들어 봐요. 이것은 놀라운 일이야. 연애 편지거든."

"연애 편지라면 얼마나 좋을까?"

그러나 이자벨이 '사랑스럽고 소중한 이자벨' 하고 편지를 읽기 시작하자 그들이 웃음을 터뜨리는 통에 그치고 말았다.

"계속해서 읽어요. 이자벨, 아주 기가 막히는데."

"이것은 가장 놀랄 만한 발견이야."

"어서 계속해요, 이자벨!"

이자벨은 계속해서 읽었다.

'사랑하는 그대여! 내가 당신의 행복에 방해가 되는 것을 하나님도 허락하시지 않겠지요.'

이자벨이 끝까지 읽었을 때 그들은 흥분이 절정에 다다라 발작을 일으킬 지경이었다. 보비는 잔디 위에서 뒹굴며 흐느끼기도 했다.

"그 편지를 전부 나에게 줘요. 새로 나올 책을 위해

서……."

데니스가 힘을 주어 말했다.

"오, 이자벨!"

마라가 신음하듯이 말했다.

"그의 팔 안에 안겨 있는 그 놀라운 광경!"

"그런 편지는 이혼 소송에나 작성되는 거라고 나는 생각했지. 그런데 그런 것도 이 편지 앞에서는 맥을 못 추겠는데."

"어디 한 번 읽어 보게 이리 좀 주세요."

보비가 말했다.

그러나 놀랍게도 이자벨은 편지를 구겨 버리고 나서, 웃지도 않고 그들 모두를 흘낏 노려보았다. 지쳐 버린 것 같아 보였다.

"안 돼, 지금은 안 돼요."

이자벨은 말을 더듬었다. 그리고 어느 틈에 홀을 지나 집 안으로 뛰어들어 2층 침실로 달려갔다. 그리고 침대에 걸터앉았다.

"정말로 밉살스럽고 지긋지긋하고 게다가 조잡한 인간들이군."

이자벨은 중얼거리며 두 눈을 손가락 마디로 누르고 몸을 앞뒤로 흔들었다. 그리고 다시 그들을 내려다보았다. 네 사람이 아니고 40명이나 되어 보이는 사람들이, 이자

벨이 윌리엄의 편지를 읽어 주는 동안 마구 웃고, 놀리며 손을 내밀고 있는 것 같았다.

오! 어쩌면 그렇게 기분 나쁜 일을 저질렀을까? 어떻게 그런 짓을 할 수 있었을까? 사랑하는 그대여, 내가 당신의 행복에 방해가 되는 것을 하나님도 허락하시지 않겠지요. 오, 윌리엄! 이자벨은 베개에 얼굴을 파묻었다. 이자벨은 자기가 어떤 여자였던가를, 무덤처럼 엄숙한 침실까지도 천박하고 겉만 화려하고 속이 빈 여자로 알고 있었으리라고 느꼈다.

얼마 후, 정원에서 말소리가 들려 왔다.

"이자벨, 우리 모두 수영하러 가는데, 당신도 우리와 함께 가요."

"오시라 그대, 윌리엄 부인이시여!"

"가기 전에 한 번 더 불러 봐요. 어서요."

이자벨은 일어나 앉았다. 지금이 바로 그 순간, 이자벨이 결정을 내려야 하는 순간이었다. 그들과 함께 수영하러 갈 것인가? 아니면 혼자 남아서 윌리엄에게 보낼 편지를 쓸 것인가?

'나는 내 마음을 결정해야 된다.'

그러나 무슨 의문이 있을 수 있다는 말인가? 그녀는 여기 남아서 곧 편지를 써야 하지 않은가.

"여왕님! 이자벨!"

마라가 큰 소리로 외쳤다. 아니다. 너무나도 어려운 일이다.

'나는, 나는 그들과 함께 가야지. 그리고 윌리엄에게 보내는 편지는 나중에 쓰자. 지금 당장이 아니고 이 다음 언제나. 그러나 쓰기는 꼭 쓸 것이다.'

이자벨은 황급히 이런 생각을 했다.

그리고 새로운 기분으로 웃으며 계단을 내려갔다.

아버지는 빈 대학교의 인후과 교수였
고, 그 자신도 이 대학에서 의학을 공부하였으며, 1885년
의학 박사 학위를 획득, 정신과 의사로 개업하였다. 직업
관계로 프로이트와의 교류도 있어 31세 때부터 자유로운

작가를 본업으로 삼게 되었다.

출세작은 1893년에 발표한 단막물 「아나톨」인데, 잇달아 발표한 3막물 「희련(戲戀)」이 1895년 가을에 부르크 극장에서 대성공을 거둠으로써 작가로서의 확고한 지위를 구축하였다.

주요 희곡으로는 「초록 앵무새」(1898), 「윤무(輪舞)」(1897), 「베아트리체의 베일」 등이 있으며, 단편 소설로는 「죽음」(1895), 「구스틀 소위」(1901), 「베아테 부인과 그 자식」(1913), 「엘제양(孃)」(1924), 장편 소설로는 「테레제, 어떤 여자의 일생」(1928) 등 19세기의 세기말적 자연주의를 뒷바침한 새로운 낭만주의 수법으로 걸작을 남겼다.

세·계·명·단·편·선

죽은 자는 말이 없다

Schnitzler, Arthur

　　프란츠는 더 이상 마차에 말없이 앉아 있을 수는 없었다. 프란츠는 마차에서 내려 이리저리 거닐었다. 거리는 이미 어두움에 싸여 있고 몇 개의 가로등이 바람에 흔들리면서 깜박거리고 있었으며, 비가 그친 인도는 거의 말라 있었다. 그러나 포장을 하지 않은 차도는 아직도 축축하게 젖어 있고 몇 군데는 물이 고여 있었다.

　　프란츠는 프라터 도로에서 약 1백 보 가량 떨어진 곳에 있으면서도 왜 그런지 헝가리의 어느 작은 도시에라도 와 있는 것 같은 착각에 빠져 있는 것이 이상하게 느껴졌다. 어쨌거나 이 곳이라면 안심하고 지낼 수 있을 것 같았으며, 또한 그녀가 알고 있는 친지를 만날 것이라는 염려는 하지 않아도 좋을 것이다.

시계를 보니 오후 7시였다. 어느덧 캄캄한 밤이 되었는데, 어쩐지 가을이 일찍 찾아온 것 같았다. 프란츠는 사실 폭풍이 싫었다. 그는 외투의 깃을 조금 세우고 빠르게 걸었다. 가로등이 바람에 몹시 흔들렸다. 그는,

"앞으로 30분만 더 기다리다가 돌아가도 되겠지."

하고 중얼거렸다. 프란츠는 한쪽 길옆에 서서 엠마가 걸어올지도 모르는 도로를 바라보았다. 프란츠는 바람에 벗겨지려는 모자를 눌러 쓰면서 오늘은 엠마가 올 것이라고 생각했다. 금요일은 교수 회의가 있는 날이었으므로 그녀는 오래까지 밖에 나와 머무를 수가 있을 것이다. 차도 쪽에서 방울 소리가 들려 오자 부근에 있는 네포묵 교회에서는 저녁 종이 울리기 시작했다. 갑자기 거리가 소란스러워지며 많은 사람들이 프란츠의 옆을 스치듯 지나갔는데, 대부분이 7시에 문을 닫는 상점에서 퇴근하는 점원들이었다. 그들의 빠른 걸음은 사나운 폭풍과 싸우기라도 하는 것 같았다. 그를 눈여겨보는 사람은 거의 없었으며 그저 몇몇 상점의 여점원들이 호기심을 조금 나타내며 바라볼 뿐이었다. 그 때 빠른 걸음으로 다가오는 낯익은 여인의 모습이 보이자 프란츠는 그쪽으로 달려갔다. 그는,

'왜 마차를 타고 오지 않았을까? 정말 엠마일까?'

하고 생각했는데, 엠마가 틀림없었다. 엠마는 프란츠를 알아보고 발걸음을 재촉했다.

"왜 걸어서 오지요?"

프란츠가 말했다.

"칼 극장에서 마차를 보냈어요. 전에도 그 마차를 탄 적이 있는 것 같아서……."

한 사람이 그들의 옆을 지나가면서 엠마를 힐끗 바라보았다. 프란츠는 거의 위협적인 표정이 되어서 날카로운 시선으로 그 사람을 바라보았는데, 그 사람은 재빨리 걸어가 버렸다. 엠마는 그 사람의 뒷모습을 바라보며 불안한 듯이 물었다.

"저 사람은 누구죠?"

"전혀 모르는 사람인데. 이 곳에는 사람이 없으니까 걱정하지 않아도 됩니다. 자, 마차를 타고 떠납시다."

"당신의 마차예요?"

"예! 뚜껑이 없는 마차랍니다."

"왜 뚜껑이 없지요?"

"한 시간 전까지만 해도 날씨가 좋아서 그냥 뚜껑을 씌우지 않았지요."

두 사람은 마차가 있는 곳으로 다가가 엠마가 먼저 마차에 올라탔다. 프란츠는 마부를 찾았다.

"어이, 마부!"

"마부는 어디 있지요?"

엠마의 물음에 프란츠는 주위를 둘러보았다.

"마부가 안 보이는 것이 조금 이상한데."

프란츠가 말하자 그녀가 나직이 중얼거렸다.

"그럼 어떻게 하죠?"

"조금만 기다려 봅시다. 틀림없이 어디에 있을 겁니다."

그 때에 마부는 작은 카페에서 몇몇 사람들과 어울려 식탁 옆에 앉아 있다가 자리에서 일어났다. 마부는 일어나서 술 한 잔을 들이켜고 약간 비틀거리며 마차가 있는 곳으로 갔다.

"어떻게 된 것인가?"

"주인님, 죄송합니다. 어디로 뫼실깝쇼?"

"프라터가 오락실 있는 곳으로."

프란츠는 마차에 올라탔다. 엠마는 포장이 덮인 한쪽 구석에 몸을 깊숙이 파묻은 채 뒤로 기대고 있었다. 프란츠는 엠마의 작은 두 손을 잡았으나 엠마는 꼼짝도 안했다.

"저녁 인사를 잊었습니까?"

"프란츠! 잠깐 동안만 이대로 놔두세요. 숨이 막힐 것만 같아요."

프란츠는 시선을 돌려 앞으로 향했다. 그들은 잠깐 동안 아무 말도 없었다. 마차는 프라터 가로 접어들어 테게트호프의 기념비 옆을 지나 가로수가 서 있는 넓고 어두운 길을 빨리 달리고 있었다. 그 때 엠마는 갑자기 두 팔로 애인인 프란츠를 힘껏 포옹했다. 프란츠는 아무 말도 없이 그녀의 입술을 가로막고 있던 베일을 올리고 가벼운 키스를 했다.

“결국은 당신에게로 돌아왔군요.”

“엠마! 우리가 얼마 동안이나 서로 만나지 못했는지 알고 있소?”

“지난번 일요일이었어요.”

“그래. 그 날 멀리서 잠깐 보았을 뿐이었지.”

“당신을 저의 집에서 만났는데, 잊으셨군요.”

“아! 그렇군, 당신 집에서였지. 자주 갈 일이 아니야. 아무튼 당신한테는 가지 않겠어. 그런데 표정이 갑자기 왜 그래?”

“어떤 마차가 지나가면서 저를 보는 것 같았어요.”

“엠마! 프라터 거리를 산책하는 사람들이 우리에게 관심이나 갖겠소? 천만에 그럴 까닭이 없지.”

“그래도 다른 곳으로 가요.”

“당신 좋을 대로 합시다.”

프란츠는 마부를 향해 외쳤으나 듣지 못한 것 같았다. 그가 상체를 앞으로 내밀며 마부의 등을 가볍게 흔들자 마부가 뒤를 돌아다보았다.

“마차를 뒤로 돌리게. 왜 그렇게 마차를 빨리 몰지? 급한 일도 없으니 내 말 좀 들어 봐. 우리는 국도에 있는 다리로 통하는 길까지 가야겠네."

"국도로 가시겠습니까?"

"그래. 그런데 왜 그렇게 서두르지?"

"주인님, 죄송합니다. 말들이 바람 때문에 날뛰는군요."

"물론 바람이 심하기는 하지만……."

프란츠가 중얼거리자 마부는 마차를 되돌려 그 때까지 왔던 길을 달렸다. 엠마가 물었다.

"어제는 어째서 오시지 않았어요?"

"내가 갈 수 있었으리라고 생각했소?"

"저의 언니 집에 당신도 초대받으셨을 거라고 생각했는데요."

"하기는 그렇지만."

"어째서 오시지 않았어요?"

"당신을 보면서 다른 사람들과 섞여 있을 수가 없어서 그랬던 것이오. 앞으로 다시는 그런 모임에는 나가지 않을 생각이오."

엠마는 어깨를 조금 움츠렸다가 물었다.

"그런데 지금 여기가 어디죠?"

마차는 철교 밑으로 나 있는 국도를 달리고 있었다.

"이 곳은 도나우강으로 가는 길목으로 우리는 지금 국도에 있는 다리로 가고 있어. 여기는 아는 사람도 없을

거야.”

프란츠는 농담이라도 하듯이 말했다.

“마차가 몹시 흔들려요.”

“정말로 흔들리는군. 조금 있으면 아스팔트 도로가 나올 거야.”

“마차가 어째서 지그자그로 달려요?”

“지그자그로 달린다고 생각하니까 그렇지.”

그러나 프란츠도 역시 마차가 너무 심하게 흔들리는 것을 느끼고 있었으나, 엠마를 안심시키기 위해서 쓸데없는 말을 삼가려고 억제하고 있었다.

“엠마! 오늘은 당신과 할 이야기가 많아.”

“아홉 시까지는 집에 돌아가야 하니까 빨리 말씀해 보세요.”

“내가 할 이야기는 두 마디로 충분해.”

“어머나, 무슨 이야기인데요?”

엠마는 조금 큰 소리로 말했다. 마차가 길 한복판에 이르자 바퀴가 빠져 달아날 정도로 급하게 커브를 돌았다. 그 순간, 프란츠는 마부의 옷자락을 붙들었다. 그는 마부에게 외쳤다.

“마차를 세워! 정말 술이 취했군.”

마부는 간신히 마차를 멈추었다.

“엠마, 여기서 내립시다.”

"여기가 어디인가요?"

"벌써 다리까지 왔소. 이제는 바람도 잤으니 조금 걸읍시다. 마차를 타고 오느라고 이야기도 제대로 못 했구만."

엠마는 베일을 내려 얼굴을 가리고 프란츠의 뒤를 따라갔다.

"바람이 잤다고요?"

엠마는 바람이 다시 불자 주춤거리며 말했다. 프란츠는 그녀의 팔을 붙들었다.

"뒤에서 따라오게!"

프란츠는 목소리를 조금 높여 마부에게 말했다. 그들은 다리 가까이 비스듬히 올라가는 동안 서로가 말이 없었다. 발밑에서 찰싹거리는 물결 소리가 들리자 그들은 발걸음을 잠깐 멈추었다. 밤의 어둠이 그들 주위를 둘러싸고, 넓은 강물은 잿빛을 띤 채 끊임없이 흘러가고 있었다.

그들이 방금 지나온 강변에는 한 줄기의 빛이 가물거리듯 물 속으로 가라앉았고 또 강물이 검은 풀밭 속으로 사라지는 것처럼 보였다. 그 때 멀리서 우레 소리가 들리는 것 같더니 차차 가까워졌다가 다시 멀어지고 사방은 조용해졌다. 그 때 바람이 세게 불어왔다. 침묵이 얼마나 계속되었을까. 이윽고 프란츠가 먼저 입을 열었다.

"이제 헤어져야 해."

"그래요."

엠마는 낮은 목소리로 대답했다.

"우리는 떠나야 해. 이제는 정말로 이별해야 된다고 생각하는데……."

"그렇지만 그럴 수는 없어요."

"우리가 비겁하니까 그러는 것이오. 엠마, 그래서 안 되는 거야."

"그럼 제 아이는 어떻게 하죠?"

"나는 그가 아이를 당신한테 맡길 것이라고 생각하고 있는데."

"그럼 어떻게 하겠어요. 안개가 낀 밤에 여기서 도망치자는 말이에요?"

엠마는 낮은 음성으로 이야기했다.

"아니야, 당신은 다른 남자의 아내이기 때문에 그러면 안 돼. 방법은 더 이상 그의 집에서 살 수 없다고 말하는 수밖에 없어."

"프란츠, 그럴 용기가 있어요?"

"당신이 원하면 내가 당신 대신 그에게 말할 수 있어."

"프란츠, 그럴 수는 없어요."

프란츠는 엠마를 바라보았다. 그렇지만 어둠 속에서는 그녀가 자기를 보고 있다는 것밖에 아무것도 알 수가 없었다. 프란츠는 얼마 동안 입을 다물고 있다가 태연히 말했다.

"그런 행동은 하지 않을 테니까 걱정하지 말아요."

그들은 강가에 다다랐다.

"저게 무슨 소리죠?"

엠마가 물어 보고 있는데 마

차가 바퀴 소리를 내며 천천히

달려왔다. 조그맣고 빨간 불빛이

그들 앞의 어둠 속에 떠 있었다. 그들은

그것이 마차를 끄는 말의 멍에 양쪽에 매단 조그만 초롱

불빛이라는 것을 알았다. 그러나 그 마차에는 짐을 실었

는지 사람이 탔는지 알 수가 없었다. 바로 그 뒤로 같은

마차 2대가 따랐는데 마지막 마차에는 농부 복장을 한 남

자가 타고 있음을 파이프의 불빛으로 알 수 있었다.

이윽고 마차들은 지나가고 그들 뒤로 20보 가량 떨어

져서 천천히 계속해서 따라오는 마차 소리를 빼고는 아

무 소리도 들리지 않았다. 다리는 저쪽 강가로 조금 굽어

져 있었다. 그들 앞의 도로가 나무와 암흑 사이로 뻗어

있는 것이 보였고, 좌우에는 낮은 풀밭이 가로놓여 있었

다. 두 사람은 밑을 내려다보았다.

오랫동안 침묵을 지키던 프란츠가 갑자기 입을 열었다.

"말하자면 이것이 마지막이구만."

"뭐가 마지막이란 말이에요?"

엠마는 근심스러운 표정으로 조심스럽게 물었다.

"우리 두 사람이 같이 있는 것 말이오. 이제부터는 그 남자와 함께 있도록 해요."

"정말이세요?"

"그렇소."

"당신은 우리들이 가질 수 있는 몇 시간을 항상 망쳐 버린다는 것을 모르고 계세요? 나는 결코 그렇지 않아요."

"그래 당신 말이 틀림없어. 자, 이리 와요. 이제 돌아갑시다."

프란츠가 이렇게 말하자 엠마는 그의 팔을 붙잡았다.

"싫어요. 지금은 가고 싶지 않아요. 이대로 돌려보내지 마세요."

엠마는 아양을 부리며 그를 끌어당기더니 오랫동안 키스를 했다.

"만일 우리가 계속해서 앞으로 간다면 어디에 가서 멈추죠?"

"프라크지."

"그 곳까지는 안 돼요. 당신만 좋다면 조금 더 가야겠어요."

엠마는 미소를 띠고 말하면서 어둠 속을 가리켰다.

"이봐, 마부!"

그 때 프란츠가 마부를 불렀으나 아무 대답이 없자 다시 외쳤다.

“마차를 세워!”

그러나 마차는 계속해서 달렸다. 프란츠는 재빨리 움직여 마부 자리로 가 보니 마부는 자고 있었다. 그는 소리를 질러 마부를 깨웠다.

“곧장 앞으로 가게, 알겠지?”

“알겠습니다. 주인님!”

마부가 힘껏 채찍을 휘두르자 말들은 질척거리는 도로 위를 미친 듯이 달렸다. 두 사람은 마차 안에서 부등켜안고 있었다. 마차는 이리저리 몹시 흔들렸다.

“이것도 재미없네요.”

엠마는 프란츠의 턱밑에서 속삭였다. 이 때 그녀는 마차가 갑자기 공중으로 떠오르는 것같이 느껴졌다. 그녀는 몸이 앞으로 쏠리는 것 같아 무엇을 붙잡으려고 했으나 손은 허공을 맴돌았다. 마치 온 세상이 돌아가는 느낌이었으므로 그녀는 눈을 감지 않을 수가 없었다. 엠마는 갑자기 땅 위에 떨어져 쓰러져 있는 것을 느꼈다. 그리고 마치 이 세상에서 멀리 떠나 자기만 혼자 있는 듯한 깊은 정적 속에 잠겼다. 그 순간 여러 가지 소리가 한데 어울려서 들려 왔다. 바로 가까이에서 말발굽 소리와 낮은 신음 소리가 들렸지만 아무것도 보이지 않았다. 엠마는 심한 불안을 느끼며 소리를 질렀다. 왜냐하면 자기의 외치는 소리가 들리지 않았기 때문이다.

엠마는 문득 어떻게 된 일인지 분명하게 깨달을 수 있었다. 그들이 탄 마차는 도로 표지판에 부딪쳐서 그만 뒤집혀지고 말았던 것이다. 엠마는 마차에서 기어 나왔다. '그이는 어디 있을까?' 하는 생각이 들어 프란츠의 이름을 불렀으나 아무 대답이 없자 일어나려고 했다. 그러나 엠마는 땅 위에 겨우 앉을 정도밖에 몸을 일으킬 수가 없었다. 그녀는 어둠 속에서 이리저리 더듬다가 두 손이 사람의 몸뚱이 같은 것에 닿았다. 그녀는 어둠 속에서 그 몸뚱이가 프란츠임을 간신히 알아볼 수가 있었는데, 그는 전혀 움직이지 않고 그녀 옆에 쓰러져 있었다. 엠마는 손을 내밀어 프란츠의 얼굴을 만져 보고 그의 얼굴에서 축축하고 뜨뜻한 것을 느꼈다. 그것은 피였다. 프란츠는 부상을 당한 채 정신을 못 차리고 있었다. 엠마는 마부를 불러 보았으나 아무 대답이 없었다. 그녀는 온 몸이 아팠지만 상처는 없다는 느낌이 들었다. 도대체 어떻게 된 일일까. 아무렇지도 않을 리가 없다.

"프란츠!"

엠마가 외치자 가까운 곳에서 마부의 목소리가 들렸다.

"주인님, 부인! 어디 계시죠? 괜찮습니까? 조금만 기다려 주십시오. 빌어먹을 놈의 말이 돌무더기가 있는 곳으로 뛰어드는 바람에……."

엠마는 온 몸이 아팠지만 몸을 일으켰다. 마부가 별로

상처를 입지 않았다는 것을 알고 조금은 안심이 되었다. 그녀는 마부가 램프의 뚜껑을 열고 성냥 긋는 소리를 들었다. 그녀는 불빛을 초조히 기다리면서도 자기 옆에 쓰러져 있는 프란츠를 만져 볼 용기를 내지 못했다. 그녀는 생각해 보았다.

'보이지 않으면 모든 것이 더욱 두렵게 느껴지는데, 프란츠는 틀림없이 살아날 거야. 정말로 아무 일 없겠지!'

옆에서 불빛이 비치자 마차가 보였다. 마차는 땅 위에 있는 것이 아니라 길가의 도랑 속에 바퀴가 부러진 상태로 비스듬히 처박혀 있었으며, 말들은 움직이지 않고 그 자리에 서 있었다. 불빛이 가까이 왔다. 엠마는 불빛이 도로 표지판과 자갈이 쌓여 있는 곳을 지나 차차 도랑으로 가까이 다가오는 것을 보았다. 불빛은 프란츠의 얼굴을 비추며 그 위에 머물렀다. 마부는 프란츠의 머리를 비추는 곳에 등불을 놓았다. 엠마는 무릎을 꿇었다. 그리고 그의 얼굴을 자세히 본 그녀는 마치 심장의 고동이 멈추는 것만 같았다. 프란츠의 얼굴은 창백했고 눈을 반쯤 뜨고 있었기 때문에 흰자위만 보일 뿐이었다. 오른쪽 귀밑에서 피가 뺨으로 천천히 흘러내려 와이셔츠의 깃 속으로 스며들고 있었으며 아랫입술을 깨물고 있었다.

"이게 도대체 어찌 된 일이에요?"

엠마는 자기도 모르게 큰 소리로 외쳤다. 마부도 무릎

을 꿇고 프란츠의 얼굴을 뚫어지게 내려다보았다. 그러더니 두 손으로 프란츠의 머리를 받쳐서 들어올렸다.

"뭐하시는 거예요?"

엠마는 숨 가쁘게 외치다가 프란츠의 머리가 가볍게 들려지는 것처럼 보이자 기절할 듯이 놀랐다.

"부인, 아무래도 큰 불상사가 일어난 것 같습니다."

"그럴 리가 없어요. 그런 일은 절대로 일어날 수가 없어요."

마부는 떨고 있는 엠마의 무릎 위에 프란츠의 머리를 천천히 내려놓았다.

"누가 좀 와 주었으면 좋을 텐데……."

"이 일을 어떻게 하면 좋아요?"

엠마는 떨리는 목소리로 마부에게 물었다.

"마차도 부서져 버렸으니 누가 올 때까지 기다리는 수밖에 없을 것 같습니다."

마부는 계속해서 말했으나 엠마의 귀에는 한 마디도 들리지 않았다. 그러다가 그녀는 차차 정신을 차리면서 자기가 어떻게 해야 한다는 것을 알게 되었다.

"이 근처에 있는 집까지는 시간이 얼마나 걸리나요?"

"멀지 않습니다. 저기가 프란츠 요세프이니까요. 5분이면 갈 수 있을 겁니다."

"그럼 좀 갔다 와요. 저는 여기 있을 테니까 사람을 몇

명 데리고 와요.”

“부인, 저는 당신과 같이 여기 있는 것이 좋을 것 같습니다. 이 길은 국도니까 곧 누군가 올 것입니다.”

“그 때는 너무 늦어요. 의사를 불러야겠어요.”

마부는 꼼짝도 하지 않는 프란츠의 얼굴을 들여다보더니 엠마를 향해 고개를 가로저었다.

“당신이 뭘 안다는 거예요. 나도 몰라요.”

엠마는 마부를 향해 소리쳤다.

“그렇습니다, 부인. 그렇지만 이 곳에서 제가 어떻게 의사를 부르지요?”

“그러면 프란츠 요세프라는 곳에서 사람을 보내서…….”

“그러면 되겠군요. 부인, 제 말을 좀 들어 보세요. 그 마을에 사는 사람들은 전화가 있을 것 같으니 거기서 전화로 구원을 청하면 될 것입니다.”

“그러는 것이 좋겠네요. 어서 좀 가 주세요. 제발 좀 뛰어가서 사람들을 데리고 와요. 어서 좀 가지 왜 그러고 있어요?”

마부는 엠마의 무릎 위에 있는 프란츠의 창백한 얼굴을 다시 한 번 들여다보았다.

“구해 줄 수 있는 사람이나 의사가 많이 필요하지는 않겠지요?”

“빨리 좀 가 주세요. 어서요.”

“곧 가겠으니 염려하지 마세요. 부인, 꼼짝 말고 이 자리에 계십시오.”

이 말을 남기고 마부는 마을을 향해 급히 달려갔다. 마부는 달려가면서 중얼거렸다.

“나는 정말 아무 책임도 없는 거야. 미쳤지. 한밤중에 국도는 무엇 때문에 오는 거야!”

엠마는 어두운 도로 위에 꼼짝도 않고 자기 무릎 위에 놓여 있는 프란츠의 머리와 함께 있었다.

‘어떻게 하면 좋을까?’

엠마는 생각했으나 어떻게 손을 쓸 수 없다는 것이 그녀의 머리에 떠올랐다. 그녀는 자기 옆에서 갑자기 숨소리가 들리는 것 같은 생각이 들었다. 엠마는 창백한 프란츠의 입술에 얼굴을 대어 보았으나 이미 숨이 멎은 것 같았다. 엠마는 그의 눈을 뚫어지게 내려다보았다. 그리고는 몸을 떨었다.

‘나는 왜 이것을…… 이것을 믿지 못하는 것일까? 이것이 바로 죽음이다.’

엠마가 이렇게 생각하자 온 몸에 소름이 돋았다. 그리고 이런 생각 속에 잠겼다.

‘죽은 자, 나와 죽은 자, 내 무릎 위에 시체가 누워 있다.’

엠마가 떨리는 손으로 프란츠의 머리를 떼밀자, 그의

머리는 힘없이 땅바닥에 떨어지고 말았다. 그 때 비로소 엠마의 머리에는 무엇이라고 말할 수 없이 허전하다는 느낌이 들었다. '나는 왜 마부를 마을로 보냈는가? 얼마나 어리석고 바보 같은 짓인가? 나는 이 도로 위에서 죽은 사람을 데리고 무엇을 어떻게 하려는 것인가? 다른 사람들이 오게 되면……. 다른 사람들이 오게 되면 도대체 어떻게 해야 하나? 얼마나 기다려야 하나?' 엠마는 다시 죽은 프란츠를 내려다보았다. 그녀는 죽은 사람과 단둘이만 있는 것이 아니라는 생각이 머리에 떠올랐다.

여기 등불이 있지 않은가.

이제는 어쩐지 불빛이 엠마에게는 사랑스럽고도 정다운 사람처럼 느껴졌다. 불빛 속에는 엠마의 주위를 뒤덮고 있는 끝없는 어둠 속보다 더 생기가 돌고 있었다. 사실 그녀로서는 이 불빛이 자기 앞에 누워 있는 창백하고 무시무시한 남자에게서 자기를 지켜 줄 것 같은 생각까지 들었다. 엠마는 자리에서 일어났다. 정말 그럴 수는 없었다. '내가 프란츠와 여기에 함께 있었다는 사실을 다른 사람들이 알게 되면…….' 엠마는 마치 자기가 발부리 앞에 죽은 사람과 불빛을 두고 도로 위에 서 있는 것 같았다. 그러자 엠마는 어둠 속에서 이상하게도 커다란 모습으로 우뚝 서 있는 자기 자신을 보았다.

'무엇을 기다리는 것일까?'

그녀에게는 갖가지 생각이 떠올랐다.

'무엇을 기다리는 것일까? 사람들? 그 사람이 무슨 필요가 있는가? 그 사람들은 물어 볼 것이다. 그러면 나는, 나는 여기서 도대체 어떻게 하면 좋을까? 사람들은 나에게 누구냐고 물을 것이다. 그러면 나는 그들에게 어떻게 대답해야 좋을까. 아무 대답도 하지 못할 것이다. 그들이 오게 되면 나는 아무 말도 못 하고 침묵만 지킬 것이다. 한 마디도……. 그러나 사실 그들은 나에게 강요하지는 못할 것이다.'

그 때 사람들의 목소리가 멀리서 들려 왔다. 엠마는,

'벌써 오는 것일까?'

하고 생각하며 불안하게 귀를 기울였다. 다리 쪽에서 사람들의 목소리가 들려 왔다. 그것은 꼭 마부가 데리고 오는 사람들일 수는 없었다. 도대체 그들은 누구일까? 어쨌든 그들은 불빛을 알아볼 것이고 엠마는 그들의 눈에 띄게 될 것이다.

엠마는 등불을 꺼 버렸다. 그녀는 곧 암흑 속에 잠겼으며 아무것도 보이지 않았다. 프란츠도 보이지 않았다. 오직 쌓여 있는 흰 자갈만이 어둠 속에서 희미하게 빛나고 있을 뿐이었다. 목소리가 차차 가까워지자 엠마는 온 몸을 부들부들 떨기 시작했다. 그러나 여기서는 아무것도 보이지 않았으며, 제발 그래 주었으면 했지만 사실은 그것만이 필요했다. 오직 그것만이 문제였고, 그 밖의 다른 것은 문제가 아니었다. 만일 엠마가 다른 남자의 애인이었다는 사실을 한 사람이라도 알게 되면 그녀는 절망적인 것이다. 엠마는 경련이라도 일어난 것처럼 두 손을 모으고 사람들이 자기를 발견하지 못한 채 지나쳐 주었으면 하고 바랐다. 그런데 저쪽에서,

"당신은 무슨 말씀을 하시지요?"
하고 2, 3명의 부인들이 말하고 있었다. 부인들은 마차에 대하여 무슨 이야기를 나누고 있었으며 엠마는 그 말들을 알아들을 수 있었다. 그들도 마차가 있는 것을 알고 있는 모양이었다.

"마차 한 대가 뒤집혀져서……."
그 밖에 부인들은 또 무슨 이야기를 하는 것일까? 엠마는 그들의 이야기를 들을 수가 없었다. 부인들은 계속해서 걸어오더니 엠마가 있는 곳을 지나갔다.

'아아, 감사하지 뭐냐. 그러면 이제부터 어떻게 하면 좋을까? 아아, 나는 어째서 프란츠처럼 죽지 않았을까?'

엠마는 프란츠가 원망스러웠다. 프란츠에게는 이제 다 사라졌으며 아무 위험이나 두려움도 없었다. 그러나 엠마는 사람을 만날 생각을 하자 온 몸이 떨렸다. 그녀는 누가 이 곳에 있는 자기를 보지나 않을까,

412

또는 당신이 누구냐고 묻는 사람이 있지 않을까 겁을 내고 있었다. 엠마는 경찰서에 가지 않을 수가 없고 모든 사람들이, 또는 그녀의 남편이나 아이가 그 사실을 알게 된다면 어떤 일이 일어날까?

엠마는 오랫동안 그 자리에 서 있었다는 것을 느끼지 못했다. 사실 엠마는 그 자리를 떠날 수 있고 여기서는 아무것도 필요하지 않았다. 엠마는 자신을 불행 속으로 몰아 넣고 있었다. 그녀는 조심스럽게 길가의 도랑을 건너 한 걸음 앞으로 나가지 않을 수가 없었다.

'아아, 이 곳은 이렇게 얕았구나!'

그리고는 다시 도로 한가운데로 나설 수 있도록 두 걸음 앞으로 나갔다. 엠마는 발걸음을 잠깐 멈추고 멍하니 앞을 바라보았다. 그리하여 희미한 길을 따라 어둠 속으로 들어갈 수 있었다. 그 앞 저쪽에 도시가 있었으나 그녀에게는 아무것도 보이지 않았다. 그러나 방향만은 틀림이 없었다. 엠마는 다시 한 번 돌아다보았다. 사실 그 곳은 조금도 어둡지 않았고 마차를 뚜렷하게 볼 수 있었으며 이야기 소리까지 들렸다.

정신을 차린 엠마는 땅 위에 쓰러져 있는 사람의 모습 같은 것을 보고 두 눈을 크게 떴다. 그러자 무엇이 그녀를 끌어당기는 것만 같았는데, 그것은 그녀를 붙잡으려는 표정을 하고 있는 시체였다. 엠마는 시체의 보이지 않는 힘에 겁이 나서 힘껏 뿌리쳤다. 엠마는 땅이 너무나 축축히 젖어 있는 것을 느꼈다. 엠마는 미끄러운 도로 위에 서 있었다. 흙이 젖었기 때문에 발을 옮기기가 무척 힘들었으나 엠마는 빨리 걸어갔다. 엠마는 그 곳을 떠나 불빛이 밝고 사람들이 붐비는 떠들썩한 곳을 찾아갔다.

엠마는 도로를 따라 옷이 땅에 끌리지 않게 옷 끝을 추켜들고 뛰다시피 종종걸음으로 걸었는데, 바람이 그녀의 뒤에서 불어왔기 때문에 마치 바람이 그녀를 떼밀고 가는 것 같았다. 엠마는 자기가 무엇을 피하고 있는지 분간하기가 어려웠다. 엠마는 저쪽, 그녀 뒤의 길가에 있는 도랑 옆에 쓰러져 있는 그 창백한 남자 앞을 떠나지 않을 수가 없었던 생각이, 그녀는 사실 바로 그 자리에 있으면서 자기를 찾을지도 모르는 그 사람들로부터 떠날 수 있을 것이라는 생각이 들었다.

그 사람들은 뭐라고 생각할까? 누가 뒤를 따라오지나 않을까? 그러나 엠마를 따라올 사람은 아무도 없었다. 사실 그녀는 바로 다리 근처까지 와 있었으며 상당한 거리를 두고 있었으므로 위험할 것은 없었다. 엠마가 누구인지 아는 사람은 없다. 그 남자와 같이 국도를 달리고 있던 그 부인이 누구였는지 몰랐고 마부도 몰랐다. 그 마부가 뒷날 다시 한 번 그녀를 만난다 하더라도 알아보지 못할 것이다. 그리고 사람들은 그녀가 누구였는가에 대해서 별

관심이 없을 것이다. 누가 관심을 기울일 것인가.

엠마가 그 자리를 떠난 것은 비열한 행동이 아니라 가장 현명한 행동이었다. 프란츠도 엠마를 이해해 줄지 모른다. 엠마는 아이가 있고 남편이 있는 집으로 돌아가야만 했다. 만일 엠마가 자기가 사랑하던 죽은 남자 옆에서 다른 사람 눈에 띄었다면 그것으로 끝나는 것이다. 그 곳에는 다리가 있고 도로는 밝은 불빛으로 인하여 대낮처럼 환했다. 어느덧 그녀는 얼마 전처럼 찰랑거리는 물소리를 들었다.

엠마는 프란츠와 팔을 끼고 있던 장소에 다다랐다. 언제, 언제? 몇 시간 전에? 그렇게 오래 되지는 않았다. 오래 되지 않았을까? 그러나 엠마는 오랫동안 기억을 잃고 있었다. 지금은 벌써 한밤중이 지나고 새벽이 가까워졌을 것이다. 그녀는 자기의 의식이 뚜렷하다는 것을 잘 알고 있었다. 그러자 엠마는 마차에서 떨어져 모든 사실을 충분히 알게 되었던 첫순간처럼 조금 전의 사건을 돌이켜 생각해 보았다. 엠마는 다리 위를 뛰어가며 발소리가 울리는 것을 들었으며 좌우를 살피지 않았다. 그 때 엠마는 어떤 알지 못하는 사람이 자기를 향해 뒤따라오는 것을 느끼고 발걸음을 늦추었다. 자기를 뒤따라오는 것은 제복을 입은 어떤 사람이었다. 엠마는 다른 사람들의 주의를 끌지나 않을까 걱정되어서 아주 천천히 걸었다. 엠

마는 그 사람이 자기한테 뚫어지게 눈길을 주는 것처럼
느껴졌다. 만일에 그가 뭐라고 물어 보면 어쩌나? 그녀는
그 사람이 옆에 오자 제복을 알아볼 수가 있었는데 그것
은 순찰을 도는 순경이었다.

엠마는 순경이 자기 뒤에서 발걸음을 멈추는 소리를 들
었다. 엠마는 다시 뛰어가고 싶은 마음을 간신히 억제할
수가 있었는데, 그 이유는 뛰어가면 의심받을지도 모른
다는 생각에서였다. 엠마는 여전히 천천히 걸었다. 차도
쪽에서 요란한 벨 소리가 들렸다. 한밤중이 되기까지는
아직도 시간이 많은 것 같았으나 그녀는 발걸음을 재촉
했으며, 도로 입구에 있는 철교 아래에서 거리의 불빛이
빛나고 있는 것을 보았다. 거리의 소음이 들리는 것 같았
고 이 쓸쓸한 도로를 벗어나면 살아나는 것이었다. 그 때
멀리서 호루라기 소리가 날카롭게 들리면서 차차 가까워
졌다. 마차 한 대가 그녀 옆을 지나가자 그녀는 자기도
모르게 발걸음을 멈추고 마차를 바라보았다. 그것은 구
급 요원을 태운 마차였으며 엠마는 마차가 어디로 가는
지 잘 알고 있었다.

엠마는 문득 구급 요원을 실은 마차에 함께 타고 지금
까지 걸어온 그 방향으로 되돌아가지 않으면 안 될 것 같
은 느낌이 들었다. 그러자 엠마는 갑자기 그 때까지 느껴
보지 못한 그 어떤 수치심에 사로잡히고 말았으며, 자기

가 사악하고 비겁한 것을 알게 되었다. 그러나 마차 소리와 호루라기 소리가 멀어지자, 엠마는 다시 안도의 숨을 내쉬며 마치 생명을 건진 사람처럼 급하게 발걸음을 재촉했다. 사람들이 자기를 향해 걸어왔으나 엠마는 이미 그런 사람들 앞에서 불안을 느끼지 않았다. 엠마의 눈이 거리의 소음 속에 더욱 밝아졌다. 엠마의 눈앞에는 프라터 거리에 늘어선 집들이 있었다. 그러자 엠마는 수많은 사람들이 자기를 기다리고 있는 것처럼 느꼈고, 그 속에서 흔적도 없이 사라질 수가 있었다. 엠마는 거리의 가로등 밑에 이르러서 시계를 볼 수 있을 만큼 마음의 여유를 찾았다. 엠마가 시계를 귀에 대어 보니 시계는 죽지 않았고, 시간은 8시 50분을 가리키고 있었다.

엠마는 생각했다.

'나는 다친 곳도 없이 살았구나. 아! 내 시계까지 살아서 움직이고 있다. 그러나 그는, 그는, 그는, 죽었다. 그것은 어쩔 수 없는 운명이었다.'

엠마는 무슨 일에 대해서나 용서받을 것 같은 생각이 들었고, 자기에게는 아무 책임이 없는 것 같았다. 그것은 이미 증명되었으며 사실 명백한 사건이었다. 엠마는 자기가 큰 목소리로 이렇게 말하는 것을 들었다. 그리고 죽음이 서로 바꾸어졌더라면! 그래서 엠마가 저쪽 도랑에 누워 있고 프란츠가 살아났었더라면? 프란츠는 결코 도망가지는 않았을 것이다. 프란츠는 도망가지 않았을 것이다. 그러나 프란츠는 남자였고 엠마는 여자였고, 더욱이 그녀에게는 자식과 남편이 있었다. 엠마의 행동은 정당했으며 살아야 하는 것이 그녀의 의무였다. 그러나 엠마는 자기의 의무감에서 그런 행동을 하지 않았음을 너무나 잘 알고 있었기 때문에 그녀가 취한 행동은 옳은 것이었다.

자기도 모르게, 마치 언제나 착한 사람처럼 행동했다면 엠마는 다른 사람의 눈에 띄었을 것이고 의사들의 질문을 받고 있을 것이다. 그러면 엠마의 남편은? 아마 다음날 신문에는, 그리고 가정은, 그녀는 파멸에 직면해 있을 것이며, 그러면서도 프란츠의 생명을 다시 돌이키지는 못할 것이다. 사실은 그것이 가장 필요한 일이었다. 어떤 일이 있더라도 엠마는 자기를 망치지 않을 것이다.

엠마는 철교 아래에 있었다. 다시 계속해서 걷자 테게트호프의 기념비가 보였고, 그 곳은 수많은 도로가 교차되어 달리고 있었다. 그 날처럼 비가 오고 바람이 심하게 부는 가을 밤의 거리에는 사람들의 왕래가 그리 많지 않았다. 그러나 엠마의 주위에는 도시의 생활이 넘칠 듯이 살아 움직이는 것처럼 느껴졌다. 왜냐하면 엠마가 걸어온 그 곳은 무척 조용했기 때문이었다. 엠마는 자기 남편이 오늘은 밤 10시 무렵에야 집으로 돌아온다는 것을 알고 있었기 때문에 시간 여유가 있었다. 엠마는 자기가 입고 있는 옷을 살펴보고 옷이 몹시 더러워져 있어서 깜짝 놀랐다. 하녀에게 무엇이라고 이야기해야 좋을까? 엠마의 머리 속에는 다음날이면 그 사고에 대한 이야기가 모든 신문에 실릴 것이라는 생각이 떠올랐다. 그리고 마차에 함께 타고 있다가 사라진 부인에 대해서도 신문에 보도될 것이다. 엠마는 이런 생각을 하고 두려움에 몸을 떨었으나 그것은 쓸데없는 걱정에 지나지 않았다. 그리고 엠마의 모든 비겁한 태도는 아무 소용도 없었다. 엠마는 집의 열쇠를 가지고 있었으므로 문을 열 수 있으며 아무 소리도 내지 않을 것이다.

엠마는 달려오는 마차를 세우고 급히 올라탔다. 그리고 마부에게 자기의 집 주소를 알려 주었다. 그런데 엠마는 그렇게 하는 것이 별로 현명하지 못하다고 생각했고 어떤 그 무엇을 알아보고 싶었으나 그러지를 못했다. 엠마는 집에서 편안하게 있고 싶었고 다른 모든 일에 대해서는 아무런 관심도 없었다. 그녀가 죽은 프란츠를 도로 위에 혼자 남겨 두려고 마음먹었던 그 순간, 프란츠를 위해서 슬퍼하려고 했던 모든 기분이 엠마의 마음 속에서 그만 사라지고 만 것이 틀림없었다. 엠마는 지금 자기 주위의 근심 외에는 아무것도 느끼지 못했다. 엠마는 사실 냉

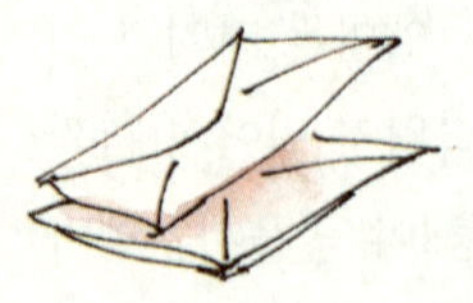정한 것이 아니었다. 결코 그렇
지는 않았다. 엠마는 사실 절망
의 날이 오리라는 것을 잘 알고 있
었으며, 그렇게 되면 그녀는 아마도 자신
을 망치게 되고 말 것이다. 엠마의 마음 속에는 자기 남
편이나 자식과 같이 지내고 싶은 생각뿐이었다. 엠마는
마차의 창 밖을 내다보고 있었다.

　마차들이 도로 한가운데를 지나가고 있었다. 불빛은 더
욱 환하게 거리를 밝혔으며 많은 사람들이 발길을 재촉
하며 왕래했다. 그러자 엠마는 갑자기 자기가 마지막 순
간에 겪었던 모든 일이 사실 같지가 않고, 어느 날의 순
간적인 악몽처럼 생각되었으며, 현실이라고 생각할 수
없는 일 같았다. 엠마는 광장을 지나 어느 골목에서 마차
를 세우고 내려 골목을 급히 돌더니 다른 마차를 세워 올
라타고 자기의 진짜 주소를 가르쳐 주었다. 그 때 엠마는
이미 어떤 생각을 할 수 없는 것처럼 느껴졌다. 지금 프
란츠는 어디에 있을까 하는 생각이 떠올라서 눈을 감았
다. 그러자 프란츠가 구급 마차에 실려서 들것 위에 누워
있는 모습이 눈앞에 떠올랐다. 그리고 갑자기 프란츠 옆
에 앉아서 마차를 함께 타고 가는 듯한 느낌이 들었을 때
마차가 흔들리기 시작했다. 엠마는 마차에서 떨어질 것
같아 악을 쓰자 마차가 급히 멈추어서 움찔하고 보았더

니 어느새 자기 집 문 앞에 다다라 있었다.

엠마는 마차에서 내리자 재빨리 현관을 지나, 창문 뒤에 있는 경비원의 눈에 띄지 않도록 발소리를 죽여 계단을 오른 다음 조용히 문을 열었다. 그리고 응접실을 지나 자기 방으로 들어가서 불을 켜고 급히 옷을 벗은 후에 그 옷을 옷장 뒤에 숨겨 놓았다. 그 옷은 밤 사이에 다 마를 것이며 아침 일찍 자기가 깨끗이 손질하리라고 마음먹었다. 엠마는 세수를 하고 잠옷으로 갈아 입었다.

그 때 벨 소리가 나더니 하녀가 현관문을 여는 소리가 들린 후 남편의 목소리가 들리며 이어서 스틱을 놓는 소리가 들렸다. 그 때 엠마는 단단히 마음을 먹어야겠다는 생각을 굳혔다. 그렇지 않으면 모든 일이 물거품이 된다. 엠마는 남편과 같이 방 안에 발을 들여 놓기 위해 급히 응접실로 뛰어갔다.

"벌써 돌아와 있었군."

남편이 말하자 엠마가 받았다.

"그럼요. 오래 전에 돌아왔는데요."

"당신이 들어오는 것을 못 보았는데."

엠마는 그 말에 대답하지 않고 미소를 띠었다. 미소를 띠어야 한다는 것이 그녀로서는 몹시 괴로웠다. 남편은 그녀의 이마에 가볍게 키스를 했다.

어린 아들은 벌써 식사를 끝내고 얼마 후에 잠이 들었

다. 엠마는 아이 옆에 가서 앉고 남편은 그녀와 마주 앉
아서 신문을 들고 한 번 훑어보더니 신문을 내려놓으며
입을 열었다.

"다른 사람들은 지금도 협의를 계속하고 있소."

"무엇 때문에요?"

엠마의 물음에 남편은 오늘 회의에 대해 여러 가지 이
야기를 시작했고, 엠마는 귀를 기울이는 듯한 태도를 취
하며 가끔 고개를 끄덕였다. 그렇지만 엠마는 한 마디도
듣지 않았고, 남편이 무슨 말을 하는지 알 수도 없었다.
엠마는 마치 신기하게도 무서운 위기에서 벗어난 사람
같은 기분이었다. 엠마에게는 오직 살아서 집으로 무사
히 돌아왔다는 느낌뿐이었다. 남편이 이야기를 계속하는
동안 엠마는 의자를 아이에게 가까이 끌어다 놓고 머리
를 안아서 자기 가슴에 갖다 대었다. 그녀는 무엇이라고
말할 수 없이 피곤하여 눈을 감았다.

갑자기 엠마의 머리 속에는 자기가 그 도랑에서 일어선
그 순간부터는 이미 생각하지도 않았던 어떤 가능성이
떠올랐다. 만일, 프란츠가 죽지 않았다면! 만일 그가, 아
아, 아니다. 그것은 의심할 여지없는 일이다. 그 눈, 그
입, 그리고 프란츠에게서는 숨소리가 전혀 들리지 않았
다. 엠마의 눈은 그렇게 정확한 것도 아니었다. 만일 프
란츠가 살아서 다시 의식을 되찾고 뜻밖에도 어둠 속에

서 도로 위에 혼자 있는 것을 알게 되고, 프란츠가 엠마를 부르면서 마침내는 그녀가 부상당하지 않았나 하고 걱정이라도 한다면, 그리고 만일 그가 의사들에게 여기에 한 여자가 있었고 아마도 더 멀리 내동댕이쳐져 있을 것이라고 말한다면, 그러면, 그랬다면 정말로 그 때에는 어떻게 될까? 사람들은 엠마를 찾을 것이다. 마부는 프란츠 요세프 지방에서 사람들을 데리고 돌아올 것이다. 그러면 그 남자는 말할 것이다. 자기가 떠날 때는 어떤 여자가 있었다고. 그러면 프란츠는 짐작하게 될 것이고 또 알게 될 것이다. 사실 그는 그녀를 잘 알고 있었으므로 그녀가 도망쳤다는 사실을 알게 될 것이다.

이렇게 되면 그는 화를 몹시 내면서 복수를 하기 위해 그녀의 이름을 누구에게나 알려 줄 것이다. 왜냐하면 그 남자는 너무 실망을 했기 때문에, 그리고 그녀가 마지막 순간에 그 남자를 홀로 남겨 두었다는 것이 그 남자의 마음을 무척 상하게 했으므로, 그 남자는 경솔하게 이런 말을 할 것이다.

"그녀는 엠마라는 부인이며 내 애인이었는데, 비겁하고 어리석은 여자였다."

그는 또 이어서,

"의사님들, 그렇지 않습니까? 아무 말도 하지 말라는 부탁을 받았으면 당신들은 그녀의 이름 같은 것을 묻지도 않았을 것입니다. 당신들은 그녀가 어디를 가나 내버려 두었을 것이며, 저도 또한 그랬을 것입니다. 사실 그렇습니다. 그러나 그녀는 당신들이 돌아올 때까지 그 자리에 기다리고 있어야 했을 것입니다. 그러나 그녀는 그처럼 악하기 때문에 나는 당신들에게 그녀가 누구라는 것을 말씀 드립니다. 그녀는 ……. 아아!”

“왜 그러지?”

남편이 자리에서 일어나며 정색하고 물었다.

“뭐요, 왜 그러느냐고요? 뭘요?”

“어떻게 된 일이지?”

“아무것도 아니에요.”

엠마는 아이를 꽉 껴안았다. 남편은 오랫동안 그녀를 바라보았다.

“당신이 잠들기 시작했던 것을 알겠소? 그리고.”

“그리고 또 뭐예요?”

“그러더니 느닷없이 소리지르더군.”

“아! 그랬군요?”

“꿈 속에서 가위에 눌렸을 때처럼 말이오. 당신, 꿈을 꾸었소?”

그녀는 맞은편 벽에 걸린 거울 속에서 쓸쓸하고 찌푸린 듯 미소 띤 얼굴을 보았다. 엠마는 그것이 자기 얼굴이라는 것을 알았으나 그 얼굴을 보자 몸서리가 쳐졌다. 엠마

는 표정이 굳어지면서 입을 조금도 움직일 수가 없다는 것을 느꼈으며, 자기가 살아 있는 동안 자기의 입술 언저리에서 그 같은 미소가 떠나지 않으리라는 것을 알고 있었다. 엠마가 소리를 지르려고 느꼈을 때 두 손이 자기의 어깨 위에 놓여졌다.

엠마는 거울 속에 비친 자신의 얼굴 옆에 남편의 얼굴이 나타난 것을 보았다. 남편의 시선은 의아스러운 듯이 위협적으로 그녀를 쏘아보고 있었다. 엠마는 이 마지막 시련을 이겨 내지 못하면 자기의 파멸이라는 것을 알고 있었기 때문에 있는 힘을 다해서 자기대로의 변함이 없는 표정을 지으려고 온 몸에 힘을 주었다. 그 순간, 엠마는 자기 마음대로 태도나 표정을 보일 수 있었다.

엠마는 이 순간을 이용하지 않으면 그 때는 파멸해 버리고 마는 것이다. 엠마는 자기 어깨 위에 놓인 남편의 손을 붙잡아 자기에게로 끌어당기며 명랑하고 정다운 얼굴로 남편을 쳐다보았다. 그녀는 남편의 입술을 느끼고 있는 동안 이렇게 생각했다.

'물론 그것은 나쁜 꿈이었어. 그 남자는 아무에게도 말하지 않으면 복수를 하지 않을 것이다. 프란츠는 죽었다. 이 세상을 떠났으며 죽은 자는 말이 없다.'

"당신은 어째서 그런 말을 하지?"

엠마는 갑작스러운 남편의 말을 듣고 몹시 놀랐다,

“제가 무슨 말을 했어요?”

엠마는 자기가 뜻밖에도 커다란 음성으로 오늘 저녁에 있었던 일을 자세히 알린 것 같은 느낌이 들었다. 그녀는 남편의 날카로운 시선을 받고 가슴을 태우며 다시 한 번 물었다.

“제가 무슨 말을 했어요?”

“죽은 자는 말이 없다.”

남편은 매우 느린 음성으로 말했다.

“그래요?”

엠마는 반문하는 투로 말했다.

“그럼 뭐야?”

엠마는 남편의 표정에서 더 이상 아무것도 숨길 수 없다는 사실을 알았다. 두 사람은 오랫동안 서로 바라보았다.

“아이를 재워요. 나한테 할 이야기가 더 있을 것 같은데…….”

“네.”

엠마는 조금 침착한 태도로 말했다.

엠마는 여러 해 동안 속여 온 남편에게 다음 순간 모든 사실을 다 말하게 되리라는 것을 알았다.

그리고 엠마는 아이를 데리고 여전히 남편의 시선을 등 뒤로 받으며 문 밖으로 걸어 나가는 동안 모든 문제가 다시 원만하게 해결된 듯한 말할 수 없는 안도감을 느꼈다.

이 책은 세계문학사상 기념비적인 불후의 명단편들을
발표한 아홉 명의 작가들을 엄선하여 그들이 이 세상에
남긴 주옥 같은 작품 10편을 발췌하여 꾸몄다.

단편 소설이란 양적(量的)으로 짧은 것이 특색이며, 보
통 단일 주제로 최대의 효과를 노린 소설로 인생의 단면
을 독자적인 관점에서 날카롭게 파헤쳐 간결·농축된 수
법으로 예술성이 높은 문체로 그린 점이 특징이다.

이러한 작품들은 동·서양을 통틀어 과거는 물론 오늘
날까지 국경을 초월하여 세계 각국에 많은 독자층을 형
성하고 있어 독자들에게 계속해서 사랑을 받고 있다.

이 책에 수록된 작품들을 살펴보면 모두 하나같이 단편
소설이 지닌 장점을 최대한으로 살려 인간의 윤리적인
모순점을 개선하고 인간성을 회복시키는 참된 휴머니즘

이 담겨 있으며 인간의 복잡하고 미묘한 심리를 통해 선과 악을 분명하게 규정하여 정의를 내세우는 한편 가슴 뭉클한 감동으로 모든 사람들에게 사랑을 베푸는 아름다운 이야기들을 그리고 있다.

그리고 실사적(實寫的)인 수법으로 인간의 광범위한 파악과 예리함과 박진감이 넘치는 표현, 그리고 인간의 내면에 숨어 있는 심리의 해부를 통해 따뜻하면서도 풍부한 정감과 서정이 깃들인 작품을 통하여 독자들에게 무한한 공감을 불러일으킨다.

이 책은 중·고등학생은 물론 성인에 이르기까지 반드시 꼭 읽어야 할 세계 명단편들로 특히 대학입시를 앞둔 수험생들이 논술문을 작성하는 데 많은 도움이 되리라 믿는다.

세계명단편선2

첫판1쇄·2004년 6월 10일
첫판2쇄·2005년 3월 10일
지은이·고골리 외
옮긴이·김성진 외
펴낸이·배태수
펴낸곳·신라출판사
주소·서울시 동대문구 제기동 1157-3 영진빌딩
대표전화·922-4735 팩스·922-4736
북디자인·디자인디도
등록·1975년 5월 23일 제 6-0216호

ISBN 89-7244-052-3 03890
※잘못된 책은 바꾸어드립니다.